增訂版 初學者開口說日語

附 MP3

1000句 3500字彙 聽得懂說得出

わたし中華料理
作れます！
我曾做中華料理呢！

ツアーに参加
したいのですが…。
我想參加旅行團…。

今日はとても
楽しかったです。
我今天過得很快樂。

最近お腹が
出てきちゃった…。
最近肚子跑出來了。

はじめまして！
私は林です。
初次見面、我姓林。

わたし四歳に
なったの！
我今年四歲了！

わたしはサッカー
クラブに入っています。
我參加足球社團。

一緒に日本語を
覚えましょう！！

南口はどのように
行きますか？
南出口要怎麼去呢？

笛藤出版
Dee Ten Publishing Co., Ltd.

五十音図表
Let's study the Japanese alphabet あいうえお！

平仮名と片仮名

●日文字母順序照あいうえお……排列
●日文字母分平假名和片假名，（ ）部份為片假名
●片假名常用於外來語

1. 清音

行／段	あ（ア）段	い（イ）段	う（ウ）段	え（エ）段	お（オ）段
あ（ア）行	あ（ア）a	い（イ）i	う（ウ）u	え（エ）e	お（オ）o
か（カ）行	か（カ）ka	き（キ）ki	く（ク）ku	け（ケ）ke	こ（コ）ko
さ（サ）行	さ（サ）sa	し（シ）shi	す（ス）su	せ（セ）se	そ（ソ）so
た（タ）行	た（タ）ta	ち（チ）chi	つ（ツ）tsu	て（テ）te	と（ト）to
な（ナ）行	な（ナ）na	に（ニ）ni	ぬ（ヌ）nu	ね（ネ）ne	の（ノ）no
は（ハ）行	は（ハ）ha	ひ（ヒ）hi	ふ（フ）fu	へ（ヘ）he	ほ（ホ）ho
ま（マ）行	ま（マ）ma	み（ミ）mi	む（ム）mu	め（メ）me	も（モ）mo
や（ヤ）行	や（ヤ）ya		ゆ（ユ）yu		よ（ヨ）yo
ら（ラ）行	ら（ラ）ra	り（リ）ri	る（ル）ru	れ（レ）re	ろ（ロ）ro
わ（ワ）行	わ（ワ）wa				（ヲ）o
ん（ン）行	ん（ン）n				

2. 濁音

が（ガ）行	が（ガ）ga	ぎ（ギ）gi	ぐ（グ）gu	げ（ゲ）ge	ご（ゴ）go
ざ（ザ）行	ざ（ザ）za	じ（ジ）ji	ず（ズ）zu	ぜ（ゼ）ze	ぞ（ゾ）zo
だ（ダ）行	だ（ダ）da	ぢ（ヂ）ji	づ（ヅ）zu	で（デ）de	ど（ド）do
ば（バ）行	ば（バ）ba	び（ビ）bi	ぶ（ブ）bu	べ（ベ）be	ぼ（ボ）bo

3. 半濁音

ぱ（パ）行	ぱ（パ）pa	ぴ（ピ）pi	ぷ（プ）pu	ぺ（ペ）pe	ぽ（ポ）po

✿ Introduction

　　本書由一直以來廣受讀者們肯定的「彩色版初學者開口說日語」增訂編輯而成。編輯部因應時事變化重新審校內容，並加入更多單字例句。

　　全書共分成五大章節，以循序漸進的方式引導讀者們學習。第1～3章，介紹基本的日語用語；第4～5章，介紹如何實際與日本人溝通，以及到日本旅遊的例句會話。還附上日本地鐵圖、各站名稱及日本主要知名景點、名店等。

　　本書不僅僅是一本生活會話書，也是一本實用的單字記憶書，對初學者來說無疑是一本全能的日語入門學習書。活用本書，相信一定可以達到意想不到的學習效果。

● 《五大章節，從基礎到進階》以循序漸進的方式，教您如何用最基本的日語句子表達想法、和日本人溝通，甚至是出國旅遊都能暢行無阻。

● 《1000句3500字彙》上千個單字例句，一次滿足所有讀者的學習慾望！

● 《日、中區隔‧羅馬音輔助》日、中區隔並標注羅馬音，讓即使不會五十音的讀者，也可以輕鬆開口說日語！

● 《框格式的單字排版》本書採簡單明瞭的框格式單字記憶法，讓讀者學習日語更上手。

● 《日本地鐵路線圖、車站名》除了方便旅遊的地鐵路線圖外，也為您標出各路線站名的日語發音和羅馬拼音，讓您在日本搭地鐵順利抵達目的地。

● 《日本各地知名景點、店名》本書最後特別列出日本各地旅遊景點及大家耳熟能詳的店名一覽，幫助您在遊日過程中更加得心應手。

● 《輔助MP3，日語說得漂亮又流利》附上日中對照MP3，並搭配本書作學習。初學者開口說，日語越說越流利！

本書內容中譯文計算金錢單位的「元」均指日圓。

おもしろい
ですよ！

あとで
やります。

一緒に
バドミントンを
やりませんか？

Contents * 目錄

PART 1 會話即時通

おはよう！

どうぞ。

お邪魔
します。

PART 2 單字入門通

こどもの日

家庭成員

お父さん

お母さん

お兄さん

お姉さん

弟

妹

おじいさん

おばあさん

5

三人分
作ったよ！

￥10000

一万円
落とした！！

象は何頭
いますか？

二頭
います。

Elephant

6

PART 4 旅遊日語開口說

両替を
したいです。

寿司

コスメショップ

タクシー

お守り

ポスト

サッカー

バスケットボール

ひげをそって
ください。

雨が降りそう！
はやく家に
帰らないと…

郵便局

この小包の
重さをはかって
いただけますか？

はい、
かしこまりました。

PART 5 日本便利通

名古屋の天むすおいしいよ！

せっかく名古屋に来たんだから！天むすを食べに行かない？

天むすいいね！

もうすぐ降りるから

うん！わかった！

會話即時通

おはよう
ございます！

打招呼

🎍 **日常招呼**

1 おはようございます。
o.ha.yo.o.go.za.i.ma.su

早安。

2 こんにちは。
ko.n.ni.chi.wa

你好。（白天的問候語）

3 こんばんは。
ko.n.ba.n.wa

你好。（晚上的問候語）

4 お休みなさい。
o.ya.su.mi.na.sa.i

晚安、再見。

5 さようなら。
sa.yo.o.na.ra

再見。

6 じゃ、また。／では、また。
ja、ma.ta ／de.wa、ma.ta

再見、改天見。

↳ 🍌你也可以這樣說喔！

　　＊ では、また今度。
　　de.wa、ma.ta.ko.n.do

下次見。

　　＊ では、またあとで。
　　de.wa、ma.ta.a.to.de

待會見、改天見。

會話

お元気ですか。
o.ge.n.ki.de.su.ka

你好嗎？

はい、元気です。おかげさまで。あなたは。
ha.i、ge.n.ki.de.su。o.ka.ge.sa.ma.de
a.na.ta.wa

是的，我很好。托你的
福。你呢？

ええ、私も元気です。
e.e、wa.ta.shi.mo.ge.n.ki.de.su

嗯、我也很好。

🌿 第一次見面

1 私の名前は桜井由美です。
wa.ta.shi.no.na.ma.e.wa
sa.ku.ra.i.yu.mi.de.su

我的名字是櫻井由美。

由美と呼んで
ください。

2 由美と呼んでください。
yu.mi.to.yo.n.de.ku.da.sa.i

叫我由美就可以了。

會話

はじめまして、私は林です。
ha.ji.me.ma.shi.te、wa.ta.shi.wa.ri.n.de.su

你好，我姓林。

どうぞよろしくお願いします。
do.o.zo.yo.ro.shi.ku.o.ne.ga.i.shi.ma.su

請多多指教。

私は中田です。
wa.ta.shi.wa.na.ka.ta.de.su

我姓中田。

こちらこそどうぞよろしくお願いします。
ko.chi.ra.ko.so.do.o.zo.yo.ro.shi.ku
o.ne.ga.i.shi.ma.su

也請你多多指教。

お会いできて嬉しいです。
o.a.i.de.ki.te.u.re.shi.i.de.su

很高興見到你。

🌿 到別人家拜訪

會話 ❶

お邪魔します。
o.ja.ma.shi.ma.su

打擾了。

どうぞ。
do.o.zo

請進。

どうぞ。

お邪魔
します。

〔主人〕 お飲み物はいかがですか。
o.no.mi.mo.no.wa.i.ka.ga.de.su.ka

要不要喝點東西呢？

〔客人〕 お構いなく。
o.ka.ma.i.na.ku

不用麻煩了。

到別人公司

會話

失礼します。
shi.tsu.re.i.shi.ma.su

打擾了。

どうぞお入りください。
do.o.zo.o.ha.i.ri.ku.da.sa.i

請進。

告別語

お元気で。

🌱 日常告別

會話

🐵 さようなら、また明日。
sa.yo.o.na.ra、ma.ta.a.shi.ta
明天見。

🐵 また明日。
ma.ta.a.shi.ta
明天見。

お気をつけて。
o.ki.o.tsu.ke.te
路上小心。

🌱 拜訪結束

1 お邪魔しました。
o.ja.ma.shi.ma.shi.ta
打擾您了。

2 失礼します。
shi.tsu.re.i.shi.ma.su
告辭了。

會話❶

🐵 そろそろ失礼します。
so.ro.so.ro.shi.tsu.re.i.shi.ma.su
我差不多該走了。

🐵 そうですか、ぜひまたお越しください。
so.o.de.su.ka、ze.hi.ma.ta
o.ko.shi.ku.da.sa.i
這樣啊、下次歡迎再來。

🐵 そろそろ行かなければなりません。
so.ro.so.ro.i.ka.na.ke.re.ba.na.ri.ma.se.n

我得走了。

🐵 残念です。また遊びに来てください。
za.n.ne.n.de.su。
ma.ta.a.so.bi.ni.ki.te.ku.da.sa.i

真可惜。
有空再來玩。

🐵 はい、ぜひ。
ha.i、ze.hi

一定會的！

🐵 今日はお招きいただきありがとう
ございました。
kyo.o.wa.o.ma.ne.ki.i.ta.da.ki
a.ri.ga.to.o.go.za.i.ma.shi.ta

今天非常謝謝您的
招待。

🐵 いえいえ、よかったら、
またいらっしゃってください。
i.e.i.e、yo.ka.t.ta.ra、
ma.ta.i.ra.s.sha.t.te.ku.da.sa.i

哪裡，不介意的話，
歡迎再來。

抒發感想

🐵 今日はとても楽しかったです。
kyo.o.wa.to.te.mo.ta.no.shi.ka.t.ta.de.su

我今天過得很快樂。

🐵 私も楽しかったです。
wa.ta.shi.mo.ta.no.shi.ka.t.ta.de.su

我也是。

お話しできて、嬉しかったです。
o.ha.na.shi.de.ki.te、u.re.shi.ka.t.ta.de.su

很高興能夠和你聊天。

 私もです。
wa.ta.shi.mo.de.su

我也是。

🌾 下班要先行離開時

會話

 〔下屬〕 お先に失礼します。
o.sa.ki.ni.shi.tsu.re.i.shi.ma.su

我先走了。

 〔上司〕 お疲れ様。
o.tsu.ka.re.sa.ma

辛苦了。

 〔下屬〕 お疲れ様でした。
o.tsu.ka.re.sa.ma.de.shi.ta

辛苦了。

🌾 離開前，拜託別人轉告事情時

會話❶

 伊藤さんによろしくお伝えください。
i.to.o.sa.n.ni
yo.ro.shi.ku.o.tsu.ta.e.ku.da.sa.i

請代我向伊藤小姐說一聲。

 はい、お伝えいたします。
ha.i、o.tsu.ta.e.i.ta.shi.ma.su

好的，我會轉告她的。

はい、お伝えいたします。

伊藤さんによろしくお伝えください。

會話 ❷

みなさまによろしく。
mi.na.sa.ma.ni.yo.ro.shi.ku

代我向大家問好。

はい、伝えておきます。
ha.i、tsu.ta.e.te.o.ki.ma.su

好的，我會替你轉達。

會話 ❸

これを壺田さんに渡してください。
ko.re.o.tsu.bo.ta.sa.n.ni
wa.ta.shi.te.ku.da.sa.i

麻煩你把這個交給
壺田小姐。

分かりました。
wa.ka.ri.ma.shi.ta

好的。

約定下次再相見

會話 ❶

今度はいつお会いできますか。
ko.n.do.wa.i.tsu.o.a.i.de.ki.ma.su.ka

下次何時可以見面呢？

次の火曜日はどうですか。
tsu.gi.no.ka.yo.o.bi.wa.do.o.de.su.ka

下星期二如何？

いいですね。
i.i.de.su.ne

好啊。

次の火曜日にお会いしましょう。
tsu.gi.no.ka.yo.o.bi.ni.o.a.i.shi.ma.sho.o

下星期二見囉！

今度はいつお会いできますか？

次の火曜日はどうですか？

會話②

お元気で。また、お会いしましょう。
o.ge.n.ki.de。ma.ta、o.a.i.shi.ma.sho.o

保重。下次見！

ええ。楽しみにしてます。
e.e。ta.no.shi.mi.ni.shi.te.ma.su

嗯、期待下次再見。

會話③

ちかぢか、また会いましょう。
chi.ka.ji.ka、ma.ta.a.i.ma.sho.o

改天再見面吧！

はい、また連絡をください。
ha.i、ma.ta.re.n.ra.ku.o.ku.da.sa.i

好啊。請再跟我連絡。

探訪完病人時

1 お大事に。
o.da.i.ji.ni

多保重。

2 あまり無理をしないで下さい。
a.ma.ri.mu.ri.o.shi.na.i.de.ku.da.sa.i

請不要太勉強自己的身體。

3 早く元気になって下さい。
ha.ya.ku.ge.n.ki.ni.na.t.te.ku.da.sa.i

祝你早日康復。

早く元気になって下さい。

会いに来てくれてありがとう！

要分離很久時

會話

お元気で。
o.ge.n.ki.de

保重。

あなたもお元気で。
a.na.ta.mo.o.ge.n.ki.de

你也保重。

メール楽しみにしてます。
me.e.ru.ta.no.shi.mi.ni.shi.te.ma.su

期待你的 E－mail。

You got mail!

祝賀語

🌿 日常祝賀語

1 おめでとうございます。
o.me.de.to.o.go.za.i.ma.su
恭喜。

2 ご入学／ご卒業おめでとうございます。
go.nyu.u.ga.ku ／go.so.tsu.gyo.o.o.me.de.to.o
go.za.i.ma.su
恭喜你入學／畢業。

3 ご就職おめでとうございます。
go.shu.u.sho.ku.o.me.de.to.o.go.za.i.ma.su
恭喜你就職。

4 退院おめでとうございます。
ta.i.i.n.o.me.de.to.o.go.za.i.ma.su
恭喜你出院。

5 ご成人おめでとうございます。
go.se.i.ji.n.o.me.de.to.o.go.za.i.ma.su
恭喜你成年。

＊成人式：
成年禮。在日本，一到20歲都要參加成年禮。女生
會穿著和服、男生穿著西裝，盛裝打扮參加各地區
所舉辦的成年禮。是一種見證成年的儀式。

6 ご結婚おめでとうございます。
go.ke.k.ko.n.o.me.de.to.o.go.za.i.ma.su
新婚愉快。

7 お誕生日おめでとうございます。
o.ta.n.jo.o.bi.o.me.de.to.o.go.za.i.ma.su
生日快樂。

8 メリークリスマス。
me.ri.i.ku.ri.su.ma.su
聖誕快樂。

9 お父さん／お母さん、いつもありがとう。
o.to.o.sa.n／o.ka.sa.n、i.tsu.mo.a.ri.ga.to.o
父親節／母親節快樂。

🎋 新年祝賀語

1 謹賀新年。
きんがしんねん
ki.n.ga.shi.n.ne.n

新年快樂。（書面用語）

2 昨年はお世話になりました。
さくねん　　おせわ
sa.ku.ne.n.wa.o.se.wa.ni.na.ri.ma.shi.ta

去年謝謝你的關照。

3 良い年になりますように。
よ　とし
yo.i.to.shi.ni.na.ri.ma.su.yo.o.ni

祝你今年事事如意。

會話

🐵 明けましておめでとうございます。
あ
a.ke.ma.shi.te.o.me.de.to.o.go.za.i.ma.su

新年快樂。

🐵 今年もよろしくお願いします。
ことし　　　　　　　ねが
ko.to.shi.mo.yo.ro.shi.ku.o.ne.ga.i.shi.ma.su

今年還請多多關照。

🐵 こちらこそどうぞよろしくお願いします。
ねが
ko.chi.ra.ko.so.do.o.zo.yo.ro.shi.ku
o.ne.ga.i.shi.ma.su

哪裡哪裡。我也要請你多多關照。

本当に
すみません。

004

感謝・道歉

🌿 日常感謝語

1 どうもありがとうございました。
do.o.mo.a.ri.ga.to.o.go.za.i.ma.shi.ta

非常謝謝你。

會話

😊 ありがとうございます。
a.ri.ga.to.o.go.za.i.ma.su

謝謝你。

😊 どういたしまして。
do.o.i.ta.shi.ma.shi.te

不客氣。

🌿 接受別人幫忙時

1 お世話になりました。
せ わ
o.se.wa.ni.na.ri.ma.shi.ta

謝謝你的關照。

2 お手数をおかけしました。
て すう
o.te.su.u.o.o.ka.ke.shi.ma.shi.ta

真是麻煩您了。

3 ご親切にありがとうございます。
しんせつ
go.shi.n.se.tsu.ni.a.ri.ga.to.o.go.za.i.ma.su

多謝你的好意。

會話 ❶

😊 本当に助かりました。
ほんとう たす
ho.n.to.o.ni.ta.su.ka.ri.ma.shi.ta

你真的幫了我一個大忙。

😊 いえいえ。いつでもどうぞ。
i.e.i.e。i.tsu.de.mo.do.o.zo

哪裡。(有問題)隨時都歡迎。

いろいろとお世話になりました。　　承蒙您多方關照。
i.ro.i.ro.to.o.se.wa.ni.na.ri.ma.shi.ta

こちらこそ。　　　　　　　　　　　哪裡，彼此彼此。
ko.chi.ra.ko.so

道歉與回應

＊道歉

1 すみません。　　　　　　　　　　不好意思。
su.mi.ma.se.n

2 ごめんなさい。　　　　　　　　　　對不起。
go.me.n.na.sa.i

3 失礼しました。　　　　　　　　　　抱歉。
shi.tsu.re.i.shi.ma.shi.ta

4 ご面倒をおかけしました。　　　　　真是麻煩您了。
go.me.n.do.o.o.o.ka.ke.shi.ma.shi.ta

5 ご迷惑をおかけして　　　　　　　　不好意思給您帶來困擾。
もうしわけありません。
go.me.i.wa.ku.o.o.ka.ke.shi.te
mo.o.shi.wa.ke.a.ri.ma.se.n

6 本当にもうしわけありません。　　　非常對不起。
ho.n.to.o.ni.mo.o.shi.wa.ke.a.ri.ma.se.n

＊回應

1 ご心配なく。　　　　　　　　　　　不用擔心。
go.shi.n.pa.i.na.ku

2 どうぞお気になさらずに。　　　　　請不要放在心上。
do.o.zo.o.ki.ni.na.sa.ra.zu.ni

3 どうぞご心配なさらずに。　　　　　請你不用擔心。
do.o.zo.go.shi.n.pa.i.na.sa.ra.zu.ni

讓別人久等時

會話 ①

お待たせしました。
o.ma.ta.se.shi.ma.shi.ta

讓你久等了。

いえ、私もさっき着いたばかりです。
i.e、wa.ta.shi.mo.sa.k.ki
tsu.i.ta.ba.ka.ri.de.su

沒關係，我也剛到而已。

會話 ②

待ちましたか。
ma.chi.ma.shi.ta.ka

等很久了嗎？

いえ、今来たばかりです。
i.e、i.ma.ki.ta.ba.ka.ri.de.su

沒有，我剛到而已。

會話 ③

すみません、遅くなりました。
su.mi.ma.se.n、o.so.ku.na.ri.ma.shi.ta

對不起，我遲到了。

いいえ。
i.i.e

沒關係。

すみません、遅くなりました。

いえ、今来たばかりです。

麻煩別人

會話❶

お手数かけますが、よろしくおねがい
します。
o.te.su.u.ka.ke.ma.su.ga、
yo.ro.shi.ku.o.ne.ga.i.shi.ma.su

拜託，麻煩您了。

わかりました。／承知しました。
／まかせてください。
wa.ka.ri.ma.shi.ta／sho.o.chi.shi.ma.shi.ta
／ma.ka.se.te.ku.da.sa.i

好的。／了解了。
／包在我身上。

會話❷

お願いしてもいいですか。
o.ne.ga.i.shi.te.mo.i.i.de.su.ka

可以拜託你一下嗎？

いいですよ。
i.i.de.su.yo

可以啊！

會話❸

ちょっとお邪魔してもいいですか。
cho.t.to.o.ja.ma.shi.te.mo.i.i.de.su.ka

可以打擾一下嗎？

どうぞ。
do.o.zo

請進。

拜託

お願いしても
いいですか。

005

手伝っていただけませんか。
te.tsu.da.t.te.i.ta.da.ke.ma.se.n.ka

可以請你幫一下忙嗎？

よろこんで。
yo.ro.ko.n.de

我很樂意。

請別人等一下時

1 ちょっと待ってください。
cho.t.to.ma.t.te.ku.da.sa.i

請等一下。

2 少々お待ちください。
sho.o.sho.o.o.ma.chi.ku.da.sa.i

請稍等一下。

＊這句通常用在對客人或電話接待時，聽起來比較有禮貌。

3 しばらく待っていただけますか。
shi.ba.ra.ku.ma.t.te.i.ta.da.ke.ma.su.ka

能不能請你稍待片刻。

4 もう二三分待っていただけますか。
mo.o.ni.sa.n.pu.n.ma.t.te.i.ta.da.ke.ma.su.ka

能不能請你再稍等兩、
三分鐘？

5 三十分遅くなります。
sa.n.ju.p.pu.n.o.so.ku.na.ri.ma.su

我會晚到三十分鐘。

予約してあります。

少々お待ちください。

＊ beauty ＊

Hair Salon

問路

 問路

1 すみません、お尋ねします。
su.mi.ma.se.n, o.ta.zu.ne.shi.ma.su
對不起，請問一下。

2 東京タワーは東京駅の近くですか。
to.o.kyo.o.ta.wa.a.wa
to.o.kyo.o.e.ki.no.chi.ka.ku.de.su.ka
東京鐵塔在東京車站的附近嗎？

3 ここからどのくらいの距離ですか。
ko.ko.ka.ra.do.no.ku.ra.i.no.kyo.ri.de.su.ka
從這裡到那裡有多遠？

4 歩いてどのくらいかかりますか。
a.ru.i.te.do.no.ku.ra.i.ka.ka.ri.ma.su.ka
走路要花多久時間呢？

5 池袋への行き方を教えてください。
i.ke.bu.ku.ro.e.no.i.ki.ka.ta.o
o.shi.e.te.ku.da.sa.i
請告訴我怎麼到池袋。

6 地図を書いていただけませんか。
chi.zu.o.ka.i.te.i.ta.da.ke.ma.se.n.ka
可以幫我畫一下地圖嗎？

7 この地図では、現在地はどこになりますか。
ko.no.chi.zu.de.wa, ge.n.za.i.chi.wa
do.ko.ni.na.ri.ma.su.ka
以這地圖來看，我們現在在哪裡呢？

8 この近くに地下鉄の駅はありますか。
ko.no.chi.ka.ku.ni.chi.ka.te.tsu.no.e.ki.wa
a.ri.ma.su.ka
這附近有沒有地下鐵的車站？

9 銀座へはどちらの道ですか。
gi.n.za.e.wa.do.chi.ra.no.mi.chi.de.su.ka
到銀座該走哪一條路呢？

10 道に迷いました。
mi.chi.ni.ma.yo.i.ma.shi.ta
我迷路了。

彼女の名前を
覚えています。

答覆

🌱 **肯定的回答**

1 はい。
ha.i

是的。

2 分かりました。
wa.ka.ri.ma.shi.ta

我懂了、我知道了。

3 分かっています。
wa.ka.t.te.i.ma.su

我知道。

4 はい、そう思います。
ha.i、so.o.o.mo.i.ma.su

我也這麼覺得。

5 知っています。
shi.t.te.i.ma.su

我知道。

6 覚えています。
o.bo.e.te.i.ma.su

我記得。

7 その通りです。
so.no.to.o.ri.de.su

沒錯。

8 それは確かです。
so.re.wa.ta.shi.ka.de.su

確實如此。

9 そうです。
so.o.de.su

對的。

10 間違いないです。
ma.chi.ga.i.na.i.de.su

沒有錯。

否定的回答

1 いいえ。
i.i.e
不是。

2 分かりません。
wa.ka.ri.ma.se.n
我不懂、我不知道。

3 まだはっきり分かりません。
ma.da.ha.k.ki.ri.wa.ka.ri.ma.se.n
我還不清楚。

4 そうは思いません。
so.o.wa.o.mo.i.ma.se.n
我不這麼覺得。

5 それは知りませんでした。
so.re.wa.shi.ri.ma.se.n.de.shi.ta
這我就不知道了。

6 よく覚えていません。
yo.ku.o.bo.e.te.i.ma.se.n
我不太記得。

7 違います。
chi.ga.i.ma.su
不對。

8 確かではありません。
ta.shi.ka.de.wa.a.ri.ma.se.n
並非如此。

9 いいえ、そうではありません。
i.i.e、so.o.de.wa.a.ri.ma.se.n
不、不是這樣的。

10 誤解しないでください。
go.ka.i.shi.na.i.de.ku.da.sa.i
請不要誤會。

語言不通

🌱 聽不懂日語時

1 すみません、聞き取れませんでした。
su.mi.ma.se.n、ki.ki.to.re.ma.se.n.de.shi.ta
對不起，我聽不懂。

2 もう一度お願いします。
mo.o.i.chi.do.o.ne.ga.i.shi.ma.su
麻煩你再說一次。

3 もう少しゆっくり話していただけますか。
mo.o.su.ko.shi.yu.k.ku.ri.ha.na.shi.te.i.ta.da.ke.ma.su.ka
請你說慢一點好嗎？

4 英語でお願いします。
e.i.go.de.o.ne.ga.i.shi.ma.su
麻煩你用英文說。

5 彼はなんと言いましたか。
ka.re.wa.na.n.to.i.i.ma.shi.ta.ka
他剛剛說什麼？

6 どういう意味ですか。
do.o.i.u.i.mi.de.su.ka
什麼意思？

7 ここに書いていただけますか。
ko.ko.ni.ka.i.te.i.ta.da.ke.ma.su.ka
可以幫我寫在這嗎？

🌱 告訴對方自己不會日語

1 日本語はあまり話せません。
ni.ho.n.go.wa.a.ma.ri.ha.na.se.ma.se.n
我不太會講日語。

2 まったくできません。
ma.t.ta.ku.de.ki.ma.se.n
我完全不會。

↳ 🍌 加上程度副詞，可以讓對方更了解你的理解狀況喔！

肯定說法	* よく 分かります。 yo.ku.wa.ka.ri.ma.su	我非常了解。
	* だいたい 分かります。 da.i.ta.i.wa.ka.ri.ma.su	我大概知道。
	* 少し 分かります。 su.ko.shi.wa.ka.ri.ma.su	我稍微知道。
否定說法	* あまり 分かりません。 a.ma.ri.wa.ka.ri.ma.se.n	我不太知道。
	* ぜんぜん 分かりません。 ze.n.ze.n.wa.ka.ri.ma.se.n	我完全不知道。

🔊 009

残念ですが、
できません。

婉拒

🌱 拒絶

1 いいえ、結構です。　　　　　　　　　　不用了。
i.i.e、ke.k.ko.o.de.su

2 必要ありません。　　　　　　　　　　　我不需要。
hi.tsu.yo.o.a.ri.ma.se.n

3 あまり好きではありません。　　　　　　我不太喜歡。
a.ma.ri.su.ki.de.wa.a.ri.ma.se.n

4 残念ですが、できません。　　　　　　　抱歉，我不會。
za.n.ne.n.de.su.ga、de.ki.ma.se.n

5 それは無理です。　　　　　　　　　　　那我做不到。
so.re.wa.mu.ri.de.su

6 それはいりません。　　　　　　　　　　那不需要。
so.re.wa.i.ri.ma.se.n

わたしの名前は恵です。

自我介紹

初次見面的會話・了解對方

會話 ❶

お名前を教えていただけますか。
o.na.ma.e.o.o.shi.e.te.i.ta.da.ke.ma.su.ka
可以請教你的大名嗎？

わたしの名前は恵です。
wa.ta.shi.no.na.ma.e.wa.me.gu.mi.de.su
我的名字叫惠。

會話 ❷

どこから来ましたか。
do.ko.ka.ra.ki.ma.shi.ta.ka
你從哪裡來的？

台湾から来ました。
ta.i.wa.n.ka.ra.ki.ma.shi.ta
我從台灣來的。

會話 ❸

お国はどちらですか。
o.ku.ni.wa.do.chi.ra.de.su.ka
你來自哪一國？

台湾です。
ta.i.wa.n.de.su
台灣。

會話 ❹

どのくらい日本に住んでいますか。
do.no.ku.ra.i.ni.ho.n.ni.su.n.de.i.ma.su.ka
你在日本住多久了？

一年半です。
i.chi.ne.n.ha.n.de.su
一年半。

🐵 どうして日本に来たのですか。
do.o.shi.te.ni.ho.n.ni.ki.ta.no.de.su.ka
你為什麼來日本呢？

🐵 日本語を勉強するために来ました。
ni.ho.n.go.o.be.n.kyo.o.su.ru.ta.me.ni
ki.ma.shi.ta
我是來學日語的。

↳🍌 你也可以這樣回答：

＊観光です。
ka.n.ko.o.de.su
我是來觀光的。

＊仕事のためです。
shi.go.to.no.ta.me.de.su
我是為了工作來的。

＊出張です。
shu.c.cho.o.de.su
我是來出差的。

🐵 どこで勉強していますか。
do.ko.de.be.n.kyo.o.shi.te.i.ma.su.ka
你在哪裡唸書？

🐵 京都大学で勉強しています。
kyo.o.to.da.i.ga.ku.de
be.n.kyo.o.shi.te.i.ma.su
我在京都大學唸書。

🐵 お仕事は何ですか。
o.shi.go.to.wa.na.n.de.su.ka
你在做什麼工作？

🐵 通訳をしています。
tsu.u.ya.ku.o.shi.te.i.ma.su
我在做口譯。

會話 ⑧

どこに住んでいますか。
do.ko.ni.su.n.de.i.ma.su.ka

你住在哪裡？

福岡に住んでいます。
fu.ku.o.ka.ni.su.n.de.i.ma.su

我住在福岡。

會話 ⑨

映画は好きですか。
e.i.ga.wa.su.ki.de.su.ka

你喜歡看電影嗎？

とても好きです。
to.te.mo.su.ki.de.su

非常喜歡。

會話 ⑩

趣味は何ですか。
shu.mi.wa.na.n.de.su.ka

你的興趣是什麼？

私の趣味はピアノです。
wa.ta.shi.no.shu.mi.wa.pi.a.no.de.su

我的興趣是鋼琴。

映画は
好きですか？

とても
好きです。

詢問

針對語言詢問時

1 この字はどう読みますか。
ko.no.ji.wa.do.o.yo.mi.ma.su.ka
這個字怎麼唸？

2 この言葉の意味は何ですか。
ko.no.ko.to.ba.no.i.mi.wa.na.n.de.su.ka
這個字的意思是什麼？

3 これを日本語でなんと言いますか。
ko.re.o.ni.ho.n.go.de.na.n.to.i.i.ma.su.ka
這個，日文怎麼說？

詢問地點

1 ここはどこですか。
ko.ko.wa.do.ko.de.su.ka
這裡是哪裡？

2 トイレはどこですか。
to.i.re.wa.do.ko.de.su.ka
洗手間在哪裡？

詢問人

1 あの人は誰ですか。
a.no.hi.to.wa.da.re.de.su.ka
那個人是誰？

2 あの方はどなたですか。
a.no.ka.ta.wa.do.na.ta.de.su.ka
他是哪位？

詢問原因・理由

1 なぜですか。／どうしてですか。
na.ze.de.su.ka ／ do.o.shi.te.de.su.ka
為什麼？

2 どうして火事が発生したのですか。
do.o.shi.te.ka.ji.ga.ha.s.se.i.shi.ta.no.de.su.ka
為什麼會發生火災？

3 原因はなんですか。
ge.n.i.n.wa.na.n.de.su.ka

原因是什麼？

4 詳しく説明してください。
ku.wa.shi.ku.se.tsu.me.i.shi.te.ku.da.sa.i

請你詳細說明。

5 理由を教えてください。
ri.yu.u.o.o.shi.e.te.ku.da.sa.i

請你告訴我理由。

會話 ❶

なにがあったのですか。
na.ni.ga.a.t.ta.no.de.su.ka

發生了什麼事？

交通事故がありました。
ko.o.tsu.u.ji.ko.ga.a.ri.ma.shi.ta

出車禍了。

會話 ❷

どうしましたか。
do.o.shi.ma.shi.ta.ka

怎麼了？

トイレの水が流れないのです。
to.i.re.no.mi.zu.ga.na.ga.re.na.i.no.de.su

廁所的水流不出來。

會話 ❸

今日はこの道は通れません。
kyo.o.wa.ko.no.mi.chi.wa.to.o.re.ma.se.n

今天這條路不能走。

なんのためですか。
na.n.no.ta.me.de.su.ka

為什麼？

マラソン大会があるからです。
ma.ra.so.n.ta.i.ka.i.ga.a.ru.ka.ra.de.su

因為有馬拉松比賽。

1 これでいいですか。
ko.re.de.i.i.de.su.ka

這樣可以嗎？

2 写真を撮ってもいいですか。
sha.shi.n.o.to.t.te.mo.i.i.de.su.ka

可以拍照嗎？

3 たばこをすってもいいですか。
ta.ba.ko.o.su.t.te.mo.i.i.de.su.ka

可以抽菸嗎？

4 ちょっと見せてもらってもいいですか。
cho.t.to.mi.se.te.mo.ra.t.te.mo.i.i.de.su.ka

可以讓我看一下嗎？

5 ここに座ってもいいですか。
ko.ko.ni.su.wa.t.te.mo.i.i.de.su.ka

我可以坐這裡嗎？

6 ちょっとお願いしてもいいですか。
cho.t.to.o.ne.ga.i.shi.te.mo.i.i.de.su.ka

可以麻煩你一下嗎？

7 試着してもいいですか。
shi.cha.ku.shi.te.mo.i.i.de.su.ka

可以試穿嗎？

8 試食してもいいですか。
shi.sho.ku.shi.te.mo.i.i.de.su.ka

可以試吃嗎？

すみません、
遅くなりました。

PART 2

單字入門通

わたしの
おにぎりが
半分しかないよ！

代名詞

你我他

1 わたし
wa.ta.shi
我

2 わたしたち
wa.ta.shi.ta.chi
我們

3 あなた
a.na.ta
你

4 あなたたち（あなたがた）
a.na.ta.ta.chi (a.na.ta.ga.ta)
你們

5 ～たち
～ta.chi
～們

6 かのじょ
ka.no.jo
她

7 かれ
ka.re
他

8 かれら ／ かのじょら
ka.re.ra ／ ka.no.jo.ra
他們／她們

9 これ ／ それ、あれ
ko.re ／ so.re、a.re
這個／那個

10 これら ／ それら、あれら
ko.re.ra ／ so.re.ra、a.re.ra
這些／那些

11 この ／ その、あの（+名詞）
ko.no ／ so.no、a.no
這／那

12 わたしの
wa.ta.shi.no
我的

13 あなたの
a.na.ta.no
你的

14 ～の
～no
～的

```
```

代名詞

わたしのおにぎりが半分しかないよ！

012

你我他

1 わたし wa.ta.shi — 我
2 わたしたち wa.ta.shi.ta.chi — 我們
3 あなた a.na.ta — 你
4 あなたたち（あなたがた） a.na.ta.ta.chi (a.na.ta.ga.ta) — 你們
5 ～たち ～ta.chi — ～們
6 かのじょ ka.no.jo — 她
7 かれ ka.re — 他
8 かれら ／ かのじょら ka.re.ra ／ ka.no.jo.ra — 他們／她們
9 これ ／ それ、あれ ko.re ／ so.re、a.re — 這個／那個
10 これら ／ それら、あれら ko.re.ra ／ so.re.ra、a.re.ra — 這些／那些
11 この ／ その、あの（+名詞） ko.no ／ so.no、a.no — 這／那
12 わたしの wa.ta.shi.no — 我的
13 あなたの a.na.ta.no — 你的
14 ～の ～no — ～的

40 代名詞・家庭成員

家庭成員

みんな家族ですよ！

ちち／とう 父／お父さん chi.chi／o.to.o.sa.n 父親	はは／かあ 母／お母さん ha.ha／o.ka.a.sa.n 母親	あに／にい 兄／お兄さん a.ni／o.ni.i.sa.n 哥哥	あね／ねえ 姉／お姉さん a.ne／o.ne.e.sa.n 姉姉
おとうと おとうと 弟／弟さん o.to.o.to／o.to.o.to.sa.n 弟弟	いもうと いもうと 妹／妹さん i.mo.o.to／i.mo.o.to.sa.n 妹妹	そ ふ 祖父／おじいさん so.fu／o.ji.i.sa.n 祖父、外公	そ ぼ 祖母／おばあさん so.bo／o.ba.a.sa.n 祖母、外婆
おじ／おじさん o.ji／o.ji.sa.n 叔叔・伯伯	おば／おばさん o.ba／o.ba.sa.n 姑姑・阿姨	いとこ i.to.ko 堂兄弟姊妹	おく 奥さま o.ku.sa.ma 夫人
しゅじん ご主人 go.shu.ji.n 你先生	むすこ むすこ 息子／息子さん mu.su.ko／mu.su.ko.sa.n 兒子・令郎	むすめ むすめ 娘／娘さん mu.su.me／mu.su.me.sa.n 女兒・令嬡	こさま お子様 o.ko.sa.ma 您的小孩

すみません、遅くなりました。

形容詞

反義詞

よい／いい
yo.i／i.i
好
⬅➡
わる
悪い
wa.ru.i
壊

ふと
太い
fu.to.i
粗、胖
⬅➡
ほそ
細い
ho.so.i
細、瘦

はや
早い
ha.ya.i
早
⬅➡
おそ
遅い
o.so.i
晩

あつ
厚い
a.tsu.i
厚
⬅➡
うす
薄い
u.su.i
薄

はや
速い
ha.ya.i
快
⬅➡
おそ
遅い
o.so.i
慢

なが
長い
na.ga.i
長
⬅➡
みじか
短い
mi.ji.ka.i
短

ひろい
hi.ro.i
寬廣
⬅➡
せまい
se.ma.i
狹窄

やわらかい
ya.wa.ra.ka.i
軟
⬅➡
かたい
ka.ta.i
硬

おお
大きい
o.o.ki.i
大
⬅➡
ちい
小さい
chi.i.sa.i
小

つよ
強い
tsu.yo.i
強
⬅➡
よわ
弱い
yo.wa.i
弱

おも
重い
o.mo.i
重
⬅➡
かる
軽い
ka.ru.i
輕

やさ
易しい
ya.sa.shi.i
容易
⬅➡
むずか
難しい
mu.zu.ka.shi.i
難

たか
高い
ta.ka.i
高
⬅➡
ひく
低い
hi.ku.i
低

とお
遠い
to.o.i
遠
⬅➡
ちか
近い
chi.ka.i
近

| 高い
たか
ta.ka.i
貴 | ⬄ | 安い
やす
ya.su.i
便宜 | | きつい
ki.tsu.i
緊 | ⬄ | ゆるい
yu.ru.i
鬆 |

| 涼しい
すず
su.zu.shi.i
涼 | ⬄ | 暖かい
あたた
a.ta.ta.ka.i
暖 | | 暑い
あつ
a.tsu.i
熱 | ⬄ | 寒い
さむ
sa.mu.i
冷 |

| 濃い
こ
ko.i
濃 | ⬄ | 薄い
うす
u.su.i
淡 | | 好き
す
su.ki
喜歡 | ⬄ | 嫌い
きら
ki.ra.i
討厭 |

これは安い
ですよ！

🌾 味覺

| 甘い
あま
a.ma.i
甜 | からい
ka.ra.i
辣 | 苦い
にが
ni.ga.i
苦 | 塩辛い／しょっぱい
しおから
shi.o.ka.ra.i／sho.p.pa.i
鹹 |

| すっぱい
su.p.pa.i
酸 | おいしい
o.i.shi.i
好吃 | まずい
ma.zu.i
難吃 | ちょうどいい
cho.o.do.i.i
剛剛好 | 脂っこい
あぶら
a.bu.ra.k.ko.i
油膩 |

| さっぱり
sa.p.pa.ri
清爽 | こってり
ko.t.te.ri
濃厚 |

私の
カレーライス
おいしいよ！

🌾 形狀

顔が丸い！！

| 丸い
まる
ma.ru.i
圓的 | 四角
し かく
shi.ka.ku
四角的 | 細長い
ほそなが
ho.so.na.ga.i
細長的 |

二千円なくしました。

數字

🎵 015

數數看

ゼロ れい 0／零	いち 一	に 二	さん 三
ze.ro／re.i 零	i.chi 一	ni 二	sa.n 三
し／よん 四	ご 五	ろく 六	しち／なな 七
shi／yo.n 四	go 五	ro.ku 六	shi.chi／na.na 七
はち 八	きゅう／く 九	じゅう 十	じゅういち 十一
ha.chi 八	kyu.u／ku 九	ju.u 十	ju.u.i.chi 十一
じゅう に 十二	じゅう さん 十三	じゅうし／じゅうよん 十四	じゅう ご 十五
ju.u.ni 十二	ju.u.sa.n 十三	ju.u.shi／ju.u.yo.n 十四	ju.u.go 十五
じゅう ろく 十六	じゅうしち／じゅうなな 十七	じゅう はち 十八	じゅうきゅう／じゅうく 十九
ju.u.ro.ku 十六	ju.u.shi.chi／ju.u.na.na 十七	ju.u.ha.chi 十八	ju.u.kyu.u／ju.u.ku 十九
に じゅう 二十	さんじゅう 三十	よんじゅう 四十	ご じゅう 五十
ni.ju.u 二十	sa.n.ju.u 三十	yo.n.ju.u 四十	go.ju.u 五十
ろく じゅう 六十	なな じゅう 七十	はち じゅう 八十	きゅうじゅう 九十
ro.ku.ju.u 六十	na.na.ju.u 七十	ha.chi.ju.u 八十	kyu.u.ju.u 九十

百 ひゃく hya.ku 一百	二百 に ひゃく ni.hya.ku 兩百	三百 さん びゃく sa.n.bya.ku 三百	四百 よん ひゃく yo.n.hya.ku 四百
五百 ご ひゃく go.hya.ku 五百	六百 ろっ びゃく ro.p.pya.ku 六百	七百 なな ひゃく na.na.hya.ku 七百	八百 はっ びゃく ha.p.pya.ku 八百
九百 きゅう ひゃく kyu.u.hya.ku 九百	千 せん se.n 一千	二千 に せん ni.se.n 兩千	三千 さん ぜん sa.n.ze.n 三千
四千 よん せん yo.n.se.n 四千	五千 ご せん go.se.n 五千	六千 ろく せん ro.ku.se.n 六千	七千 なな せん na.na.se.n 七千
八千 はっ せん ha.s.se.n 八千	九千 きゅう せん kyu.u.se.n 九千	一万 いち まん i.chi.ma.n 一萬	十万 じゅう まん ju.u.ma.n 十萬
百万 ひゃく まん hya.ku.ma.n 一百萬	千万 せん まん se.n.ma.n 一千萬	一億 いち おく i.chi.o.ku 一億	

ありがとう！

おにぎりを
十個もらったから
一緒に食べよう！

おいしそう！

十二月
寒いですね！

時間

 月份

誕生日は
いつですか？

1 何月ですか。 (なんがつ)　　　幾月？
na.n.ga.tsu.de.su.ka

1月	一月 (いち がつ) i.chi.ga.tsu 一月
2月	二月 (に がつ) ni.ga.tsu 二月
3月	三月 (さん がつ) sa.n.ga.tsu 三月
4月	四月 (し がつ) shi.ga.tsu 四月
5月	五月 (ご がつ) go.ga.tsu 五月
6月	六月 (ろく がつ) ro.ku.ga.tsu 六月
7月	七月 (しち がつ) shi.chi.ga.tsu 七月
8月	八月 (はち がつ) ha.chi.ga.tsu 八月
9月	九月 (く がつ) ku.ga.tsu 九月
10月	十月 (じゅう がつ) ju.u.ga.tsu 十月

11月	十一月 じゅう いち がつ ju.u.i.chi.ga.tsu 十一月

12月	十二月 じゅう に がつ ju.u.ni.ga.tsu 十二月

🌿 日期

1 何日ですか。
なんにち
na.n.ni.chi.de.su.ka

幾號？

1日	一日 つい たち tsu.i.ta.chi 1號

2日	二日 ふつか fu.tsu.ka 2號

3日	三日 みっ か mi.k.ka 3號

4日	四日 よっ か yo.k.ka 4號

5日	五日 いつ か i.tsu.ka 5號

6日	六日 むい か mu.i.ka 6號

7日	七日 なの か na.no.ka 7號

8日	八日 よう か yo.o.ka 8號

9日	九日 ここの か ko.ko.no.ka 9號

10日	十日 とお か to.o.ka 10號

11日	じゅう いち にち 十一日 ju.u.i.chi.ni.chi 11號
12日	じゅう に にち 十二日 ju.u.ni.ni.chi 12號
13日	じゅう さん にち 十三日 ju.u.sa.n.ni.chi 13號
14日	じゅう よっ か 十四日 ju.u.yo.k.ka 14號
15日	じゅう ご にち 十五日 ju.u.go.ni.chi 15號
16日	じゅう ろく にち 十六日 ju.u.ro.ku.ni.chi 16號
17日	じゅう しち にち 十七日 ju.u.shi.chi.ni.chi 17號
18日	じゅう はち にち 十八日 ju.u.ha.chi.ni.chi 18號
19日	じゅう く にち 十九日 ju.u.ku.ni.chi 19號
20日	はつか 二十日 ha.tsu.ka 20號
21日	に じゅういち にち 二十一日 ni.ju.u.i.chi.ni.chi 21號
22日	に じゅう に にち 二十二日 ni.ju.u.ni.ni.chi 22號
23日	に じゅう さん にち 二十三日 ni.ju.u.sa.n.ni.chi 23號
24日	に じゅうよっ か 二十四日 ni.ju.u.yo.k.ka 24號

二十五日
ni.ju.u.go.ni.chi
25號

二十六日
ni.ju.u.ro.ku.ni.chi
26號

二十七日
ni.ju.u.shi.chi.ni.chi
27號

二十八日
ni.ju.u.ha.chi.ni.chi
28號

二十九日
ni.ju.u.ku.ni.chi
29號

三十日
sa.n.ju.u.ni.chi
30號

三十一日
sa.n.ju.u.i.chi.ni.chi
31號

星期

今日は何日
ですか？

23日です。

なんようび
1 何曜日ですか。
na.n.yo.o.bi.de.su.ka

星期幾？

にちようび
日曜日
ni.chi.yo.o.bi
星期日

げつようび
月曜日
ge.tsu.yo.o.bi
星期一

かようび
火曜日
ka.yo.o.bi
星期二

すいようび
水曜日
su.i.yo.o.bi
星期三

もく よう び
木曜日
mo.ku.yo.o.bi
星期四

きん よう び
金曜日
ki.n.yo.o.bi
星期五

ど よう び
土曜日
do.yo.o.bi
星期六

日曜日に
バスケットボールを
しようか。

🔊 o17

 點鐘

なん じ
1 何時ですか。
na.n.ji.de.su.ka

幾點？

れい じ
零時
re.i.ji
午夜十二點
`00:00`

いち じ
一時
i.chi.ji
一點
`01:00`

に じ
二時
ni.ji
兩點
`02:00`

さん じ
三時
sa.n.ji
三點
`03:00`

よ じ
四時
yo.ji
四點
`04:00`

ご じ
五時
go.ji
五點
`05:00`

ろく じ
六時
ro.ku.ji
六點
`06:00`

しち じ
七時
shi.chi.ji
七點
`07:00`

八時
はち じ
ha.chi.ji
八點

九時
く じ
ku.ji
九點

十時
じゅう じ
ju.u.ji
十點

十一時
じゅう いち じ
ju.u.i.chi.ji
十一點

十二時
じゅう に じ
ju.u.ni.ji
十二點

今何時ですか？
十二時です。

 分

1 何分ですか。
なんぷん
na.n.pu.n.de.su.ka

幾分？

一分
いっ ぷん
i.p.pu.n
一分

二分
に ふん
ni.fu.n
兩分

三分
さん ぷん
sa.n.pu.n
三分

四分
よん ぷん
yo.n.pu.n
四分

五分
ご ふん
go.fu.n
五分

六分
ろっ ぷん
ro.p.pu.n
六分

七分
なな ふん
na.na.fu.n
七分

八分
はっ ぶん
ha.p.pu.n
八分

九分
きゅう ふん
kyu.u.fu.n
九分

十分
じゅっぷん／じっぷん
ju.p.pu.n／ji.p.pu.n
十分

十五分
じゅう ご ふん
ju.u.go.fu.n
十五分

二十分
にじゅっぷん／にじっぷん
ni.ju.p.pu.n／ni.ji.p.pu.n
二十分

三十分
さんじゅっぷん／さんじっぷん
sa.n.ju.p.pu.n／sa.n.ji.p.pu.n
三十分

すみません、
遅くなりました。

 秒

1 〜秒
びょう
〜byo.o

〜秒

2 何秒
なんびょう
na.n.byo.o

幾秒

 時數

何時間
なん じ かん
na.n.ji.ka.n
幾個小時

・**半**
はん
ha.n
半(小時)

<ruby>一時間<rt>いちじかん</rt></ruby>
i.chi.ji.ka.n
一小時

<ruby>二時間<rt>にじかん</rt></ruby>
ni.ji.ka.n
兩小時

<ruby>三時間<rt>さんじかん</rt></ruby>
sa.n.ji.ka.n
三小時

<ruby>四時間<rt>よじかん</rt></ruby>
yo.ji.ka.n
四小時

<ruby>五時間<rt>ごじかん</rt></ruby>
go.ji.ka.n
五小時

<ruby>六時間<rt>ろくじかん</rt></ruby>
ro.ku.ji.ka.n
六小時

<ruby>七時間<rt>しちじかん</rt></ruby>
shi.chi.ji.ka.n
七小時

<ruby>八時間<rt>はちじかん</rt></ruby>
ha.chi.ji.ka.n
八小時

<ruby>九時間<rt>くじかん</rt></ruby>
ku.ji.ka.n
九小時

<ruby>十時間<rt>じゅうじかん</rt></ruby>
ju.u.ji.ka.n
十小時

今 いま i.ma 現在	後 あと a.to 以後	後で あと a.to.de 後來、稍後、隨後	前 まえ ma.e 以前

今日 きょう kyo.o 今天	昨日 きのう ki.no.o 昨天	おととい o.to.to.i 前天	明日 あした a.shi.ta 明天	明後日 あさって a.sa.t.te 後天
今週 こんしゅう ko.n.shu.u 本週	先週 せんしゅう se.n.shu.u 上週	先々週 せんせんしゅう se.n.se.n.shu.u 上上週	来週 らいしゅう ra.i.shu.u 下週	再来週 さらいしゅう sa.ra.i.shu.u 下下週
週末 しゅうまつ shu.u.ma.tsu 週末	今月 こんげつ ko.n.ge.tsu 本月	先月 せんげつ se.n.ge.tsu 上個月	来月 らいげつ ra.i.ge.tsu 下個月	先々月 せんせんげつ se.n.se.n.ge.tsu 上上個月
再来月 さらいげつ sa.ra.i.ge.tsu 下下個月	今年 ことし ko.to.shi 今年	去年 きょねん kyo.ne.n 去年	一昨年 おととし o.to.to.shi 前年	来年 らいねん ra.i.ne.n 明年
再来年 さらいねん sa.ra.i.ne.n 後年	朝 あさ a.sa 早晨	午前 ごぜん go.ze.n 上午	正午 しょうご sho.o.go 中午	午後 ごご go.go 下午
夕方 ゆうがた yu.u.ga.ta 傍晚	夜 よる yo.ru 晚上	夜中 よなか yo.na.ka 半夜		

おはよう！
いまもう朝
ですよ！

今日は
敬老の日です。

節日・季節

🌱 日本國定假日

国民の休日
ko.ku.mi.n.no.kyu.u.ji.tsu
國民休假日

元日
ga.n.ji.tsu
元旦（1.1）

成人の日
se.i.ji.n.no.hi
成人日（1月第2個星期一）

建国記念日
ke.n.ko.ku.ki.ne.n.bi
開國紀念日（2.11）

春分の日
shu.n.bu.n.no.hi
春分（3.21左右）

昭和の日
sho.o.wa.no.hi
昭和天皇誕辰（4.29）

憲法記念日
ke.n.po.o.ki.ne.n.bi
憲法紀念日（5.3）

みどりの日
mi.do.ri.no.hi
綠之節（5.4）

こどもの日
ko.do.mo.no.hi
兒童節（5.5）

ゴールデンウィーク
go.o.ru.de.n.u.i.i.ku
黃金週 ＊

＊ 每年 4 月底至 5 月初的連續假期

海の日
u.mi.no.hi
海之節（7月第3個星期一）

敬老の日
ke.i.ro.o.no.hi
敬老節（9月第3個星期一）

秋分の日
shu.u.bu.n.no.hi
秋分（9.23左右）

体育の日
ta.i.i.ku.no.hi
體育節（10月第2個星期一）

文化の日
bu.n.ka.no.hi
文化節（11.3）

勤労感謝の日
ki.n.ro.o.ka.n.sha.no.hi
勞動節（11.23）

天皇誕生日
te.n.no.o.ta.n.jo.o.bi
天皇誕辰（12.23）

振り替え休日
fu.ri.ka.e.kyu.u.ji.tsu
補假

🌱 季節

春
ha.ru
春

夏
na.tsu
夏

秋
a.ki
秋

冬
fu.yu
冬

春天

春_{はる}うらら
ha.ru.u.ra.ra
風和日麗

春_{はる}一番_{いちばん}
ha.ru.i.chi.ba.n
立春至春分期間，從南方吹來的第一陣風。

夏天

猛暑_{もうしょ}
mo.o.sho
＊酷熱

朝焼_{あさやけ}
a.sa.ya.ke
朝霞

初夏_{しょか}
sho.ka
初夏

炎天下_{えんてんか}
e.n.te.n.ka
烈日當頭

＊ 新聞用語，指攝氏溫度超過 35 度以上的天氣。

秋天

秋晴_{あきば}れ
a.ki.ba.re
秋高氣爽

読書_{どくしょ}の秋_{あき}
do.ku.sho.no.a.ki
讀書之秋

食欲_{しょくよく}の秋_{あき}
sho.ku.yo.ku.no.a.ki
食欲之秋

スポーツの秋_{あき}
su.po.o.tsu.no.a.ki
運動之秋

芸術_{げいじゅつ}の秋_{あき}
ge.i.ju.tsu.no.a.ki
藝術之秋

木枯_{こが}らし
ko.ga.ra.shi
秋風。秋末初冬所颳起的第一道凜冽寒風。

さびしい…

方位

位置

うえ 上 u.e 上面	した 下 shi.ta 下面	ま なか 真ん中 ma.n.na.ka 中央	みぎ 右 mi.gi 右邊	ひだり 左 hi.da.ri 左邊

まえ 前 ma.e 前面	うし 後ろ u.shi.ro 後面、背後	なか 中 na.ka 裡面、內部

そと 外 so.to 外面	あそこ a.so.ko 那裡	ここ ko.ko 這裡

すみません、
遅くなりました。

方向

ひがし 東 hi.ga.shi 東

にし 西 ni.shi 西

みなみ 南 mi.na.mi 南

きた 北 ki.ta 北

わたしは
オレンジ色が
すきですよ！

色彩

 顔色

1 何色（なにいろ）が好（す）きですか。
na.ni.i.ro.ga.su.ki.de.su.ka

你喜歡什麼顏色？

 白（しろ）
shi.ro
白色

 黒（くろ）
ku.ro
黑色

 赤（あか）
a.ka
紅色

 青（あお）
a.o
藍色

 紫（むらさき）
mu.ra.sa.ki
紫色

 黄色（きいろ）
ki.i.ro
黃色

 茶色（ちゃいろ）
cha.i.ro
褐色

 水色（みずいろ）
mi.zu.i.ro
淺藍色

 ピンク
pi.n.ku
粉紅色

 小豆色（あずきいろ）／ワインレッド
a.zu.ki.i.ro／wa.i.n.re.d.do
豆沙色、暗紅色、紅葡萄酒色

 ベージュ
be.e.ju
米白色

 オレンジ
o.re.n.ji
橘色

 グレー・灰色（はいいろ）
gu.re.e/ha.i.i.ro
灰色

 金色（きんいろ）
ki.n.i.ro
金色

 銀色（ぎんいろ）
gi.n.i.ro
銀色

次序

ぼくは何番目
ですか？

🌱 第幾個

1 一番目
　　 <small>いち ばん め</small>
　　 i.chi.ba.n.me
第一個

2 二番目
　　 <small>に ばん め</small>
　　 ni.ba.n.me
第二個

3 三番目
　　 <small>さん ばん め</small>
　　 sa.n.ba.n.me
第三個

4 四番目
　　 <small>よん ばん め</small>
　　 yo.n.ba.n.me
第四個

5 五番目
　　 <small>ご ばん め</small>
　　 go.ba.n.me
第五個

6 六番目
　　 <small>ろく ばん め</small>
　　 ro.ku.ba.n.me
第六個

7 七番目
　　 <small>なな ばん め</small>
　　 na.na.ba.n.me
第七個

8 八番目
　　 <small>はち ばん め</small>
　　 ha.chi.ba.n.me
第八個

9 九番目
　　 <small>きゅうばん め</small>
　　 kyu.u.ba.n.me
第九個

10 十番目
　　 <small>じゅうばん め</small>
　　 ju.u.ba.n.me
第十個

11 何番目
　　 <small>なん ばん め</small>
　　 na.n.ba.n.me
第幾個

わたしは
一番目です！

生肖・地支・星座・血型

射手座 ↗

生肖、地支

1 干支はなんですか？
えと
e.to.wa.na.n.de.su.ka

你生肖屬什麼呢?

2 酉です
とり
to.ri.de.su

我屬酉（雞）。

鼠・子
ねずみ・ね
ne.zu.mi・ne
鼠・子

牛・丑
うし・うし
u.shi・u.shi
牛・丑

虎・寅
とら・とら
to.ra・to.ra
虎・寅

兎・卯
うさぎ・う
u.sa.gi・u
兔・卯

竜・辰
たつ・たつ
ta.tsu・ta.tsu
龍・辰

蛇・巳
へび・み
he.bi・mi
蛇・巳

馬・午
うま・うま
u.ma・u.ma
馬・午

羊・未
ひつじ・ひつじ
hi.tsu.ji・hi.tsu.ji
羊・未

猿・申
さる・さる
sa.ru・sa.ru
猴・申

鶏・酉
とり・とり
to.ri・to.ri
雞・酉

犬・戌
いぬ・いぬ
i.nu・i.nu
狗・戌

猪・亥
いのしし・い
i.no.shi.shi・i
豬・亥

1 星座は何座ですか？
せいざ　なにざ
se.i.za.wa.na.ni.za.de.su.ka

你的星座是什麼呢？

2 おとめ座です
　　　　ざ
o.to.me.za.de.su

我是處女座。

牡羊座
お ひつじ ざ
o.hi.tsu.ji.za
牡羊座

牡牛座
お うし ざ
o.u.shi.za
金牛座

双子座
ふたご　 ざ
fu.ta.go.za
雙子座

蟹座
かに　ざ
ka.ni.za
巨蟹座

獅子座
しし　しざ
shi.shi.za
獅子座

乙女座
おとめ　 ざ
o.to.me.za
處女座

天秤座
てん びん ざ
te.n.bi.n.za
天秤座

蠍座
さそり ざ
sa.so.ri.za
天蠍座

射手座
い て ざ
i.te.za
射手座

山羊座
や ぎ ざ
ya.gi.za
山羊座（魔羯座）

水瓶座
<ruby>水<rt>みず</rt></ruby><ruby>瓶<rt>がめ</rt></ruby><ruby>座<rt>ざ</rt></ruby>
mi.zu.ga.me.za
水瓶座

<ruby>魚<rt>うお</rt></ruby><ruby>座<rt>ざ</rt></ruby>
u.o.za
雙魚座

🌿 血型

1 血液型は何型ですか？
<ruby>血<rt>けつ</rt></ruby><ruby>液<rt>えき</rt></ruby><ruby>型<rt>がた</rt></ruby>は<ruby>何<rt>なに</rt></ruby><ruby>型<rt>がた</rt></ruby>ですか？
ke.tsu.e.ki.ga.ta.wa.na.ni.ga.ta.de.su.ka

你的血型是什麼？

2 O型です。
O<ruby>型<rt>がた</rt></ruby>です。
o.o.ga.ta.de.su

我是O型。

A 型
e.i.ga.ta
A 型

B 型
bi.i.ga.ta
B 型

O 型
o.o.ga.ta
O 型

AB 型
e.i.bi.i.ga.ta
AB 型

B型です。

血液型は
何型ですか。

わたしは
五歳です。

PART

3

數量稱呼大不同

わたしは
おもちゃを
ふたつもって
ますよ。

🔊 o24

物品數量單位

雞蛋等小的東西

1 ~個
　~ko

　　　　　　　　　　　　　　　　　　　　　　　　　　~個

2 何個ですか。
　na.n.ko.de.su.ka

　　　　　　　　　　　　　　　　　　　　　　幾個？

一個 i.k.ko 一個	二個 ni.ko 兩個	三個 sa.n.ko 三個	四個 yo.n.ko 四個	五個 go.ko 五個
六個 ro.k.ko 六個	七個 na.na.ko 七個	八個 ha.k.ko 八個	九個 kyu.u.ko 九個	十個 ju.k.ko 十個

おにぎりを
十個もらったから
一緒に食べよう！

ありがとう！

おいしそう！

一般物品

1 いくつですか。
i.ku.tsu.de.su.ka

幾個？

ひとつ hi.to.tsu 一個	ふたつ fu.ta.tsu 兩個	みっつ mi.t.tsu 三個	よっつ yo.t.tsu 四個	いつつ i.tsu.tsu 五個
むっつ mu.t.tsu 六個	ななつ na.na.tsu 七個	やっつ ya.t.tsu 八個	ここのつ ko.ko.no.tsu 九個	とお to.o 十個

人數

1 何人ですか。
 なんにん
na.n.ni.n.de.su.ka

幾個人

ひとり 一人 hi.to.ri 一個人	ふたり 二人 fu.ta.ri 兩個人	さんにん 三人 sa.n.ni.n 三個人	よにん 四人 yo.ni.n 四個人	ごにん 五人 go.ni.n 五個人
ろくにん 六人 ro.ku.ni.n 六個人	ななにん 七人 na.na.ni.n 七個人	はちにん 八人 ha.chi.ni.n 八個人	きゅうにん 九人 kyu.u.ni.n 九個人	じゅうにん 十人 ju.u.ni.n 十個人
じゅういちにん 十一人 ju.u.i.chi.ni.n 十一個人	じゅうににん 十二人 ju.u.ni.ni.n 十二個人	にじゅうにん 二十人 ni.ju.u.ni.n 二十個人		

わたしは
いま一人で
家にいるよ。

次數

1 何回ですか。 (なんかい)
na.n.ka.i.de.su.ka
幾次？

一回 (いっかい) i.k.ka.i 一次	二回 (に かい) ni.ka.i 兩次	三回 (さんかい) sa.n.ka.i 三次	四回 (よんかい) yo.n.ka.i 四次	五回 (ご かい) go.ka.i 五次
六回 (ろっかい) ro.k.ka.i 六次	七回 (ななかい) na.na.ka.i 七次	八回 (はっかい) ha.k.ka.i 八次	九回 (きゅう かい) kyu.u.ka.i 九次	十回 (じゅっかい／じっかい) ju.k.ka.i／ji.k.ka.i 十次

一日三回くらい
おふろに
はいりたい！

月數

1 どのぐらい台湾にいる予定ですか。 (たいわん)(よ てい)
do.no.gu.ra.i.ta.i.wa.n.ni.i.ru.yo.te.i.de.su.ka
你預定在台灣待多久？

一ヶ月 (いっ か げつ) i.k.ka.ge.tsu 一個月	二ヶ月 (に か げつ) ni.ka.ge.tsu 兩個月	三ヶ月 (さん か げつ) sa.n.ka.ge.tsu 三個月	四ヶ月 (よん か げつ) yo.n.ka.ge.tsu 四個月	五ヶ月 (ご か げつ) go.ka.ge.tsu 五個月
六ヶ月 (ろっ か げつ) ro.k.ka.ge.tsu 六個月	七ヶ月 (なな か げつ) na.na.ka.ge.tsu 七個月	八ヶ月 (はっ か げつ) ha.k.ka.ge.tsu 八個月	九ヶ月 (きゅう か げつ) kyu.u.ka.ge.tsu 九個月	十ヶ月 (じゅっかげつ／じっかげつ) ju.k.ka.ge.tsu／ ji.k.ka.ge.tsu 十個月

🔊 o25

1 何週間ですか。
なんしゅうかん
na.n.shu.u.ka.n.de.su.ka

幾個禮拜?

いっしゅうかん
一週間
i.s.shu.u.ka.n
一個禮拜

に しゅうかん
二週間
ni.shu.u.ka.n
兩個禮拜

さんしゅうかん
三週間
sa.n.shu.u.ka.n
三個禮拜

よんしゅうかん
四週間
yo.n.shu.u.ka.n
四個禮拜

ご しゅうかん
五週間
go.shu.u.ka.n
五個禮拜

ろくしゅうかん
六週間
ro.ku.shu.u.ka.n
六個禮拜

ななしゅうかん
七週間
na.na.shu.u.ka.n
七個禮拜

はっしゅうかん
八週間
ha.s.shu.u.ka.n
八個禮拜

きゅうしゅうかん
九週間
kyu.u.shu.u.ka.n
九個禮拜

じゅっしゅうかん／じっしゅうかん
十週間
ju.s.shu.u.ka.n／
ji.s.shu.u.ka.n
十個禮拜

何週間
出かけますか？

三週間ぐらい
出かけます。

バナナ村

いくらかな？

金錢

1 いくらですか。
i.ku.ra.de.su.ka

多少錢？

いちえん 一円 i.chi.e.n 一元	に えん 二円 ni.e.n 兩 元	さんえん 三円 sa.n.e.n 三元	よ えん 四円 yo.e.n 四元
ご えん 五円 go.e.n 五元	ろくえん 六円 ro.ku.e.n 六元	ななえん／しちえん 七円 na.na.e.n／ shi.chi.e.n 七元	はちえん 八円 ha.chi.e.n 八元
きゅうえん 九円 kyu.u.e.n 九元	じゅうえん 十円 ju.u.e.n 十元	ひゃくえん 百円 hya.ku.en 一百元	に ひゃく えん 二百円 ni.hya.ku.e.n 兩百元
さんびゃくえん 三百円 sa.n.bya.ku.e.n 三百元	よんひゃくえん 四百円 yo.n.hya.ku.e.n 四百元	ごひゃくえん 五百円 go.hya.ku.e.n 伍佰元	ろっぴゃくえん 六百円 ro.p.pya.ku.e.n 六百元
ななひゃくえん 七百円 na.na.hya.ku.e.n 七百元	はっぴゃくえん 八百円 ha.p.pya.ku.e.n 八百元	きゅうひゃくえん 九百円 kyu.u.hya.ku.e.n 九百元	せんえん 千円 se.n.e.n 一千元
に せんえん 二千円 ni.se.n.e.n 兩千元	さんぜんえん 三千円 sa.n.ze.n.e.n 三千元	よんせんえん 四千円 yo.n.se.n.e.n 四千元	ご せんえん 五千円 go.se.n.e.n 五千元

<table>
<tr>
<td>
六千円
ろくせんえん
ro.ku.se.n.e.n
六千元
</td>
<td>
七千円
ななせんえん
na.na.se.n.e.n
七千元
</td>
<td>
八千円
はっせんえん
ha.s.se.n.e.n
八千元
</td>
<td>
九千円
きゅうせんえん
kyu.u.se.n.e.n
九千元
</td>
</tr>
</table>

一万円
いちまんえん
i.chi.ma.n.e.n
一萬元

五十万円
ごじゅうまんえん
go.ju.u.ma.n.e.n
五十萬元

百万円
ひゃくまんえん
hya.ku.ma.n.e.n
一百萬元

一万円を
落としちゃった！

1 何階ですか。
なんがい
na.n.ga.i.de.su.ka
　　　　　　　　　　　　　　　　　　幾樓？

一階
いっかい
i.k.ka.i
一樓

二階
にかい
ni.ka.i
二樓

三階
さんがい
sa.n.ga.i
三樓

四階
よんかい
yo.n.ka.i
四樓

五階
ごかい
go.ka.i
五樓

六階
ろっかい
ro.k.ka.i
六樓

七階
ななかい
na.na.ka.i
七樓

八階
はちかい／はっかい
ha.chi.ka.i／
ha.k.ka.i
八樓

九階
きゅうかい
kyu.u.ka.i
九樓

十階
じゅっかい／じっかい
ju.k.ka.i／
ji.k.ka.i
十樓

地下一階
ちかいっかい
chi.ka.i.k.ka.i
地下一樓

屋上
おくじょう
o.ku.jo.o
屋頂

十階に
住んでます。

何階に
住んでますか？

分數

はんぶん
半分
ha.n.bu.n
一半、二分之一

に ぶん いち
二分の一
ni.bu.n.no.i.chi
二分之一

さん ぶん いち
三分の一
sa.n.bu.n.no.i.chi
三分之一

よん ぶん いち
四分の一
yo.n.bu.n.no.i.chi
四分之一

半分しか
ないよ！

茶、咖啡等杯裝飲料或麵飯

なんばい
1 何杯ですか。 　　　　　　幾杯（碗）？
na.n.ba.i.de.su.ka

いっぱい
一杯
i.p.pa.i
一杯（碗）

に はい
二杯
ni.ha.i
兩杯（碗）

さんばい
三杯
sa.n.ba.i
三杯（碗）

よんはい
四杯
yo.n.ha.i
四杯（碗）

ご はい
五杯
go.ha.i
五杯（碗）

ろっぱい
六杯
ro.p.pa.i
六杯（碗）

ななはい
七杯
na.na.ha.i
七杯（碗）

はっぱい
八杯
ha.p.pa.i
八杯（碗）

きゅうはい
九杯
kyu.u.ha.i
九杯（碗）

じゅっぱい／じっぱい
十杯
ju.p.pa.i／
ji.p.pa.i
十杯（碗）

ご飯を三杯も
食べた！

グル
グル
グル

紙、衣服等扁薄的物品

1 何枚ですか。
な.n.ma.i.de.su.ka

幾張（件）？

一枚 い.chi.ma.i 一張（件）	二枚 に まい ni.ma.i 兩張（件）	三枚 さんまい sa.n.ma.i 三張（件）	四枚 よんまい yo.n.ma.i 四張（件）	五枚 ご まい go.ma.i 五張（件）
六枚 ろくまい ro.ku.ma.i 六張（件）	七枚 ななまい na.na.ma.i 七張（件）	八枚 はちまい ha.chi.ma.i 八張（件）	九枚 きゅうまい kyu.u.ma.i 九張（件）	十枚 じゅうまい ju.u.ma.i 十張（件）

筆、樹木、酒瓶或褲子等細長物

1 何本ですか。
な.n.bo.n.de.su.ka

幾枝（棵、瓶）？

一本 いっぽん i.p.po.n 一枝（棵、瓶）	二本 に ほん ni.ho.n 兩枝（棵、瓶）	三本 さんぼん sa.n.bo.n 三枝（棵、瓶）	四本 よんほん yo.n.ho.n 四枝（棵、瓶）
五本 ご ほん go.ho.n 五枝（棵、瓶）	六本 ろっぽん ro.p.po.n 六枝（棵、瓶）	七本 ななほん na.na.ho.n 七枝（棵、瓶）	八本 はっぽん ha.p.po.n 八枝（棵、瓶）
九本 きゅうほん kyu.u.ho.n 九枝（棵、瓶）	十本 じゅっぽん／じっぽん ju.p.po.n／ ji.p.po.n 十枝（棵、瓶）		

お酒が六本あるよ！

鞋子、襪子

1 何足ですか。
なんそく
na.n.so.ku.de.su.ka

幾雙?

いっそく 一足 i.s.so.ku 一雙	に そく 二足 ni.so.ku 兩雙	さんそく 三足 sa.n.so.ku 三雙	よんそく 四足 yo.n.so.ku 四雙	ご そく 五足 go.so.ku 五雙
ろくそく 六足 ro.ku.so.ku 六雙	ななそく 七足 na.na.so.ku 七雙	はっそく 八足 ha.s.so.ku 八雙	きゅうそく 九足 kyu.u.so.ku 九雙	じゅっそく／じっそく 十足 ju.s.so.ku／ ji.s.so.ku 十雙

衣服

1 何着ですか。
なんちゃく
na.n.cha.ku.de.su.ka

幾套?

いっちゃく 一着 i.t.cha.ku 一套	に ちゃく 二着 ni.cha.ku 兩套	さんちゃく 三着 sa.n.cha.ku 三套	よんちゃく 四着 yo.n.cha.ku 四套
ごちゃく 五着 go.cha.ku 五套	ろくちゃく 六着 ro.ku.cha.ku 六套	ななちゃく 七着 na.na.cha.ku 七套	はっちゃく 八着 ha.c.cha.ku 八套
きゅうちゃく 九着 kyu.u.cha.ku 九套	じゅっちゃく／じっちゃく 十着 ju.c.cha.ku／ ji.c.cha.ku 十套		

體重或物品重量

1 何[なん]キロですか。
na.n.ki.ro.de.su.ka

幾公斤？

一[いち]キロ i.chi.ki.ro 一公斤	二[に]キロ ni.ki.ro 兩公斤	三[さん]キロ sa.n.ki.ro 三公斤	四[よん]キロ yo.n.ki.ro 四公斤	五[ご]キロ go.ki.ro 五公斤
六[ろっ]キロ ro.k.ki.ro 六公斤	七[なな]キロ na.na.ki.ro 七公斤	八[はち]キロ ha.chi.ki.ro 八公斤	九[きゅう]キロ kyu.u.ki.ro 九公斤	十[じゅっ/じっ]キロ ju.k.ki.ro／ ji.k.ki.ro 十公斤

餐點

1 何人前[なんにんまえ]ですか。
na.n.ni.n.ma.e.de.su.ka

幾人份？

一人前[いちにんまえ] i.chi.ni.n.ma.e 一人份	二人前[に にんまえ] ni.ni.n.ma.e 兩人份	三人前[さんにんまえ] sa.n.ni.n.ma.e 三人份	四人前[よ にんまえ] yo.ni.n.ma.e 四人份
五人前[ご にんまえ] go.ni.n.ma.e 五人份	六人前[ろくにんまえ] ro.ku.ni.n.ma.e 六人份	七人前[しちにんまえ] shi.chi.ni.n.ma.e 七人份	八人前[はちにんまえ] ha.chi.ni.n.ma.e 八人份
九人前[きゅうにん まえ] kyu.u.ni.n.ma.e 九人份	十人前[じゅうにんまえ] ju.u.ni.n.ma.e 十人份		

ご飯の時間よ！

打數

1 何ダースですか。
<small>なん</small>
na.n.da.a.su.de.su.ka

幾打？

一ダース <small>いち</small> i.chi.da.a.su 一打	二ダース <small>に</small> ni.da.a.su 兩打	三ダース <small>さん</small> sa.n.da.a.su 三打	四ダース <small>よん</small> yo.n.da.a.su 四打	五ダース <small>ご</small> go.da.a.su 五打
六ダース <small>ろく</small> ro.ku.da.a.su 六打	七ダース <small>なな</small> na.na.da.a.su 七打	八ダース <small>はち</small> ha.chi.da.a.su 八打	九ダース <small>きゅう</small> kyu.u.da.a.su 九打	十ダース <small>じゅう</small> ju.u.da.a.su 十打

成組成對的物品

1 何組ですか。
<small>なんくみ</small>
na.n.ku.mi.de.su.ka

幾組（對）？

一組 <small>ひとくみ</small> hi.to.ku.mi 一組（對）	二組 <small>ふたくみ</small> fu.ta.ku.mi 兩組（對）	三組 <small>さんくみ</small> sa.n.ku.mi 三組（對）	四組 <small>よんくみ</small> yo.n.ku.mi 四組（對）	五組 <small>ごくみ</small> go.ku.mi 五組（對）
六組 <small>ろっくみ</small> ro.k.ku.mi 六組（對）	七組 <small>しちくみ／ななくみ</small> shi.chi.ku.mi/ na.na.ku.mi 七組（對）	八組 <small>はちくみ</small> ha.chi.ku.mi 八組（對）	九組 <small>きゅうくみ</small> kyu.u.ku.mi 九組（對）	十組 <small>じゅっくみ／じっくみ</small> ju.k.ku.mi/ ji.k.ku.mi 十組（對）

わぁ～
うれしい！

一組のピアスを
買ってきたよ！

藥片

1 何錠ですか。 <ruby>何錠<rt>なんじょう</rt></ruby>
na.n.jo.o.de.su.ka

幾顆？

<ruby>一錠<rt>いちじょう</rt></ruby> i.chi.jo.o 一顆	<ruby>二錠<rt>にじょう</rt></ruby> ni.jo.o 兩顆
<ruby>三錠<rt>さんじょう</rt></ruby> sa.n.jo.o 三顆	<ruby>四錠<rt>よんじょう</rt></ruby> yo.n.jo.o 四顆

一錠 i.chi.jo.o 一顆
二錠 ni.jo.o 兩顆
三錠 sa.n.jo.o 三顆
四錠 yo.n.jo.o 四顆
五錠 go.jo.o 五顆

六錠 ro.ku.jo.o 六顆
七錠 na.na.jo.o 七顆
八錠 ha.chi.jo.o 八顆
九錠 kyu.u.jo.o 九顆
十錠 ju.u.jo.o 十顆

顆粒狀物品

1 何粒ですか。 <ruby>何粒<rt>なんつぶ</rt></ruby>
na.n.tsu.bu.de.su.ka

幾粒？

一粒 hi.to.tsu.bu 一粒
二粒 fu.ta.tsu.bu 兩粒
三粒 sa.n.tsu.bu 三粒
四粒 yo.n.tsu.bu 四粒

五粒 go.tsu.bu 五粒
六粒 ro.ku.tsu.bu 六粒
七粒 na.na.tsu.bu 七粒
八粒 ha.t.tsu.bu 八粒

九粒 kyu.u.tsu.bu 九粒
十粒 ju.t.tsu.bu 十粒

くすり
何粒飲めば
いい？

1 何台ですか。 　幾台？
なんだい
na.n.da.i.de.su.ka

一台 いちだい i.chi.da.i 一台	二台 に だい ni.da.i 兩台	三台 さんだい sa.n.da.i 三台	四台 よんだい yo.n.da.i 四台	五台 ご だい go.da.i 五台
六台 ろくだい ro.ku.da.i 六台	七台 ななだい na.na.da.i 七台	八台 はちだい ha.chi.da.i 八台	九 台 きゅう だい kyu.u.da.i 九台	十 台 じゅう だい ju.u.da.i 十台

コンピューターを
三台持ってるよ！

順序

1 何番ですか。 　幾號？
なんばん
na.n.ba.n.de.su.ka

一番 いちばん i.chi.ba.n 一號	二番 に ばん ni.ba.n 二號	三番 さんばん sa.n.ba.n 三號	四番 よんばん yo.n.ba.n 四號	五番 ご ばん go.ba.n 五號
六番 ろくばん ro.ku.ba.n 六號	七番 ななばん na.na.ba.n 七號	八番 はちばん ha.chi.ba.n 八號	九 番 きゅう ばん kyu.u.ba.n 九號	十 番 じゅう ばん ju.u.ba.n 十號

小動物、昆蟲，如貓、犬、蚊子等

1 何匹いますか。
なんびき
na.n.bi.ki.i.ma.su.ka

幾隻？

いっぴき 一匹 i.p.pi.ki 一隻	に ひき 二匹 ni.hi.ki 兩隻	さんびき 三匹 sa.n.bi.ki 三隻	よんひき 四匹 yo.n.hi.ki 四隻	ご ひき 五匹 go.hi.ki 五隻
ろっぴき 六匹 ro.p.pi.ki 六隻	ななひき 七匹 na.na.hi.ki 七隻	はっぴき 八匹 ha.p.pi.ki 八隻	きゅう ひき 九 匹 kyu.u.hi.ki 九隻	じゅっぴき／じっぴき 十匹 ju.p.pi.ki／ ji.p.pi.ki 十隻

大動物，如大象、老虎、牛、馬等

1 何頭いますか。
なんとう
na.n.to.o.i.ma.su.ka

幾頭？

いっとう 一頭 i.t.to.o 一頭	に とう 二頭 ni.to.o 兩頭	さんとう 三頭 sa.n.to.o 三頭	よんとう 四頭 yo.n.to.o 四頭	ご とう 五頭 go.to.o 五頭
ろくとう 六頭 ro.ku.to.o 六頭	ななとう 七頭 na.na.to.o 七頭	はっとう 八頭 ha.t.to.o 八頭	きゅう とう 九 頭 kyu.u.to.o 九頭	じゅっとう 十頭 ju.t.to.o 十頭

象は何頭
いますか？

二頭
います。

鳥類、兔子

🔊 o30

1 何羽^{なんわ}いますか。
na.n.wa.i.ma.su.ka

幾隻？

一羽 い ち わ i.chi.wa 一隻	二羽 に わ ni.wa 兩隻	三羽 さ ん わ sa.n.wa 三隻	四羽 よ ん わ yo.n.wa 四隻	五羽 ご わ go.wa 五隻
六羽 ろ く わ ro.ku.wa 六隻	七羽 し ち わ／な な わ shi.chi.wa／ na.na.wa 七隻	八羽 は ち わ ha.chi.wa 八隻	九羽 きゅう わ kyu.u.wa 九隻	十羽 じゅう わ ju.u.wa 十隻

年齡

1 いくつですか。
i.ku.tsu.de.su.ka

幾歲？

一歳 いっさい i.s.sa.i 一歲	二歳 に さい ni.sa.i 兩歲	三歳 さんさい sa.n.sa.i 三歲	四歳 よんさい yo.n.sa.i 四歲	五歳 ご さい go.sa.i 五歲
六歳 ろくさい ro.ku.sa.i 六歲	七歳 ななさい na.na.sa.i 七歲	八歳 はっさい ha.s.sa.i 八歲	九歳 きゅう さい kyu.u.sa.i 九歲	十歳 じゅっさい／じっさい ju.s.sa.i／ ji.s.sa.i 十歲
二十歳 は たち ha.ta.chi 二十歲	百歳 ひゃくさい hya.ku.sa.i 一百歲			

わたしは
五歳です。

ぼくは
四歳です。

書籍、雑誌

1 何冊ですか。
なんさつ
na.n.sa.tsu.de.su.ka

幾冊？

いっさつ 一冊 i.s.sa.tsu 一冊	にさつ 二冊 ni.sa.tsu 二冊	さんさつ 三冊 sa.n.sa.tsu 三冊	よんさつ 四冊 yo.n.sa.tsu 四冊	ごさつ 五冊 go.sa.tsu 五冊
ろくさつ 六冊 ro.ku.sa.tsu 六冊	ななさつ 七冊 na.na.sa.tsu 七冊	はっさつ 八冊 ha.s.sa.tsu 八冊	きゅうさつ 九冊 kyu.u.sa.tsu 九冊	じゅっさつ／じっさつ 十冊 ju.s.sa.tsu／ ji.s.sa.tsu 十冊

もう5冊
読んだよ！

漫畫、叢書

1 何巻ですか。
なんかん
na.n.ka.n.de.su.ka

幾本？

いっかん 一巻 i.k.ka.n 一本	にかん 二巻 ni.ka.n 兩本	さんかん 三巻 sa.n.ka.n 三本	よんかん 四巻 yo.n.ka.n 四本	ごかん 五巻 go.ka.n 五本
ろっかん 六巻 ro.k.ka.n 六本	ななかん 七巻 na.na.ka.n 七本	はっかん 八巻 ha.k.ka.n 八本	きゅうかん 九巻 kyu.u.ka.n 九本	じゅっかん／じっかん 十巻 ju.k.ka.n／ ji.k.ka.n 十本

雨が降りそう、
はやく家に
帰らないと…

PART 4

旅遊日語開口說

部屋代は
いくらですか？

飯店

🌱 尋找飯店

1 いい 宿泊先 を教えていただけますか。
i.i.shu.ku.ha.ku.sa.ki.o
o.shi.e.te.i.ta.da.ke.ma.su.ka

能告訴我哪裡有不錯的
投宿地方嗎？

2 いい ホテル を紹介していただけますか。
i.i.ho.te.ru.o.sho.o.ka.i.shi.te.i.ta.da.ke.ma.su.ka

能幫我介紹好的飯店嗎？

3 この近くに ホテル はありますか。
ko.no.chi.ka.ku.ni.ho.te.ru.wa.a.ri.ma.su.ka

這附近有飯店嗎？

↳ 你也可以將 ▭ 裡的字代換成以下詞彙喔！

＊旅館
ryo.ka.n

旅館

＊民宿
mi.n.shu.ku

民宿

🌱 詢問房間價錢

1 部屋代はいくらですか。
he.ya.da.i.wa.i.ku.ra.de.su.ka

房間價格多少呢？

2 もっと安い部屋はありますか。
mo.t.to.ya.su.i.he.ya.wa.a.ri.ma.su.ka

有沒有更便宜的房間呢？

3 一泊五千円以下の部屋がいいです。
i.p.pa.ku.go.se.n.e.n.i.ka.no.he.ya.ga.i.i.de.su

我想要一晚五千元以下
的房間。

🌱 預約

1 予約がいりますか。
yo.ya.ku.ga.i.ri.ma.su.ka

需要預約嗎？

2 予約しないで泊まれますか。 　　　　　　　　　没有預約可以投宿嗎？
yo.ya.ku.shi.na.i.de.to.ma.re.ma.su.ka

會話❶

部屋を予約したいのですが。　　　　　我想預約房間。
he.ya.o.yo.ya.ku.shi.ta.i.no.de.su.ga

いつお泊りになりますか。　　　　　　請問何時住宿呢？
i.tsu.o.to.ma.ri.ni.na.ri.ma.su.ka

八月六日から二泊です。　　　　　　　我預定八月六日開始
ha.chi.ga.tsu.mu.i.ka.ka.ra　　　　　　住兩個晚上。
ni.ha.ku.de.su

何名さまですか。　　　　　　　　　　總共幾位呢？
na.n.me.i.sa.ma.de.su.ka

二人です。　　　　　　　　　　　　　兩位。
fu.ta.ri.de.su

ダブルですか、ツインですか。　　　　請問要雙人床呢、還
da.bu.ru.de.su.ka、tsu.i.n.de.su.ka　　是兩張單人床？

ツインでお願いします。　　　　　　　麻煩你給我兩張單人
tsu.i.n.de.o.ne.ga.i.shi.ma.su　　　　　床。

かしこまりました。　　　　　　　　　好的。
ka.shi.ko.ma.ri.ma.shi.ta

會話❷

今晩部屋は空いてますか。　　　　　　今晚有空房嗎？
ko.n.ba.n.he.ya.wa.a.i.te.ma.su.ka

申し訳ございません。本日は満室です。　非常抱歉。
mo.o.shi.wa.ke.go.za.i.ma.se.n。　　　　今天都客滿了。
ho.n.ji.tsu.wa.ma.n.shi.tsu.de.su

バナナ ホテル

今晩部屋
は空いて
ますか？

申し訳
ございません。
本日は満室です。

Front

1 少し遅く到着します。
<ruby>少<rt>すこ</rt></ruby>し<ruby>遅<rt>おそ</rt></ruby>く<ruby>到着<rt>とうちゃく</rt></ruby>します。
su.ko.shi.o.so.ku.to.o.cha.ku.shi.ma.su　　　　　　我會稍微晚到。

2 今夜十時半ごろホテルに着きます。
<ruby>今夜十時半<rt>こんやじゅうじはん</rt></ruby>ごろホテルに<ruby>着<rt>つ</rt></ruby>きます。
ko.n.ya.ju.u.ji.ha.n.go.ro.ho.te.ru.ni.tsu.ki.ma.su　今晚十點半左右會抵達飯店。

3 チェックインをお願いします。
チェックインをお<ruby>願<rt>ねが</rt></ruby>いします。
che.k.ku.i.n.o.o.ne.ga.i.shi.ma.su　　　　　　麻煩你我要辦理住房登記。

4 シングルの部屋を予約してあります。
シングルの<ruby>部屋<rt>へや</rt></ruby>を<ruby>予約<rt>よやく</rt></ruby>してあります。
shi.n.gu.ru.no.he.ya.o.yo.ya.ku.shi.te.a.ri.ma.su　我有預約單人房。

會話 ❶

今日の宿泊を予約していたのですが。
<ruby>今日<rt>きょう</rt></ruby>の<ruby>宿泊<rt>しゅくはく</rt></ruby>を<ruby>予約<rt>よやく</rt></ruby>していたのですが。
kyo.o.no.shu.ku.ha.ku.o
yo.ya.ku.shi.te.i.ta.no.de.su.ga　　　我預約了今天住宿。

お名前は。
お<ruby>名前<rt>なまえ</rt></ruby>は。
o.na.ma.e.wa　　　　　　請問貴姓大名。

張です。
<ruby>張<rt>ちょう</rt></ruby>です。
cho.o.de.su　　　　　　我姓張。

パスポートを見せてください。
パスポートを<ruby>見<rt>み</rt></ruby>せてください。
pa.su.po.o.to.o.mi.se.te.ku.da.sa.i　　麻煩護照給我看一下。

こちらに署名をお願いします。
こちらに<ruby>署名<rt>しょめい</rt></ruby>をお<ruby>願<rt>ねが</rt></ruby>いします。
ko.chi.ra.ni.sho.me.i.o.o.ne.ga.i.shi.ma.su　請在這裡簽名。

チェックアウトは十一時です。
チェックアウトは<ruby>十一時<rt>じゅういちじ</rt></ruby>です。
che.k.ku.a.u.to.wa.ju.u.i.chi.ji.de.su　退房時間是11點。

ごゆっくりおくつろぎください。
go.yu.k.ku.ri.o.ku.tsu.ro.gi.ku.da.sa.i　請好好休息。

お名前は。

今日の宿泊を予約していたのですが。

Front

予約してありますか。
yo.ya.ku.shi.te.a.ri.ma.su.ka

有預約嗎？

予約してありません。
yo.ya.ku.shi.te.a.ri.ma.se.n

沒有預約。

飯店服務

🔊 o32

1 朝食つきですか。
cho.o.sho.ku.tsu.ki.de.su.ka

有附早餐嗎？

2 朝食を部屋に届けてもらえますか。
cho.o.sho.ku.o.he.ya.ni
to.do.ke.te.mo.ra.e.ma.su.ka

可以請你把早餐送到房間來嗎？

3 もう一枚毛布をいただけますか。
mo.o.i.chi.ma.i.mo.o.fu.o.i.ta.da.ke.ma.su.ka

可以再跟你要一條毛毯嗎？

4 モーニングコールをお願いできますか。
mo.o.ni.n.gu.ko.o.ru.o.o.ne.ga.i.de.ki.ma.su.ka

請用電話叫醒我好嗎？

5 これを預かってください。
ko.re.o.a.zu.ka.t.te.ku.da.sa.i

請幫我保管這個東西。

6 インターネットは使えますか？
i.n.ta.a.ne.t.to.wa.tsu.ka.e.ma.su.ka

請問可以使用網路嗎？

7 無線LANはありますか？
mu.se.n.ra.n.wa.a.ri.ma.su.ka

請問有沒有無線網路呢？

8 チェックアウト後に、荷物を預かってもらえますか？
che.k.ku.a.u.to.go.ni、ni.mo.tsu.o.a.zu.ka.t.te.
mo.ra.e.ma.su.ka

退房後行李可以寄放在這裡嗎？

9 ベビーベッドのレンタルはありますか？
be.bi.i.be.d.do.no.re.n.ta.ru.wa.a.ri.ma.su.ka

請問有提供出借嬰兒床嗎？

クリーニングをお願いします。
ku.ri.i.ni.n.gu.o.o.ne.ga.i.shi.ma.su

我有衣物想麻煩送洗。

はい。
ha.i

好的。

いつできますか。
i.tsu.de.ki.ma.su.ka

什麼時候可以好？

今日中にできます。
kyo.o.ju.u.ni.de.ki.ma.su

今天就可以好了。

料金はいつ払えばいいですか。
ryo.o.ki.n.wa.i.tsu.ha.ra.e.ba.i.i.de.su.ka

什麼時候付費呢？

先払い／後払いでお願いします。
sa.ki.ba.ra.i ／ a.to.ba.ra.i.de.o.ne.ga.i.shi.ma.su

要請您先付款。／之後（送洗完）再付款。

有狀況時

1 ドアの鍵がかかりません。
do.a.no.ka.gi.ga.ka.ka.ri.ma.se.n

門鎖不上。

2 冷房（暖房）がききません。
re.i.bo.o.(da.n.bo.o)ga.ki.ki.ma.se.n

冷氣不冷。（暖氣不暖）

3 トイレの水が止まりません。
to.i.re.no.mi.zu.ga.to.ma.ri.ma.se.n

廁所的水流不停。

4 テレビの調子が悪いようです。
te.re.bi.no.cho.o.shi.ga.wa.ru.i.yo.o.de.su

電視好像有點怪怪的。

5 お湯が出ません。
o.yu.ga.de.ma.se.n

熱水流不出來。

6 シャワーのお湯が熱すぎます。
sha.wa.a.no.o.yu.ga.a.tsu.su.gi.ma.su

蓮蓬頭的水太燙了。

7 電気がつきません。
de.n.ki.ga.tsu.ki.ma.se.n

電燈不亮。

8 タオル があDTOません。
ta.o.ru.ga.a.ri.ma.se.n

没有毛巾。

↳🍌你也可以將 □ 裡的字代換成以下詞彙喔！

＊せっけん
se.k.ke.n

肥皂

＊シャンプー
sha.n.pu.u

洗髮精

9 隣の部屋がすごく騒がしいです。
to.na.ri.no.he.ya.ga.su.go.ku
sa.wa.ga.shi.i.de.su

隔壁房太吵了。

10 洗濯物がまだきていません。
se.n.ta.ku.mo.no.ga.ma.da.ki.te.i.ma.se.n

我的送洗衣物還沒拿到。

11 部屋に鍵を忘れたまましめてしまいました。
he.ya.ni.ka.gi.o.wa.su.re.ta.ma.ma
shi.me.te.shi.ma.i.ma.shi.ta

我把門鎖上，但是鑰匙
忘在房間裡了。

↳🍌遇到狀況時，你可以這樣說喔！

＊調節の方法を教えて下さい。
cho.o.se.tsu.no.ho.o.ho.o.o
o.shi.e.te.ku.da.sa.i

請告訴我調節的方法。

＊部屋を変えていただけますか。
he.ya.o.ka.e.te.i.ta.da.ke.ma.su.ka

可以請你幫我換房間嗎？

🌿 辦理退房

1 チェックアウトします。
che.k.ku.a.u.to.shi.ma.su

我要退房。

2 領収書をお願いします。
ryo.o.shu.u.sho.o.o.ne.ga.i.shi.ma.su

麻煩給我收據。

3 予定より一日早く出ます。
yo.te.i.yo.ri.i.chi.ni.chi.ha.ya.ku.de.ma.su

我要比預定的時間早一
天離開。

4 もう一泊延長できますか。
mo.o.i.p.pa.ku.e.n.cho.o.de.ki.ma.su.ka

可以再延長住一晚嗎？

5 クレジットカードで払います。
ku.re.ji.t.to.ka.a.do.de.ha.ra.i.ma.su

我要用信用卡付款。

6 タクシーを呼んでいただけますか。
ta.ku.shi.i.o.yo.n.de.i.ta.da.ke.ma.su.ka

能幫我叫計程車嗎？

7 部屋に忘れ物をしました。
he.ya.ni.wa.su.re.mo.no.o.shi.ma.shi.ta

我把東西忘在房間裡了。

じゃ、一階で
まってます。

部屋に忘れ物
をしました。

單字充電站

🔊 033

預約

シングル shi.n.gu.ru 單人房	ツイン tsu.i.n 雙人房 （兩張單人床）	ダブル da.bu.ru 雙人房 （一張雙人床）	予約 yo.ya.ku 預約
バス付き ba.su.tsu.ki 有浴室	朝食付き cho.o.sho.ku.tsu.ki 附早餐	二食付き ni.sho.ku.tsu.ki 附兩餐	エアコン付き e.a.ko.n.tsu.ki 有空調

室内用品・設備

暖房 da.n.bo.o 暖氣	トイレ to.i.re 廁所	浴室 yo.ku.shi.tsu 浴室	ベッド be.d.do 床	布団 fu.to.n 棉被

毛布
mo.o.fu
毛毯

シーツ
shi.i.tsu
床單、被單

枕
ma.ku.ra
枕頭

タオル
ta.o.ru
毛巾

加湿器
ka.shi.tsu.ki
加濕器

スリッパ
su.ri.p.pa
拖鞋

冷蔵庫
re.i.zo.o.ko
冰箱

ハンガー
ha.n.ga.a
衣架

其他

フロント
fu.ro.n.to
櫃檯

ルームナンバー
ru.u.mu.na.n.ba.a
房間號碼

キー／鍵
ki.i／ka.gi
鑰匙

和室
wa.shi.tsu
和室

洋室
yo.o.shi.tsu
洋室

お風呂
o.fu.ro
浴池

露天風呂
ro.te.n.bu.ro
露天浴池

温泉
o.n.se.n
溫泉

男湯
o.to.ko.yu
男用浴池

女湯
o.n.na.yu
女用浴池

お手洗い
o.te.a.ra.i
洗手間

朝食
cho.o.sho.ku
早餐

ランチ
ra.n.chi
午餐

ディナー
di.na.a
晚餐

露天風呂は
いいな～

両替をしたい
のです。

銀行

尋找・詢問

1 銀行はどこですか。
ぎんこう
gi.n.ko.o.wa.do.ko.de.su.ka

銀行在哪裡？

2 一番近い銀行はどこですか。
いちばんちか　　ぎんこう
i.chi.ba.n.chi.ka.i.gi.n.ko.o.wa.do.ko.de.su.ka

最近的銀行在哪裡？

3 銀行は何時に開きますか。
ぎんこう　なんじ　あ
gi.n.ko.o.wa.na.n.ji.ni.a.ki.ma.su.ka

銀行幾點開門？

4 ATMはどこにありますか？
e.i.ti.i.e.mu.wa.do.ko.ni.a.ri.ma.su.ka

請問哪裡有ATM自動櫃員機？

在櫃檯－客人要求

1 両替をしたいのです。
りょうがえ
ryo.o.ga.e.o.shi.ta.i.no.de.su

我想要兌換錢。

2 口座を開きたいのです。
こうざ　ひら
ko.o.za.o.hi.ra.ki.ta.i.no.de.su

我想開戶。

3 トラベラーズチェックを現金に替えたいのです。
げんきん　か
to.ra.be.ra.a.zu.che.k.ku.o.ge.n.ki.n.ni ka.e.ta.i.no.de.su

我想將旅行支票換成現金。

4 この用紙の書き方を教えていただけませんか。
ようし　か　かた　おし
ko.no.yo.o.shi.no.ka.ki.ka.ta.o o.shi.e.te.i.ta.da.ke.ma.se.n.ka

能告訴我如何寫這張表格嗎？

在櫃檯－服務人員的指示

1 ここにサインをしてください。
ko.ko.ni.sa.i.n.o.shi.te.ku.da.sa.i

請在這裡簽名。

2 確認してください。
ka.ku.ni.n.shi.te.ku.da.sa.i

請確認一下。

3 訂正してください。
te.i.se.i.shi.te.ku.da.sa.i

請訂正一下。

4 印鑑をお願いします。
i.n.ka.n.o.o.ne.ga.i.shi.ma.su

麻煩印章給我一下。

5 パスポートを見せてください。
pa.su.po.o.to.o.mi.se.te.ku.da.sa.i

請給我看一下護照。

使用提款機領錢時

1 この機械の使い方を教えてください。
ko.no.ki.ka.i.no.tsu.ka.i.ka.ta.o
o.shi.e.te.ku.da.sa.i

請教我如何使用這個機器。

2 お金が出ません。
o.ka.ne.ga.de.ma.se.n

錢沒有出來。

3 暗証番号を忘れました。
a.n.sho.o.ba.n.go.o.o.wa.su.re.ma.shi.ta

我忘記密碼了。

4 キャッシュカードをなくしました。
kya.s.shu.ka.a.do.o.na.ku.shi.ma.shi.ta

我遺失了提款卡。

兌換

1 どこで両替できますか。
do.ko.de.ryo.o.ga.e.de.ki.ma.su.ka

哪裡可以換錢呢？

2 両替していただけますか。
ryo.o.ga.e.shi.te.i.ta.da.ke.ma.su.ka

能幫我換錢嗎？

3 １ドルはいくらですか。
i.chi.do.ru.wa.i.ku.ra.de.su.ka

一美元等於多少日幣呢？

4 交換レートはいくらですか。
ko.o.ka.n.re.e.to.wa.i.ku.ra.de.su.ka

匯率是多少呢？

5 ドルを円に換えたいです。
do.ru.o.e.n.ni.ka.e.ta.i.de.su

我想將美元換成日幣。

6 千円札にくずしてください。
se.n.e.n.sa.tsu.ni.ku.zu.shi.te.ku.da.sa.i

請幫我換成一仟元鈔票。

7 小銭に替えていただけませんか。
ko.ze.ni.ni.ka.e.te.i.ta.da.ke.ma.se.n.ka

能幫我換成零錢嗎？

匯款

1 台湾に送金したいのです。
ta.i.wa.n.ni.so.o.ki.n.shi.ta.i.no.de.su

我要匯款到台灣。

2 振込用紙の書き方を教えていただけませんか。
fu.ri.ko.mi.yo.o.shi.no.ka.ki.ka.ta.o
o.shi.e.te.i.ta.da.ke.ma.se.n.ka

能不能教我如何寫匯款
單？

3 明日の昼までにお金は届きますか。
a.shi.ta.no.hi.ru.ma.de.ni
o.ka.ne.wa.to.do.ki.ma.su.ka

明天中午前能匯到嗎？

會話

お金を振り込みたいのです。
o.ka.ne.o.fu.ri.ko.mi.ta.i.no.de.su

我想匯款。

こちらの振込用紙に記入してください。
ko.chi.ra.no.fu.ri.ko.mi.yo.o.shi.ni
ki.nyu.u.shi.te.ku.da.sa.i

請填寫這張匯款單。

其他

1 残高照会が知りたいのです。
za.n.da.ka.sho.o.ka.i.ga.shi.ri.ta.i.no.de.su

我想知道我的存款餘額。

2 手数料はいくらですか。
te.su.u.ryo.o.wa.i.ku.ra.de.su.ka

手續費是多少呢？

残高照会が
知りたいの
です。

銀行

はい、
かしこまりました。

BANK

銀行・兌換

お金 かね o.ka.ne 錢	細かいお金／小銭 こま　かね　こぜに ko.ma.ka.i.o.ka.ne／ko.ze.ni 零錢	お札 さつ o.sa.tsu 鈔票	小切手 こぎって ko.gi.t.te 支票

トラベラーズチェック to.ra.be.ra.a.zu.che.k.ku 旅行支票	外国為替 がいこくかわせ ga.i.ko.ku.ka.wa.se 國外匯兌	口座 こうざ ko.o.za 戶頭

通帳 つうちょう tsu.u.cho.o 存摺	キャッシュカード kya.s.shu.ka.a.do 金融卡	窓口 まどぐち ma.do.gu.chi 櫃檯（窗口）	支店 してん shi.te.n 分行

両替 りょうがえ ryo.o.ga.e 兌錢	振込み ふりこ tu.ri.ko.mi 匯款	引き出し ひ　だ hi.ki.da.shi 領錢	送金 そうきん so.o.ki.n 送款	為替レート かわせ ka.wa.se.re.e.to 匯率

自動引き落とし じどうひ　　お ji.do.o.hi.ki.o.to.shi 自動提款	残高 ざんだか za.n.da.ka 餘額	円 えん e.n 日元	ドル do.ru 美元

台湾ドル だいわん ta.i.wa.n.do.ru 台幣

キャッシュカード
を無くした！

いらっしゃいませ。

餐廳

 尋找餐廳

1 いいレストランを紹介^{しょうかい}していただけますか。
i.i.re.su.to.ra.n.o
sho.o.ka.i.shi.te.i.ta.da.ke.ma.su.ka

能幫我介紹好的餐廳嗎？

2 この近^{ちか}くに安^{やす}くておいしいレストランが
ありますか。
ko.no.chi.ka.ku.ni.ya.su.ku.te.o.i.shi.i
re.su.to.ra.n.ga.a.ri.ma.su.ka

這附近有沒有便宜又好
吃的餐廳呢？

3 このあたりに日本料理店^{にほんりょうりてん}がありますか。
ko.no.a.ta.ri.ni.ni.ho.n.ryo.o.ri.te.n.ga
a.ri.ma.su.ka

這附近有沒有日本料理
店？

🌱 **預約**

會話❶

🐵 予約^{よやく}をしたいのですが。
yo.ya.ku.o.shi.ta.i.no.de.su.ga

我想預約。

🐵 何日^{なんにち}の何時^{なんじ}ごろでしょうか。
na.n.ni.chi.no.na.n.ji.go.ro.de.sho.o.ka

請問您要預約哪一天
幾點的呢？

🐵 １３日^{じゅうさんにち}の１８時^{じゅうはちじ}ごろです。
ju.u.sa.n.ni.chi.no.ju.u.ha.chi.ji.go.ro.de.su

13號下午六點左右。

🐵 何名^{なんめい}さまでしょうか。
na.n.me.i.sa.ma.de.sho.o.ka

請問幾位呢？

🐵 5人^{ごにん}です。
go.ni.n.de.su

五位。

🐵 かしこまりました。お待^まちしております。
ka.shi.ko.ma.ri.ma.shi.ta
o.ma.chi.shi.te.o.ri.ma.su

好的。敬候您的到來。

予約が必要ですか。
よやく ひつよう
yo.ya.ku.ga.hi.tsu.yo.o.de.su.ka

請問需要預約嗎？

必要ありません。直接お越しください。
ひつよう ちょくせつ こ
hi.tsu.yo.o.a.ri.ma.se.n
cho.ku.se.tsu.o.ko.shi.ku.da.sa.i

不需要。請您直接過來就行了。

進入餐廳

1 営業中ですか。
えいぎょうちゅう
e.i.gyo.o.chu.u.de.su.ka

請問現在有營業嗎？

2 ディナーは何時からですか。
なんじ
di.na.a.wa.na.n.ji.ka.ra.de.su.ka

晚餐幾點開始呢？

3 コーヒーを飲むだけでもかまいませんか。
の
ko.o.hi.i.o.no.mu.da.ke.de.mo.ka.ma.i.ma.se.n.ka

可以只點咖啡嗎？

會話❶

いらっしゃいませ。
i.ra.s.sha.i.ma.se

歡迎光臨。

何名さまですか。
なんめい
na.n.me.i.sa.ma.de.su.ka

幾位？

7人です。
しちにん
shi.chi.ni.n.de.su

7位。

たばこをお吸いになりますか。
す
ta.ba.ko.o.o.su.i.ni.na.ri.ma.su.ka

請問有抽菸嗎？

いいえ。
i.i.e

不抽。

じゃあ、こちらへどうぞ。
ja.a、ko.chi.ra.e.do.o.zo

那請往這邊走。

席は空いていますか。
se.ki.wa.a.i.te.i.ma.su.ka

有空位嗎？

大変申し訳ございません。
ta.i.he.n.mo.o.shi.wa.ke.go.za.i.ma.se.n

非常抱歉。

只今満席となっております。
ta.da.i.ma.ma.n.se.ki.to.na.t.te.o.ri.ma.su

現在都客滿了。

待ち時間はどのくらいですか。
ma.chi.ji.ka.n.wa.do.no.ku.ra.i.de.su.ka

請問要等多久呢？

２０分ほどです。
ni.ju.p.pu.n.ho.do.de.su

大約20分鐘。

點餐

🔊 037

1 先に 食券をお求めください。
sa.ki.ni.sho.k.ke.n.o.o.mo.to.me.ku.da.sa.i

請先購買餐券。

2 メニューを見せていただけますか。
me.nyu.u.o.mi.se.te.i.ta.da.ke.ma.su.ka

給我看一下菜單好嗎？

3 おすすめ品は何ですか。
o.su.su.me.hi.n.wa.na.n.de.su.ka

有什麼可以推薦的？

4 早くできるものは何ですか。
ha.ya.ku.de.ki.ru.mo.no.wa.na.n.de.su.ka

可以快速上桌的是什麼
菜？

5 それはどんな味ですか。
so.re.wa.do.n.na.a.ji.de.su.ka

什麼味道呢？

6 これは甘いですか、辛いですか。
ko.re.wa.a.ma.i.de.su.ka、ka.ra.i.de.su.ka

這是甜的、還是辣的？

7 どんな種類のビールがありますか。
do.n.na.shu.ru.i.no.bi.i.ru.ga.a.ri.ma.su.ka

有什麼種類的啤酒？

8 ワインを一本お願いします。
wa.i.n.o.i.p.po.no.ne.ga.i.shi.ma.su

請給我一瓶葡萄酒。

9 デザートはあとで注文します。
de.za.a.to.wa.a.to.de.chu.u.mo.n.shi.ma.su

甜點稍後再點。

10 食後にコーヒーをお願いします。
sho.ku.go.ni.ko.o.hi.i.o.o.ne.ga.i.shi.ma.su

咖啡請餐後再送上來。

11 ミルクと砂糖をお願いします。
mi.ru.ku.to.sa.to.o.o.o.ne.ga.i.shi.ma.su

請給我牛奶和糖。

會話

何になさいますか。
na.ni.ni.na.sa.i.ma.su.ka

請問要點什麼？

オムライスにします。
o.mu.ra.i.su.ni.shi.ma.su

我要點蛋包飯。

↳🍌 你也可以這樣回答喔！

＊豚骨ラーメンをください。
to.n.ko.tsu.ra.a.me.n.o
ku.da.sa.i

請給我豚骨拉麵。

＊カツカレーをお願いします。
ka.tsu.ka.re.e.o
o.ne.ga.i.shi.ma.su

麻煩給我豬排咖哩。

＊まだ決めていません。
ma.da.ki.me.te.i.ma.se.n

我還沒決定好。

🌱 用餐中

1 これは注文していません。
ko.re.wa.chu.u.mo.n.shi.te.i.ma.se.n

我沒有點這個。

2 変な味がします。
he.n.na.a.ji.ga.shi.ma.su

味道怪怪的。

3 野菜サラダがまだ来ていません。
ya.sa.i.sa.ra.da.ga.ma.da.ki.te.i.ma.se.n

我點的生菜沙拉還沒來。

4 ナイフとフォークを下さい。
na.i.fu.to.fo.o.ku.o.ku.da.sa.i

請給我刀叉。

5 お箸を落としてしまいました。
o.ha.shi.o.o.to.shi.te.shi.ma.i.ma.shi.ta

我的筷子掉了。

6 塩を取っていただけますか。
shi.o.o.to.t.te.i.ta.da.ke.ma.su.ka

可以給我鹽嗎？

7 おしぼりを持ってきていただけますか。
o.shi.bo.ri.o.mo.t.te.ki.te.i.ta.da.ke.ma.su.ka

可以幫我拿濕紙巾過來
嗎？

8 コーヒーをもう一杯いただけますか。
ko.o.hi.i.o.mo.o.i.p.pa.i.i.ta.da.ke.ma.su.ka

可以再給我一杯咖啡嗎？

9 タバコを吸ってもいいですか。
ta.ba.ko.o.su.t.te.mo.i.i.de.su.ka

可以抽菸嗎？

買單

1 どこで払うのですか。
do.ko.de.ha.ra.u.no.de.su.ka

要到哪邊付帳呢？

2 お勘定をお願いします。
o.ka.n.jo.o.o.o.ne.ga.i.shi.ma.su

麻煩你我要買單。

3 別々にお願いします。
be.tsu.be.tsu.ni.o.ne.ga.i.shi.ma.su

麻煩你我們要分開付。

はい、
かしこまりました。

コーヒーを
もう一杯
いただけますか？

營業相關用語

えいぎょうちゅう 営業中 e.i.gyo.o.chu.u 營業中	じゅんびちゅう 準備中 ju.n.bi.chu.u 準備中	かいてん 開店 ka.i.te.n 開店	へいてん 閉店 he.i.te.n 打烊
ていきゅうび 定休日 te.i.kyu.u.bi 公休	しょっけん 食券 sho.k.ke.n 餐券	かしきり 貸切 ka.shi.ki.ri 包場	さつえいきんし 撮影禁止 sa.tsu.e.i.ki.n.shi 禁止攝影

いんしょくぶつもちこみきんし 飲食物持ち込み禁止 i.n.sho.ku.bu.tsu.mo.chi.ko.mi.ki.n.shi 禁止攜帶外食	てんちょう オーナー、店長 o.o.na.a、te.n.cho.o 老闆、店長

てんいん 店員 te.n.i.n 店員	よやく 予約 yo.ya.ku 訂位	よやく 予約キャンセル yo.ya.ku.kya.n.se.ru 取消訂位

まんせき 満席 ma.n.se.ki 客滿	テイクアウト te.i.ku.a.u.to 外帶	せっきゃく 接客サービス se.k.kya.ku.sa.a.bi.su 待客服務

りょうりじまん　あじじまん 料理自慢／味自慢 ryo.o.ri.ji.ma.n ／ a.ji.ji.ma.n 招牌菜／引以為豪的美味

| 個室
こしつ
ko.shi.tsu
包廂 | 席
せき
se.ki
座位 | 禁煙・喫煙
きんえん・きつえん
ki.n.e.n・ki.tsu.e.n
禁菸・吸菸 | 駐車場
ちゅうしゃじょう
chu.u.sha.jo.o
停車場 |

| キッズチェアー
ki.z.zu.che.a.a
兒童椅 | カウンター席
せき
ka.u.n.ta.a.se.ki
吧台座位 |

このおにぎり、おいしい！

本当だ！

| 露天席
ろ てんせき
ro.te.n.se.ki
露天座位 | 予約席
よ やくせき
yo.ya.ku.se.ki
預約席 |

| 勘定
かんじょう
ka.n.jo.o
買單 | 割り勘
わ かん
wa.ri.ka.n
各付各的 | お会計
かいけい
o.ka.i.ke.i
結帳 | 消費税
しょうひ ぜい
sho.o.hi.ze.i
消費稅 |

| サービス料
りょう
sa.a.bi.su.ryo.o
服務費 | 領収書
りょうしゅうしょ
ryo.o.shu.u.sho
收據 | レシート
re.shi.i.to
發票 | ポイントカード
po.i.n.to.ka.a.do
集點卡 |

| 割引券
わりびきけん
wa.ri.bi.ki.ke.n
折價卷 | カード
ka.a.do
刷卡 | 基本料金
き ほんりょうきん
ki.ho.n.ryo.o.ki.n
低消 |

お勘定
お願いします。

飲食說法

朝ごはん／朝食
あさ　　　　　ちょうしょく
a.sa.go.ha.n／cho.o.sho.ku
早餐

昼ごはん／昼食／ランチ
ひる　　　　　ちゅうしょく
hi.ru.go.ha.n／chu.u.sho.ku／ra.n.chi
午餐

夕ご飯／夕食／ディナー
ゆう　はん　　ゆうしょく
yu.u.go.ha.n／yu.u.sho.ku／di.na.a
晚餐

食事
しょくじ
sho.ku.ji
飯、餐、飲食

おやつ
o.ya.tsu
點心、零食

デザート
de.za.a.to
甜點

ドリンク
do.ri.n.ku
飲料

おつまみ
o.tsu.ma.mi
開胃菜

特盛り
とく　も
to.ku.mo.ri
特大碗

大盛り
おお　も
o.o.mo.ri
大碗

中盛り
ちゅう　も
chu.u.mo.ri
中碗

バイキング／ビュッフェ
ba.i.ki.n.gu／byu.f.fe
自助餐

（食べ／飲み）放題
　た　　の　　　ほうだい
（ta.be／no.mi）ho.o.da.i
吃到飽、喝到飽

お品書き／メニュー
　しな が
o.shi.na.ga.ki／me.nyu.u
菜單

定食／コース／セット
ていしょく
te.i.sho.ku／ko.o.su／se.t.to
套餐

一品料理
いっぴんりょうり
i.p.pi.n.ryo.o.ri
單點

ご飯／ライス
はん
go.ha.n／ra.i.su
白飯

レストラン re.su.to.ra.n 餐廳	食堂 しょくどう sho.ku.do.o 食堂	喫茶店 きっさ てん ki.s.sa.te.n 喫茶店	ラーメン屋 や ra.a.me.n.ya 拉麵店

そば屋 や so.ba.ya 蕎麥麵店		焼肉屋 やきにく や ya.ki.ni.ku.ya 燒肉店	お好み焼き屋 この やき や o.ko.no.mi.ya.ki.ya 什錦燒店

居酒屋 い ざか や i.za.ka.ya 居酒屋	スナック su.na.k.ku 酒店	バー ba.a 吧	屋台 や たい ya.ta.i 路邊攤

カフェ ka.fe 咖啡店	ねこカフェ ne.ko.ka.fe 貓咪咖啡店	メイドカフェ me.i.do.ka.fe 女僕咖啡店	執事カフェ しつ じ shi.tsu.ji.ka.fe 執事咖啡店

飲食店 いんしょくてん i.n.sho.ku.te.n 餐飲店	カレー屋 や ka.re.e.ya 咖哩店	ファミリーレストラン fa.mi.ri.i.re.su.to.ra.n 大眾餐廳	

ピザ屋 や pi.za.ya 比薩店	パン屋 や pa.n.ya 麵包店	ケーキ屋 や ke.e.ki.ya 蛋糕店	

将来、ねこカフェを
やりたい！

各國料理

日本料理・和食 ni.ho.n.ryo.o.ri・wa.sho.ku 日本料裡・和風料理	中華料理 chu.u.ka.ryo.o.ri 中華料理	台湾料理 ta.i.wa.n.ryo.o.ri 台灣料理
韓国料理 ka.n.ko.ku.ryo.o.ri 韓國料理	エスニック料理 e.su.ni.k.ku.ryo.o.ri 民族料理	タイ料理 ta.i.ryo.o.ri 泰國料理
ベトナム料理 be.to.na.mu.ryo.o.ri 越南料理	インド料理 i.n.do.ryo.o.ri 印度料理	トルコ料理 to.ru.ko.ryo.o.ri 土耳其料理
欧米料理・洋食 o.o.be.i.ryo.o.ri・yo.o.sho.ku 歐美料理・西式料理	イタリア料理 i.ta.ri.a.ryo.o.ri 義大利料理	フランス料理 fu.ra.n.su.ryo.o.ri 法國料理
スペイン料理 su.pe.i.n.ryo.o.ri 西班牙料理	ドイツ料理 do.i.tsu.ryo.o.ri 德國料理	イギリス料理 i.gi.ri.su.ryo.o.ri 英式料理
アメリカ料理 a.me.ri.ka.ryo.o.ri 美式料理	メキシコ料理 me.ki.shi.ko.ryo.o.ri 墨西哥料理	

わたしは
中華料理が
作れるよ！

懐石料理
ka.i.se.ki.ryo.o.ri
懷石料理

郷土料理
kyo.o.do.ryo.o.ri
鄉土料理

精進料理
sho.o.ji.n.ryo.o.ri
素食料理

寿司
su.shi
壽司

刺身
sa.shi.mi
生魚片

味噌汁
mi.so.shi.ru
味噌湯

茶碗蒸し
cha.wa.n.mu.shi
茶碗蒸

冷奴
hi.ya.ya.ko
涼拌豆腐

漬物／佃煮
tsu.ke.mo.no ／ tsu.ku.da.ni
醬菜／佃煮（醬油及砂糖煮成的配菜）

天婦羅
te.n.pu.ra
天婦羅

蕎麦
so.ba
蕎麥麵

焼きそば
ya.ki.so.ba
炒麵

うどん
u.do.n
烏龍麵

ラーメン
ra.a.me.n
拉麵

つけめん
tsu.ke.me.n
沾麵

そうめん
so.o.me.n
麵線

串揚げ
ku.shi.a.ge
炸串

エビフライ
e.bi.fu.ra.i
炸蝦

豚カツ
to.n.ka.tsu
炸豬排

天丼
te.n.do.n
炸蝦蓋飯

親子丼
o.ya.ko.do.n
雞肉雞蛋蓋飯

牛丼
gyu.u.do.n
牛丼飯

カツ丼
ka.tsu.do.n
豬排丼飯

海鮮丼
ka.i.se.n.do.n
海鮮丼

お茶漬け
o.cha.zu.ke
茶泡飯

ハヤシライス
ha.ya.shi.ra.i.su
牛肉燴飯

赤飯 せきはん se.ki.ha.n 紅飯	うな重／うな丼 じゅう　　どん u.na.ju.u ／ u.na.do.n 鰻魚便當／鰻魚飯	蒲焼 かばやき ka.ba.ya.ki 蒲燒

炊き込みごはん た　こ ta.ki.ko.mi.go.ha.n 炊飯	肉じゃが にく ni.ku.ja.ga 馬鈴薯燉肉	ねこマンマ ne.ko.ma.n.ma 柴魚拌飯	きんぴらごぼう ki.n.pi.ra.go.bo.o 牛蒡絲

焼き魚 や　ざかな ya.ki.za.ka.na 烤魚	焼き鳥 や　とり ya.ki.to.ri 烤雞串	お好み焼き／もんじゃ焼き や　　　　　　　　　や o.ko.no.mi.ya.ki ／ mo.n.ja.ya.ki 什錦煎餅／文字燒

焼肉 やきにく ya.ki.ni.ku 燒肉	おでん o.de.n 黑輪、關東煮	たこ焼き や ta.ko.ya.ki 章魚燒	しゃぶしゃぶ sha.bu.sha.bu 涮涮鍋

モツ鍋 なべ mo.tsu.na.be 內臟鍋	水炊き みず　た mi.zu.ta.ki 水炊鍋(雞肉鍋)	石狩鍋 いしかりなべ i.shi.ka.ri.na.be 石狩鍋	ちゃんこ鍋 なべ cha.n.ko.na.be 相撲火鍋

すき焼き や su.ki.ya.ki 壽喜燒

おいしそう！

ラーメン
食べる？

いらっしゃい

いらっしゃい

ラーメン

オードブル
o.o.do.bu.ru
開胃菜

スープ
su.u.pu
湯

サラダ
sa.ra.da
沙拉

ハンバーグ
ha.n.ba.a.gu
漢堡排／煎肉排

ステーキ
su.te.e.ki
牛排

クリームシチュー
ku.ri.i.mu.shi.chu.u
奶油濃湯

グラタン
gu.ra.ta.n
焗烤飯

ドリア
do.ri.a
焗飯

スパゲッティ・パスタ
su.pa.ge.t.ti・pa.su.ta
義大利麵

ポトフ
po.to.fu
法式蔬菜燉肉鍋

カレーライス
ka.re.e.ra.i.su
咖哩飯

パン
pa.n
麵包

コロッケ
ko.ro.k.ke
可樂餅

サンドイッチ
sa.n.do.i.c.chi
三明治

ハンバーガー
ha.n.ba.a.ga.a
漢堡（速食店）

ピザ
pi.za
披薩

フライドチキン
fu.ra.i.do.chi.ki.n
炸雞

ホットドッグ
ho.t.to.do.g.gu
熱狗麵包

フライドポテト
fu.ra.i.do.po.te.to
薯條

小籠包（ショウロンボウ）
sho.o.ro.n.bo.o
小籠包

肉まん（にく）
ni.ku.ma.n
肉包

麻婆豆腐（まーほーどうふ）
ma.a.bo.o.do.o.fu
麻婆豆腐

餃子（ぎょうざ）
gyo.o.za
餃子、煎餃

酢豚（すぶた）
su.bu.da
糖醋豬肉

チャーハン
cha.a.ha.n
炒飯

シュウマイ
shu.u.ma.i
燒賣

北京ダック（ペキン）
be.ki.n.da.k.ku
北京烤鴨

春巻き（はるま）
ha.ru.ma.ki
春捲

ワンタン麺（めん）
wa.n.ta.n.me.n
餛飩麵

坦々麺（たんたんめん）
ta.n.ta.n.me.n
擔擔麵

五目ヤキソバ（ごもく）
go.mo.ku.ya.ki.so.ba
什錦炒麵

焼きビーフン（や）
ya.ki.bi.i.fu.n
炒米粉

玉子スープ（たまご）
ta.ma.go.su.u.pu
蛋花湯

牛肉麺（ぎゅうにくめん）
gyu.u.ni.ku.me.n
牛肉麵

チンジャオロース
chi.n.ja.o.ro.o.su
青椒肉絲

各式蛋料理

卵（たまご）
ta.ma.go
蛋

ゆで卵（たまご）
yu.de.ta.ma.go
水煮蛋

目玉焼き（めだまや）
me.da.ma.ya.ki
荷包蛋

温泉卵（おんせんたまご）
o.n.se.n.ta.ma.go
溫泉蛋

オムレツ
o.mu.re.tsu
歐姆蛋

オムライス
o.mu.ra.i.su
蛋包飯

たまごかけごはん ta.ma.go.ka.ke.go.ha.n 生蛋拌飯	玉子焼き ta.ma.go.ya.ki 煎蛋捲	玉子サンド ta.ma.go.sa.n.do 雞蛋三明治

御飯糰口味

おにぎり o.ni.gi.ri 御飯糰	納豆 na.t.to.o 納豆	梅干 u.me.bo.shi 梅子	昆布 ko.n.bu 昆布
サラダ巻 sa.ra.da.ma.ki 沙拉捲	わかめ wa.ka.me 海帶芽	たけのこ ta.ke.no.ko 竹筍	シーチキン shi.i.chi.ki.n 海底雞

鮭 sa.ke 鮭魚	海老マヨネーズ（エビマヨ） e.bi.ma.yo.ne.e.zu (e.bi.ma.yo) 美乃滋蝦子	明太子 me.n.ta.i.ko 明太子

ツナマヨネーズ（ツナマヨ） tsu.na.ma.yo.ne.e.zu (tsu.na.ma.yo) 鮪魚美乃滋	とり五目 to.ri.go.mo.ku 雞肉什錦拌飯	豚キムチ bu.ta.ki.mu.chi 泡菜豬肉

照り焼きチキン te.ri.ya.ki.chi.ki.n 照燒雞肉

おにぎりが
半分しか
ないよ！

菓子パン
ka.shi.pa.n
點心麵包

あんパン
a.n.pa.n
紅豆麵包

ジャムパン
ja.mu.pa.n
果醬麵包

チョコレートパン
cho.ko.re.e.to.pa.n
巧克力麵包

メロンパン
me.ro.n.pa.n
波羅麵包

クリームパン
ku.ri.i.mu.pa.n
奶油麵包

レーズンパン
re.e.zu.n.pa.n
葡萄乾麵包

コロネ
ko.ro.ne
螺旋捲麵包

かにぱん
ka.ni.pa.n
螃蟹麵包

コッペパン
ko.p.pe.pa.n
餐包

バターロール
ba.ta.a.ro.o.ru
奶油捲

食パン
sho.ku.pa.n
土司麵包

揚げパン
a.ge.pa.n
炸麵包

クロワッサン
ku.ro.wa.s.sa.n
可頌麵包

フォカッチャ
fo.ka.c.cha
佛卡夏

乾パン
ka.n.pa.n
口糧餅乾

デニッシュ
de.ni.s.shu
丹麥麵包

ベーグル
be.e.gu.ru
貝果

スコーン
su.ko.o.n
司康

ピロシキ
pi.ro.shi.ki
夾餡麵包

シナモンロール
shi.na.mo.n.ro.o.ru
肉桂捲

マフィン
ma.fi.n
瑪芬

蒸しパン
mu.shi.pa.n
蒸麵包

羊羹
yo.o.ka.n
羊羹

大福
da.i.fu.ku
大福

イチゴ大福
i.chi.go.da.i.fu.ku
草莓大福

わらびもち
wa.ra.bi.mo.chi
蕨餅

柏餅
ka.shi.wa.mo.chi
柏餅

おはぎ
o.ha.gi
萩餅

ひなあられ
hi.na.a.ra.re
雛霰（3月3女兒節供俸用的點心）

最中
mo.na.ka
最中

人形焼き
ni.n.gyo.o.ya.ki
人形燒

カステラ
ka.su.te.ra
蜂蜜蛋糕

生八橋
na.ma.ya.tsu.ha.shi
生八橋

磯辺焼き
i.so.be.ya.ki
海苔年糕

どら焼き
do.ra.ya.ki
銅鑼燒

今川焼き
i.ma.ga.wa.ya.ki
今川燒（類似紅豆餅）

たい焼き
ta.i.ya.ki
鯛魚燒

団子
da.n.go
糰子

みたらし団子
mi.ta.ra.shi.da.n.go
御手洗糰子（沾砂糖醬油）

月見団子
tsu.ki.mi.da.n.go
月見糰子＊

生八つ橋は
京都の名物だよ。

＊ 農曆 8 月 15 及 9 月 13 賞月時吃的糰子。

西式甜點

ケーキ ke.e.ki 蛋糕	ショートケーキ sho.o.to.ke.e.ki 奶油蛋糕	タルト ta.ru.to 塔	ロールケーキ ro.o.ru.ke.e.ki 瑞士捲
バウムクーヘン ba.u.mu.ku.u.he.n 年輪蛋糕	シュークリーム shu.u.ku.ri.i.mu 泡芙	カヌレ ka.nu.re 可麗露	マカロン ma.ka.ro.n 馬卡龍
プリン pu.ri.n 布丁	キャンディー kya.n.di.i 糖果	チョコレート cho.ko.re.e.to 巧克力	クレープ ku.re.e.pu 可麗餅

零食・點心

駄菓子 da.ga.shi 零食	せんべい se.n.be.i 仙貝	柿の種 ka.ki.no.ta.ne 柿子種米菓	かりんとう ka.ri.n.to.o 花林糖
飴 a.me 糖果	ミルクキャラメル mi.ru.ku.kya. ra.me.ru 牛奶糖	金平糖 ko.n.pe.i.to.o 金平糖	わた菓子 wa.ta.ga.shi 棉花糖
ドライフルーツ do.ra.i.fu.ru.u.tsu 水果乾	ボールガム bo.o.ru.ga.mu 口香糖球	ゼリー ze.ri.i 果凍	大学芋 da.i.ga.ku.i.mo 蜜地瓜

冰品

アイスクリーム a.i.su.ku.ri.i.mu 冰淇淋	シャーベット sha.a.be.t.to 雪酪	アイスキャンディー a.i.su.kya.n.di.i 冰棒
フローズンヨーグルト fu.ro.o.zu.n.yo.o.gu.ru.to 優格冰淇淋	スクリームコーン su.ku.ri.i.mu.ko.o.n 甜筒	カキ氷 ^{ごおり} ka.ki.go.o.ri 剉冰

飲料

飲み物／ドリンク ^{の もの} no.mi.mo.no／do.ri.n.ku 飲料	水 ^{みず} mi.zu 開水	お湯 ^ゆ o.yu 熱開水
牛乳／ミルク ^{ぎゅうにゅう} gyu.u.nyu.u／mi.ru.ku 牛奶	コーヒー ko.o.hi.i 咖啡	
アイスコーヒー a.i.su.ko.o.hi.i 冰咖啡	カフェモカ ka.fe.mo.ka 摩卡咖啡	カフェラテ ka.fe.ra.te 拿鐵
お茶 ^{ちゃ} o.cha 茶	ウーロン茶 ^{ちゃ} u.u.ro.n.cha 烏龍茶	紅茶 ^{こうちゃ} ko.o.cha 紅茶

緑茶
りょくちゃ
ryo.ku.cha
緑茶

ミルクティー
mi.ru.ku.ti.i
奶茶

チャイ
cha.i
香料茶

ソーダ
so.o.da
蘇打飲料

オレンジジュース
o.re.n.ji.ju.u.su
柳橙汁

名古屋から天むすを
買ってきた。
緑茶もあるよ！

ありがとう！

おいしそう！

ジュース
ju.u.su
果汁

ココア
ko.ko.a
可可亞

酒類

◀ o40

1 はしごする
ha.shi.go.su.ru

續攤

2 乾杯！
かんぱい
ka.n.pa.i

乾杯！

お酒
さけ
o.sa.ke
酒

日本酒（熱かん／冷酒）
にほんしゅ　あつ　　れいしゅ
ni.ho.n.shu(a.tsu.ka.n／re.i.shu)
日本酒（熱酒／冷酒）

ビール
bi.i.ru
啤酒

生ビール（中／大ジョッキ）
なま　　　　ちゅう　だい
na.ma.bi.i.ru (chu.u ／ da.i.jo.k.ki)
生啤酒（中杯／大杯）

焼酎（お湯割り／水割り）
sho.o.chu.u(o.yu.wa.ri／mi.zu.wa.ri)
燒酒（熱開水稀釋／冷開水稀釋）

ハイボール
hi.i.bo.o.ru
威士忌調酒

酎ハイ
chu.u.ha.i
燒酒調酒

ライムハイ
ra.i.mu.ha.i
萊姆調酒

ウーロンハイ
u.u.ro.n.ha.i
烏龍茶調酒

梅酒
u.me.shu
梅酒

カクテル
ka.ku.te.ru
雞尾酒

杏酒
a.n.zu.shu
杏桃酒

ウイスキー
u.i.su.ki.i
威士忌

ブランデー
bu.ra.n.de.e
白蘭地

サワー（お酒＋果物）
sa.wa.a (o.sa.ke ＋ ku.da.mo.no)
沙瓦（酒精類＋水果）

巨峰サワー
kyo.ho.o.sa.wa.a
葡萄沙瓦

カルピスサワー
ka.ru.pi.su.sa.wa.a
可爾必思沙瓦

地ビール
ji.bi.i.ru
當地啤酒廠所釀造的啤酒

ワイン（赤ワイン／白ワイン）
wa.i.n(a.ka.wa.i.n／shi.ro.wa.i.n)
葡萄酒（紅酒／白酒）

ワインを
買って来たよ。

いらっしゃい。

蔬菜

野菜
や さい
ya.sa.i
蔬菜

ピーマン
pi.i.ma.n
青椒

人参
にんじん
ni.n.ji.n
紅蘿蔔

玉葱
たまねぎ
ta.ma.ne.gi
洋蔥

ジャガイモ／ポテト
ja.ga.i.mo／po.te.to
馬鈴薯

トマト
to.ma.to
蕃茄

とうもろこし／コーン
to.o.mo.ro.ko.shi／ko.o.n
玉米

セロリ
se.ro.ri
芹菜

豆
まめ
ma.me
豆子

キュウリ
kyu.u.ri
小黃瓜

キャベツ
kya.be.tsu
高麗菜

かぼちゃ
ka.bo.cha
南瓜

ほうれん草
そう
ho.o.re.n.so.o
菠菜

レタス
re.ta.su
萵苣

マッシュルーム
ma.s.shu.ru.u.mu
蘑菇

マツタケ
ma.tsu.ta.ke
松茸

椎茸
しいたけ
shi.i.ta.ke
香菇

カリフラワー
ka.ri.fu.ra.wa.a
花椰菜

ブロッコリー
bu.ro.k.ko.ri.i
綠花椰菜

アスパラガス
a.su.pa.ra.ga.su
蘆筍

しょうが
生姜
sho.o.ga
薑

ニンニク
ni.n.ni.ku
蒜頭

もやし
mo.ya.shi
豆芽菜

オクラ
o.ku.ra
秋葵

やまいも
ya.ma.i.mo
山藥

レンコン
re.n.ko.n
蓮藕

ごぼう
go.bo.o
牛蒡

にがうり
苦瓜
ni.ga.u.ri
苦瓜

たけのこ
筍
ta.ke.no.ko
竹筍

なす
茄子
na.su
茄子

今日は野菜を
いっぱい
買いました。

水果

くだもの
果物
ku.da.mo.no
水果

みかん
mi.ka.n
橘子

レモン
re.mo.n
檸檬

オレンジ
o.re.n.ji
柳橙

りんご
林檎
ri.n.go
蘋果

ぶどう
bu.do.o
葡萄

苺
いちご
i.chi.go
草莓

桃／ピーチ
もも
mo.mo／pi.i.chi
桃子

柿
かき
ka.ki
柿子

グレープフルーツ
gu.re.e.pu.fu.ru.u.tsu
葡萄柚

バナナ
ba.na.na
香蕉

メロン
me.ro.n
哈密瓜

パパイヤ
pa.pa.i.ya
木瓜

西瓜
すい か
su.i.ka
西瓜

マンゴー
ma.n.go.o
芒果

キウイ
ki.u.i
奇異果

梅
うめ
u.me
梅子

すもも
su.mo.mo
李子

杏
あんず
a.n.zu
杏桃

梨
なし
na.shi
梨子

さくらんぼ／チェリー
sa.ku.ra.n.bo／che.ri.i
櫻桃

アメリカンチェリー
a.me.ri.ka.n.che.ri.i
美國櫻桃

パイナップル
pa.i.na.p.pu.ru
鳳梨

無花果
いちじく
i.chi.ji.ku
無花果

ぼくは果物が
きらい！

わたしは
果物が
だいすき！

🔊 o41

肉 ni.ku 肉	牛肉／ビーフ gyu.u.ni.ku／bi.i.fu 牛肉	ロース ro.o.su 菲力	カルビ ka.ru.bi 牛五花

ハラミ
ha.ra.mi
胸腹肉

牛タン
gyu.u.ta.n
牛舌

牛 アキレス腱
gyu.u.a.ki.re.su.ke.n
牛腱

豚肉／ポーク
bu.ta.ni.ku／po.o.ku
豬肉

豚とろ
bu.ta.to.ro
松阪豬

豚ヒレ
bu.ta.hi.re
里肌

わたしはハムに
なりたくない！

豚もも bu.ta.mo.mo 大腿肉	ハム ha.mu 火腿	ベーコン be.e.ko.n 培根	豚タン bu.ta.ta.n 豬舌	豚バラ bu.ta.ba.ra 豬五花
豚足 to.n.so.ku 豬腳	鶏肉／チキン to.ri.ni.ku／chi.ki.n 雞肉		ささみ sa.sa.mi 雞胸肉	鶏モモ to.ri.mo.mo 雞腿
手羽先 te.ba.sa.ki 雞翅	ボンジリ bo.n.ji.ri 雞屁股	ラム ra.mu 羔羊肉	鴨肉 ka.mo.ni.ku 鴨肉	レバー re.ba.a 肝
ホルモン ho.ru.mo.n 內臟	挽き肉 hi.ki.ni.ku 絞肉	合挽 a.i.bi.ki 豬、牛絞肉		

海鮮

海鮮／魚介類
かいせん　ぎょかいるい
ka.i.se.n ／ gyo.ka.i.ru.i
海鮮、海產

魚
さかな
sa.ka.na
魚

鰯
いわし
i.wa.shi
沙丁魚

鮭
さけ
sa.ke
鮭魚

鯵
あじ
a.ji
竹筴魚

鮪（大トロ／中トロ）
まぐろ　おお　　　　ちゅう
ma.gu.ro (o.o.to.ro ／ chu.u.to.ro)
鮪魚（大肚／中肚）

鰹
かつお
ka.tsu.o
鰹魚

鱈
たら
ta.ra
鱈魚

平目
ひらめ
hi.ra.me
比目魚

鱒
ます
ma.su
鱒魚

秋刀魚
さんま
sa.n.ma
秋刀魚

鯛
たい
ta.i
鯛魚

さば
sa.ba
鯖魚

鰻
うなぎ
u.na.gi
鰻魚

ぶり
bu.ri
青魽魚

ししゃも
shi.sha.mo
柳葉魚

ふぐ
fu.gu
河豚

烏賊
いか
i.ka
烏賊、墨魚

タコ
ta.ko
章魚

海老
えび
e.bi
蝦子

ウニ
u.ni
海膽

蟹
かに
ka.ni
螃蟹

伊勢海老
いせえび
i.se.e.bi
龍蝦

牡蠣
かき
ka.ki
牡蠣

浅蜊
あさり
a.sa.ri
蛤蜊

蜆
しじみ
shi.ji.mi
蜆

赤貝
あかがい
a.ka.ga.i
赤貝

ほたて
ho.ta.te
干貝

帆立貝
ほたてがい
ho.ta.te.ga.i
海扇貝

いくら
i.ku.ra
鮭魚卵

たらこ／明太子
めんたいこ
ta.ra.ko ／ me.n.ta.i.ko
鱈魚卵／明太子

かずのこ ka.zu.no.ko 鯡魚卵	トビコ to.bi.ko 飛魚卵	ムール貝^{がい} mu.u.ru.ga.i 淡菜	とりがい to.ri.ga.i 鳥尾蛤	海苔^{のり} no.ri 海苔
ワカメ wa.ka.me 裙帶菜	昆布^{こんぶ} ko.n.bu 海帶	海葡萄^{うみぶどう} u.mi.bu.do.o 海葡萄		

海味

鰹節^{かつおぶし} ka.tsu.o.bu.shi 柴魚片	桜えび^{さくら} sa.ku.ra.e.bi 櫻花蝦	カラスミ ka.ra.su.mi 烏魚子	塩干魚^{えんかんぎょ} e.n.ka.n.gyo 鹹魚乾	イカ干し^ほ i.ka.bo.shi 魷魚乾

調味料

調味料^{ちょうみりょう} cho.o.mi.ryo.o 調味料	塩^{しお} shi.o 鹽	砂糖／シュガー^{さとう} sa.to.o／shu.ga.a 砂糖

黒砂糖^{くろざとう} ku.ro.za.to.o 黑砂糖	醤油^{しょうゆ} sho.o.yu 醬油	ソース so.o.su 醬汁	味噌^{みそ} mi.so 味噌	酢^す su 醋

みりん
mi.ri.n
味醂

オイスターソース
o.i.su.ta.a.so.o.su
蠔油

ラー油
ra.a.yu
辣油

タレ
ta.re
醬料

ドレッシング
do.re.s.shi.n.gu
調味醬

山椒
sa.n.sho.o
山椒

胡椒
ko.sho.o
胡椒

唐辛子
to.o.ga.ra.shi
辣椒

唐辛子（一味／七味）
to.o.ga.ra.shi (i.chi.mi/shi.chi.mi)
辣椒粉（一味／七味）

チリソース
chi.ri.so.o.su
辣醬

タバスコ
ta.ba.su.ko
TABASCO 辣椒醬

ケチャップ
ke.cha.p.pu
蕃茄醬

めんつゆ
me.n.tsu.yu
沾麵醬

からし（マスタード）
ka.ra.shi(ma.su.ta.a.do)
芥末

わさび
wa.sa.bi
山葵

バター
ba.ta.a
奶油

マーガリン
ma.a.ga.ri.n
乳瑪琳

チーズ
chi.i.zu
起士

スパイス
su.pa.i.su
香料

香辛料
ko.o.shi.n.ryo.o
辛香料

ダシ
da.shi
高湯

油
a.bu.ra
油

マヨネーズ
ma.yo.ne.e.zu
美乃滋

ジャム
ja.mu
果醬

ピーナツバター
pi.i.na.tsu.ba.ta.a
奶油花生醬

ウスターソース
u.su.ta.a.so.o.su
烏斯特黑醋醬

タルタルソース
ta.ru.ta.ru.so.o.su
塔塔醬

烹調方法

焼く ya.ku 烤	煮る ni.ru 煮	ゆでる yu.de.ru 川燙	揚げる a.ge.ru 炸	蒸す mu.su 蒸
炒める i.ta.me.ru 炒	炊く ta.ku 炊煮		刻む ki.za.mu 切碎	かき混ぜる ka.ki.ma.ze.ru 攪拌

餐具・廚具

皿 sa.ra 盤子		小皿 ko.za.ra 小盤	大皿 o.o.za.ra 大盤	取皿 to.ri.za.ra 分食盤
小鉢 ko.ba.chi 小碟	おわん o.wa.n 碗	茶わん cha.wa.n 飯碗	どんぶり do.n.bu.ri 碗公	お箸 o.ha.shi 筷子
箸置き ha.shi.o.ki 筷架	れんげ re.n.ge 湯匙		スプーン su.pu.u.n 湯匙	
ナイフ na.i.fu 刀	フォーク fo.o.ku 叉	急須 kyu.u.su 小茶壺	コップ ko.p.pu 杯子	湯呑 yu.no.mi 茶杯

ティーカップ	マグカップ	グラス	ワイングラス
ti.i.ka.p.pu	ma.gu.ka.p.pu	gu.ra.su	wa.i.n.gu.ra.su
茶杯	馬克杯	玻璃杯	紅酒杯

ジョッキ	コースター	楊枝 ようじ	おしぼり	しゃもじ
jo.k.ki	ko.o.su.ta.a	yo.o.ji	o.shi.bo.ri	sha.mo.ji
啤酒杯	杯墊	牙籤	濕紙巾	飯杓

鍋 なべ	フライパン	お玉 たま	フライ返し がえ
na.be	fu.ra.i.pa.n	o.ta.ma	fu.ra.i.ga.e.shi
鍋子	平底鍋	杓	鍋鏟

包丁 ほうちょう	まな板 いた	ピーラー	エッグスライサー
ho.o.cho.o	ma.na.i.ta	pi.i.ra.a	e.g.gu.su.ra.i.sa.a
菜刀	砧板	削皮刀	切蛋器

おろし器 き	すりこぎ	すり鉢 ばち	トレー
o.ro.shi.ki	su.ri.ko.gi	su.ri.ba.chi	to.re.e
磨泥器	研磨棒	研磨鉢	托盤

にんにく潰し つぶ	栓抜き せん ぬ	缶切り かん き	泡立て器 あわ だ き
ni.n.ni.ku.tsu.bu.shi	se.n.nu.ki	ka.n.ki.ri	a.wa.da.te.ki
蒜泥器	開瓶器	開罐器	打蛋器

手伝いましょう！

ありがとう！

お休みはいつ
ですか？

商店・逛街

🌱 尋找商店

1 いい店を知っていますか。
ㅤみせ ㅤし
i.i.mi.se.o.shi.t.te.i.ma.su.ka

你知道哪裡有不錯的店嗎？

2 この辺りで一番大きな書店はどこですか。
ㅤあた ㅤいちばんおお ㅤしょてん
ko.no.a.ta.ri.de.i.chi.ba.n.o.o.ki.na.sho.te.n.wa
do.ko.de.su.ka

這附近最大的書店在哪裡？

3 あの店に日用品は売っていますか。
ㅤみせ ㅤにちようひん ㅤう
a.no.mi.se.ni.ni.chi.yo.o.hi.n.wa.u.t.te.i.ma.su.ka

那家店有賣日用品嗎？

4 お休みはいつですか。
ㅤやす
o.ya.su.mi.wa.i.tsu.de.su.ka

請問公休日是什麼時候？

🌱 顧客與店員的對話

會話❶

いらっしゃいませ。
i.ra.s.sha.i.ma.se

歡迎光臨。

何をお探しですか。
なに ㅤさが
na.ni.o.o.sa.ga.shi.de.su.ka

請問要找什麼？

歯ブラシはありますか。
は
ha.bu.ra.shi.wa.a.ri.ma.su.ka

有牙刷嗎？

會話❷

正露丸をください。
せいろがん
se.i.ro.ga.n.o.ku.da.sa.i

請給我正露丸。

申し訳ありません、売り切れです。
もう わけ ㅤう き
mo.o.shi.wa.ke.a.ri.ma.se.n、u.ri.ki.re.de.su

非常抱歉，剛好賣完了。

英語の分かる店員さんはいますか。
e.i.go.no.wa.ka.ru.te.n.i.n.sa.n.wa
i.ma.su.ka

請問有會說英文的店員嗎？

少々お待ちください。
sho.o.sho.o.o.ma.chi.ku.da.sa.i

請稍等一下。

ご予算は。
go.yo.sa.n.wa

請問你預算多少？

一万円以内です。
i.chi.ma.n.e.n.i.na.i.de.su

一萬元以內。

詢問店員

1 何に使うのですか。
na.ni.ni.tsu.ka.u.no.de.su.ka

這是做什麼用的？

2 使い方を教えてください。
tsu.ka.i.ka.ta.o.o.shi.e.te.ku.da.sa.i

請告訴我如何使用。

3 それは何で出来ているのですか。
so.re.wa.na.ni.de.de.ki.te.i.ru.no.de.su.ka

那是用什麼做的？

4 中国語の説明書がついていますか。
chu.u.go.ku.go.no.se.tsu.me.i.sho.ga
tsu.i.te.i.ma.su.ka

有附中文說明書嗎？

5 なんの革ですか。
na.n.no.ka.wa.de.su.ka

是什麼皮革呢？

6 これは防水ですか。
ko.re.wa.bo.o.su.i.de.su.ka

這有防水嗎？

7 台湾で使えますか。
ta.i.wa.n.de.tsu.ka.e.ma.su.ka

在台灣可以用嗎？

8 これは婦人用ですか、紳士用ですか。
ko.re.wa.fu.ji.n.yo.o.de.su.ka、
shi.n.shi.yo.o.de.su.ka

這是女士用的，還是男士用的？

9 返品できますか。
he.n.pi.n.de.ki.ma.su.ka

可以退貨嗎？

> ほかの色のは
> ありませんか？

🌿 要求店員

1 他のものも見せてください。
ho.ka.no.mo.no.mo.mi.se.te.ku.da.sa.i

請給我看看其他的。

2 もっと質のよいものはありませんか。
mo.t.to.shi.tsu.no.yo.i.mo.no.wa.a.ri.ma.se.n.ka

有沒有質料更好的？

3 ほかの色のはありませんか。
ho.ka.no.i.ro.no.wa.a.ri.ma.se.n.ka

有沒有其他顏色？

🌿 關於尺寸

1 サイズをはかっていただけますか。
sa.i.zu.o.ha.ka.t.te.i.ta.da.ke.ma.su.ka

可以幫我量一下尺寸嗎？

2 このコートを試着してもいいですか。
ko.no.ko.o.to.o.shi.cha.ku.shi.te.mo.i.i.de.su.ka

我可以試穿一下這件外套嗎？

3 これは大きすぎます。／小さすぎます。
ko.re.wa.o.o.ki.su.gi.ma.su／chi.i.sa.su.gi.ma.su

這件太大了。／太小了。

4 このジャケットは私に合うサイズがありません。
ko.no.ja.ke.t.to.wa.wa.ta.shi.ni.a.u.sa.i.zu.ga
a.ri.ma.se.n

這件外套沒有適合我的尺寸。

5 もっと大きい／小さいのはありませんか。
mo.t.to.o.o.ki.i.／chi.i.sa.i.no.wa.a.ri.ma.se.n.ka

有沒有大一點／小一點的呢？

6 ズボンの丈を直してもらえますか。
zu.bo.n.no.ta.ke.o.na.o.shi.te.mo.ra.e.ma.su.ka

可以幫我改褲子的長度嗎？

7 もう少し短くしてください。
mo.o.su.ko.shi.mi.ji.ka.ku.shi.te.ku.da.sa.i

請再幫我改短一點。

🌿 詢問價錢

🔊 o43

1 これはいくらですか。
ko.re.wa.i.ku.ra.de.su.ka

這多少錢？

2 全部でいくらですか。
ze.n.bu.de.i.ku.ra.de.su.ka

全部共多少錢？

3 この値段は税込みですか。
ko.no.ne.da.n.wa.ze.i.ko.mi.de.su.ka

這個價錢有含稅嗎？

4 一万円前後のバッグはありませんか。
i.chi.ma.n.e.n.ze.n.go.no.ba.g.gu.wa
a.ri.ma.se.n.ka

請問有一萬元左右的包
包嗎？

5 これは値引きしてありますか。
ko.re.wa.ne.bi.ki.shi.te.a.ri.ma.su.ka

這個有打折嗎？

6 高すぎます。
ta.ka.su.gi.ma.su

太貴了。

7 値引きしてもらえませんか。
ne.bi.ki.shi.te.mo.ra.e.ma.se.n.ka

可以幫我打個折嗎？

8 もっと安いものはありませんか。
mo.t.to.ya.su.i.mo.no.wa.a.ri.ma.se.n.ka

有沒有更便宜的呢？

🌱 下決定

1 これを下さい。
ko.re.o.ku.da.sa.i

請給我這個。

2 これをとっておいてもらえますか。
ko.re.o.to.t.te.o.i.te.mo.ra.e.ma.su.ka

這件能幫我保留嗎？

3 あとで買いに来ます。
a.to.de.ka.i.ni.ki.ma.su

我等一下再來買。

4 欲しいものが見つかりません。
ho.shi.i.mo.no.ga.mi.tsu.ka.ri.ma.se.n

我找不到我要的。

5 少し考えてみます。
su.ko.shi.ka.n.ga.e.te.mi.ma.su

我考慮一下。

6 まだ決めていません。
ma.da.ki.me.te.i.ma.se.n

我還沒有決定。

7 見ているだけです。
mi.te.i.ru.da.ke.de.su

我只是看看。

お決まりですか。
o.ki.ma.ri.de.su.ka

決定好了嗎？

まだ考え中です。
ma.da.ka.n.ga.e.chu.u.de.su.

我還在考慮。

結帳

1 クレジットカードは使えますか。
ku.re.ji.t.to.ka.a.do.wa.tsu.ka.e.ma.su.ka

可以用信用卡付帳嗎？

2 レシートをいただけますか。
re.shi.i.to.o.i.ta.da.ke.ma.su.ka

可以給我發票嗎？

3 領収書をいただけますか。
ryo.o.shu.u.sho.o.i.ta.da.ke.ma.su.ka

可以給我收據嗎？

會話

カードでお願いします。
ka.a.do.de.o.ne.ga.i.shi.ma.su

麻煩你，我要刷卡。

かしこまりました。
ka.shi.ko.ma.ri.ma.shi.ta

好的。

運送

1 これを自宅へ届けてください。
ko.re.o.ji.ta.ku.e.to.do.ke.te.ku.da.sa.i

請幫我把這個送到我家。

2 これを私の家まで送ってもらえますか。
ko.re.o.wa.ta.shi.no.i.e.ma.de
o.ku.t.te.mo.ra.e.ma.su.ka

可以幫我把這個送到我家嗎？

3 この住所に送ってください。
ko.no.ju.u.sho.ni.o.ku.t.te.ku.da.sa.i

請幫我送到這個地址。

4 送料はかかりますか。
so.o.ryo.o.wa.ka.ka.ri.ma.su.ka

需要付運費嗎？

5 取り付けてもらえますか。／セットして
もらえますか。
to.ri.tsu.ke.te.mo.ra.e.ma.su.ka／se.t.to.shi.te
mo.ra.e.ma.su.ka

能不能幫我安裝？

6 いつごろ届きますか。
i.tsu.go.ro.to.do.ki.ma.su.ka

什麼時候可以送到？

修理

1 故障しました。
ko.sho.o.shi.ma.shi.ta

故障了。

2 修理してください。／直してください。
shu.u.ri.shi.te.ku.da.sa.i／na.o.shi.te
ku.da.sa.i

請幫我修好。

3 いつできますか。
i.tsu.de.ki.ma.su.ka

什麼時候會好？

4 明日までに直りますか。
a.shi.ta.ma.de.ni.na.o.ri.ma.su.ka

明天前會好嗎？

5 いくらかかりますか。
i.ku.ra.ka.ka.ri.ma.su.ka

要多少錢呢？

會話

どうして壊れたのですか。
do.o.shi.te.ko.wa.re.ta.no.de.su.ka

怎麼會壞掉呢？

落としてしまいました。
o.to.shi.te.shi.ma.i.ma.shi.ta

不小心掉到地上了。

落として
しまいました。

各類商店

デパート
de.pa.a.to
百貨公司

スーパーマーケット（スーパー）
su.u.pa.a.ma.a.ke.t.to(su.u.pa.a)
超市

めんぜいひんてん
免税品店
me.n.ze.i.hi.n.te.n
免税商店

コンビニエンスストア（コンビニ）
ko.n.bi.ni.e.n.su.su.to.a(ko.n.bi.ni)
便利商店

りょうはんてん
量販店
ryo.o.ha.n.te.n
量販店

ひゃく えん
100 円ショップ
hya.ku.e.n.sho.p.pu
百圓商店

アウトレットショップ
a.u.to.re.t.to.sho.p.pu
OUTLET 過季商品店

ふる ぎ や
古着屋
fu.ru.gi.ya
二手服飾店

くつや
靴屋
ku.tsu.ya
鞋店

コスメショップ
ko.su.me.sho.p.pu
藥妝店

くすり や　やっ きょく
薬屋 ／ 薬局
ku.su.ri.ya ／ ya.k.kyo.ku
藥局

ドラッグストア
do.ra.g.gu.su.to.a
藥妝店

ほん や
本屋
ho.n.ya
書店

CD ショップ
shi.i.di.i.sho.p.pu
唱片行

でん き や
電気屋
de.n.ki.ya
電器行

も けいてん
模型店
mo.ke.i.te.n
模型店

ぶんぼう ぐ や
文房具屋
bu.n.bo.o.gu.ya
文具店

おもちゃ屋
o.mo.cha.ya
玩具店

インテリアショップ
i.n.te.ri.a.sho.p.pu
家飾用品店

雑貨屋
ざっか や
za.k.ka.ya
生活雑貨店

フォトショップ
fo.to.sho.p.pu
照片沖洗店

床屋
とこ や
to.ko.ya
理髪店

美容院
び ょういん
bi.yo.o.i.n
美髮院

花屋
はな や
ha.na.ya
花店

駄菓子屋
だ が し や
da.ga.shi.ya
懷舊菓子店

骨董品屋／アンティークショップ
こっとうひん や
ko.t.to.o.hi.n.ya／a.n.ti.i.ku.sho.p.pu
古董店

民芸品店
みんげいひんてん
mi.n.ge.i.hi.n.te.n
民俗藝品店

茶舗
ちゃ ほ
cha.ho
茶行

酒屋
さか や
sa.ka.ya
酒類專賣店

食器店
しょっき てん
sho.k.ki.te.n
餐具店

ペットショップ
pe.t.to.sho.p.pu
寵物店

ファーストフード店
てん
fa.a.su.to.fu.u.do.te.n
速食店

八百屋
や おや
ya.o.ya
蔬菜店

魚屋
さかなや
sa.ka.na.ya
魚舖

パン屋
や
pa.n.ya
麵包店

肉屋
にく や
ni.ku.ya
肉舖

飾品

アクセサリー
a.ku.se.sa.ri.i
飾品

指輪／リング
（ゆびわ）
yu.bi.wa／ri.n.gu
戒指

宝石／ジュエリー
（ほうせき）
ho.o.se.ki／ju.e.ri.i
寶石

真珠／パール
（しんじゅ）
shi.n.ju／pa.a.ru
珍珠

イヤリング
i.ya.ri.n.gu
耳環

ピアス
pi.a.su
穿孔耳環

ブレスレット
bu.re.su.re.t.to
手環

ネックレス
ne.k.ku.re.su
項鍊

ブローチ
bu.ro.o.chi
胸針

ペンダント
pe.n.da.n.to
垂墜式項鍊

タイピン
ta.i.pi.n
領帶夾

メガネ／グラス
me.ga.ne／gu.ra.su
眼鏡

サングラス
sa.n.gu.ra.su
太陽眼鏡

ハンドバッグ
ha.n.do.ba.g.gu
手提包

カチューシャ
ka.chu.u.sha
頭箍

シュシュ
shu.shu
髮束

ヘアゴム
he.a.go.mu
髮圈

ヘアバンド
he.a.ba.n.do
髮帶

ヘアピン
he.a.pi.n
髮夾

ヘアクリップ
he.a.ku.ri.p.pu
鯊魚夾／鶴嘴夾

エクステ
e.ku.su.te
接髮

ネックレスを
買いたいな…

紀念品・民藝品

かんざし ka.n.za.shi 髮簪	せんす 扇子 se.n.su 扇子	しっき 漆器 shi.k.ki 漆器	かたな 刀 ka.ta.na 刀、劍
びょうぶ 屏風 byo.o.bu 屏風	つぼ 壷 tsu.bo 壺、罈、罐	とうじき 陶磁器 to.o.ji.ki 陶瓷器	たけせいひん 竹製品 ta.ke.se.i.hi.n 竹製品

たび 足袋 ta.bi 日式布襪	てぬぐい 手拭い te.nu.gu.i 布手巾	お　がみ 折り紙 o.ri.ga.mi 摺紙

タオル ta.o.ru 毛巾	とうち ご当地フォルムカード go.to.o.chi.fo.ru.mu.ka.a.do 當地特色明信片	の　れん 暖簾 no.re.n 布簾

たこ 凧 ta.ko 風箏	こま 独楽 ko.ma 陀螺	たいこ 太鼓 ta.i.ko 鼓

にんぎょう 人形 ni.n.gyo.o 娃娃、人偶	オルゴール o.ru.go.o.ru 音樂盒	わ　し 和紙 wa.shi 日本紙

上着／トップス
うわぎ
u.wa.gi ／ to.p.pu.su
上衣、上衣類

Tシャツ
ti.i.sha.tsu
T恤

ロングTシャツ
ro.n.gu.ti.i.sha.tsu
長版T

カットソー
ka.t.to.so.o
短袖T恤

パーカ
pa.a.ka
連帽上衣

ブラウス
bu.ra.u.su
罩衫、女用襯衫

シャツ
sha.tsu
襯衫

ポロシャツ
po.ro.sha.tsu
Polo衫

ワイシャツ
wa.i.sha.tsu
西裝白襯衫

スーツ／背広
せびろ
su.u.tsu ／ se.bi.ro
西裝

スポーツウエア
su.po.o.tsu.we.a
運動服

セーター
se.e.ta.a
毛衣

カーディガン
ka.a.di.ga.n
開襟毛衣

ワンピース
wa.n.pi.i.su
連身裙

ドレス
do.re.su
洋裝

コート
ko.o.to
外套

コットンジャケット
ko.t.to.n.ja.ke.t.to
棉質外套

トレンチコート
to.re.n.chi.ko.o.to
風衣外套

ライダース
ra.i.da.a.su
騎士外套

ジャンパー
ja.n.pa.a
夾克

ピーコート
pi.i.ko.o.to
雙排釦外套

ポンチョ
po.n.cho
斗篷

ボトムス bo.to.mu.su 下身類	ズボン／パンツ zu.bo.n／pa.n.tsu 褲子	ジーパン ji.i.pa.n 牛仔褲
デニムスカート de.ni.mu.su.ka.a.to 牛仔裙	ショートパンツ sho.o.to.pa.n.tsu 短褲	スカート su.ka.a.to 裙子	キャミソール kya.mi.so.o.ru 細肩帶

タンクトップ
ta.n.ku.to.p.pu
坦克背心

ベスト
be.su.to
背心

ブラトップキャミソール
bu.ra.to.p.pu.kya.mi.so.o.ru
罩杯式小可愛

ブラトップシャツ
bu.ra.to.p.pu.sha.tsu
罩杯式襯衫

した ぎ
下着
shi.ta.gi
貼身衣物

パンティー
pa.n.ti.i
內褲

ブラジャー
bu.ra.ja.a
胸罩

き のうせいはだ ぎ
機能性肌着
ki.no.o.se.i.ha.da.gi
溫調內衣

はつねつ ほ おん
発熱保温ウェア
ha.tsu.ne.tsu.ho.o.n.we.a
發熱衣

れいかん
冷感ウェアー
re.i.ka.n.we.a.a
涼感衣

き もの
着物
ki.mo.no
和服

ゆ かた
浴衣
yu.ka.ta
浴衣

ボタン
bo.ta.n
釦子

リボン
ri.bo.n
蝴蝶結

あんぜん
安全ピン
a.n.ze.n.pi.n
安全別針

チャック／
ジッパー
cha.k.ku／ji.p.pa.a
拉鍊

配件

スカーフ
su.ka.a.fu
領巾

ネクタイ
ne.ku.ta.i
領帶

マフラー
ma.fu.ra.a
圍巾

スヌード
su.nu.u.do
頸圍

ストール
su.to.o.ru
披肩

パジャマ
pa.ja.ma
睡衣

レギンス
re.gi.n.su
內搭褲

メガネ
me.ga.ne
眼鏡

手袋（て ぶくろ）
te.bu.ku.ro
手套

水着（みず ぎ）
mi.zu.gi
泳裝

靴下／ソックス（くつした）
ku.tsu.shi.ta／
so.k.ku.su
襪子

ストッキング
su.to.k.ki.n.gu
絲襪

タイツ
ta.i.tsu
網襪

靴（くつ）
ku.tsu
鞋子

ブーツ
bu.u.tsu
靴子

ハイヒール
ha.i.hi.i.ru
高跟鞋

スニーカー
su.ni.i.ka.a
休閒鞋

下駄（げ た）
ge.ta
木屐

サンダル
sa.n.da.ru
涼鞋

ミュール
myu.u.ru
拖鞋式涼鞋

帽子（ぼう し）
bo.o.shi
帽子

そのマフラー
とても君に
似合うよ！

うれしい！
ありがとう！

衣服花色

無地
mu.ji
素面

柄／模様
ga.ra／mo.yo.o
花紋

チェック
che.k.ku
格紋

タータンチェック
ta.a.ta.n.che.k.ku
方格紋

水玉模様
mi.zu.ta.ma.mo.yo.o
圓點

縞模様／ボーダー
shi.ma.mo.yo.o／
bo.o.da.a
條紋

プリント柄
pu.ri.n.to.ga.ra
印花紋

花柄
ha.na.ga.ra
碎花紋

動物柄
do.o.bu.tsu.ga.ra
動物花紋

幾何学柄
ki.ka.ga.ku.ga.ra
幾何學花紋

総柄
so.o.ga.ra
滿版圖案

ピンストライプ
pi.n.su.to.ra.i.pu
細條紋

ノルディック柄
no.ru.di.k.ku.ga.ra
北歐花紋

千鳥
chi.do.ri
千鳥格紋樣

紳士用／紳士服
しんしよう しんしふく
shi.n.shi.yo.o／shi.n.shi.fu.ku
男裝

婦人用／婦人服
ふじんよう ふじんふく
fu.ji.n.yo.o／fu.ji.n.fu.ku
女裝

子供用／子供服
こどもよう こどもふく
ko.do.mo.yo.o／ko.do.mo.fu.ku
童裝

ベビー服
ふく
be.bi.i.fu.ku
嬰兒服

古着
ふるぎ
fu.ru.gi
二手服飾

重ね着
かさぎ
ka.sa.ne.gi
多層次穿搭

通勤服
つうきんふく
tsu.u.ki.n.fu.ku
通勤裝

ギャル系
けい
gya.ru.ke.i
辣妹風

山ガール系
やま けい
ya.ma.ga.a.ru.ke.i
登山女孩風（山GIRL）

森ガール系
もり けい
mo.ri.ga.a.ru.ke.i
森林女孩風（森GIRL）

ナチュラル系
けい
na.chu.ra.ru.ke.i
自然風

ファッションスタイル
fa.s.sho.n.su.ta.i.ru
流行風格

オジガール
o.ji.ga.a.ru
老爺風女孩

ロリータ系
けい
ro.ri.i.ta.ke.i
蘿莉塔風

アウトドア系
けい
a.u.to.do.a.ke.i
戶外休閒風

アメカジ
a.me.ka.ji
美式休閒風

カジュアル系
けい
ka.ju.a.ru.ke.i
休閒風

ロック系
けい
ro.k.ku.ke.i
搖滾風

モード
mo.o.do
摩登風

古着が大好き！

布料・素材

🔊 046

棉 めん me.n 棉	絹／シルク きぬ ki.nu／shi.ru.ku 絲綢	麻 あさ a.sa 麻	羊毛／ウール ようもう yo.o.mo.o／u.u.ru 羊毛
ポリエステル po.ri.e.su.te.ru 聚酯	カシミヤ ka.shi.mi.ya 山羊絨／喀什米爾	ファー fa.a 皮草	レザー re.za.a 皮革
メタリック me.ta.ri.k.ku 金屬感布料	ラメ ra.me 金蔥	レース re.e.su 蕾絲	リネン ri.ne.n 亞麻
リベット ri.be.t.to 鉚釘			

このワンピース
全部シルクで
作ったのよ！

衣袖・衣領

袖 そで so.de 袖子	半袖 はんそで ha.n.so.de 半袖	長袖 ながそで na.ga.so.de 長袖	七分袖 しちぶそで shi.chi.bu.so.de 七分袖
五分丈 ごぶたけ go.bu.ta.ke 五分長	衿 えり e.ri 領子	裾 すそ su.so 衣服下襬	

袖が長すぎ
るよ！

パソコン
pa.so.ko.n
電腦

タブレットパソコン
ta.bu.re.t.to.pa.so.ko.n
平板電腦

^{えきしょう}
液晶モニター
e.ki.sho.o.mo.ni.ta.a
液晶螢幕

プリンター
pu.ri.n.ta.a
印表機

テレビ
te.re.bi
電視

ビデオデッキ
bi.de.o.de.k.ki
錄影機

スピーカー
su.pi.i.ka.a
音響

ラジカセ
ra.ji.ka.se
手提音響

CDプレーヤー
shi.i.di.i.pu.re.e.ya.a
CD Player

レコード
re.ko.o.do
唱片

^{すいはん き}
炊飯器
su.i.ha.n.ki
電鍋

ノンフライヤー
no.n.fu.ra.i.ya.a
氣炸機

ホームベーカリー
ho.o.mu.be.e.ka.ri.i
製麵包機

トースター
to.o.su.ta.a
烤麵包機

ポット
po.t.to
熱水瓶

ミキサー
mi.ki.sa.a
果汁機

^{でん し}
電子レンジ
de.n.shi.re.n.ji
微波爐

オーブン
o.o.bu.n
烤箱

^{れいぞう こ}
冷蔵庫
re.i.zo.o.ko
冰箱

^{しょっ き あら き}
食器洗い機
sho.k.ki.a.ra.i.ki
洗碗機

^{かんそう き}
乾燥機
ka.n.so.o.ki
烘衣機

洗濯機 せんたく き se.n.ta.ku.ki 洗衣機	アイロン a.i.ro.n 熨斗	掃除機 そう じ き so.o.ji.ki 吸塵器	ミシン mi.shi.n 縫紉機
ドライヤー do.ra.i.ya.a 吹風機	クーラー ku.u.ra.a 冷氣	エアコン e.a.ko.n 空調	ヒーター hi.i.ta.a 暖氣裝置

こたつ
ko ta tsu
暖桌

扇風機 せんぷう き se.n.pu.u.ki 電風扇	加湿器 か しつ き ka.shi.tsu.ki 加濕器

除湿乾燥機 じょしつかんそう き jo.shi.tsu. ka.n.so.o.ki 除濕機	ホットカーペット ho.t.to.ka.a.pe.t.to 電熱毯	電話機 でん わ き de.n.wa.ki 電話

携帯電話 けいたいでん わ ke.i.ta.i.de.n.wa 手機	ファックス fa.k.ku.su 傳真機	IC レコーダー a.i.shi.i.re.ko.o.da.a 錄音筆	イヤホン i.ya.ho.n 耳機
ヘッドホーン he.d.do.ho.o.n 耳罩式耳機	マイク ma.i.ku 麥克風	電卓 でんたく de.n.ta.ku 計算機	充電器 じゅうでん き ju.u.de.n.ki 充電器

電池／乾電池 でん ち　かんでん ち de.n.chi／ka.n.de.n.chi 電池／乾電池	カーナビ ka.a.na.bi 汽車導航系統

スマートフォン
su.ma.a.to.fo.n
智慧型手機

タッチパネル
ta.c.chi.pa.ne.ru
觸碰式面板

ストラップ
su.to.ra.p.pu
手機吊飾

スマホケース
su.ma.ho.ke.e.su
手機殼

画面保護シート
ga.me.n.ho.go.shi.i.to
螢幕保護貼

着信音
cha.ku.shi.n.o.n
來電鈴聲

着信メロディー（着メロ）
cha.ku.shi.n.me.ro.di.i(cha.ku.me.ro)
來電音樂

マナーモード
ma.na.a.mo.o.do
靜音

受話音量
ju.wa.o.n.ryo.o
接聽音量

着信音量
cha.ku.shi.n.o.n.ryo.o
來電音量

機内モード
ki.na.i.mo.o.do
飛航模式

ダイヤルロック
da.i.ya.ru.ro.k.ku
按鍵鎖

ロック解除
ro.k.ku.ka.i.jo
解鎖

暗証番号
a.n.sho.o.ba.n.go.o
密碼

リダイヤル
ri.da.i.ya.ru
重撥

留守録
ru.su.ro.ku
語音信箱

待ち受け画面
ma.chi.u.ke.ga.me.n
待機畫面

壁紙
ka.be.ga.mi
桌面

圏外
ke.n.ga.i
沒訊號

Wi-Fi
wa.i.fa.i
無線網路

ワンセグ
wa.n.se.gu
行動電視

無料通話
mu.ryo.o.tsu.u.wa
免付費電話

緊急電話
ki.n.kyu.u.de.n.wa
緊急電話

アプリケーション（アプリ）
a.pu.ri.ke.e.sho.n.(a.pu.ri)
應用程式

鐘錶

時計
to.ke.i
時鐘

腕時計
u.de.do.ke.i
手錶

掛け時計
ka.ke.do.ke.i
掛鐘

置時計
o.ki.do.ke.i
座鐘

目覚まし時計
me.za.ma.shi.do.ke.i
鬧鐘

アナログ
a.na.ro.gu
指針式手錶

デジタル
de.ji.ta.ru
電子錶

相機相關

カメラ
ka.me.ra
相機

デジタルカメラ（デジカメ）
de.ji.ta.ru.ka.me.ra(de.ji.ka.me)
數位相機

トイカメラ
to.i.ka.me.ra
玩具照相機

フィルム
fi.ru.mu
底片

レンズ
re.n.zu
鏡頭

フラッシュ
fu.ra.s.shu
閃光燈

ズーム
zu.u.mu
焦距

手ブレ補正
te.bu.re.ho.se.i
防手震裝置

デジカメを買ったよ！

シャッター
sha.t.ta.a
快門

現像
ge.n.zo.o
沖洗

焼き増し
ya.ki.ma.shi
加洗

引き伸ばし
hi.ki.no.ba.shi
放大的照片

SD メモリーカード
e.su.di.i.me.mo.ri.i.ka.a.do
SD 記憶卡

メモリースティック
me.mo.ri.i.su.ti.k.ku
記憶卡

しろくろ
白黒フィルム
shi.ro.ku.ro.fi.ru.mu
黑白底片

カラーフィルム
ka.ra.a.fi.ru.mu
彩色底片

さんじゅうろくまい ど
三十六枚撮り
sa.n.ju.u.ro.ku.ma.i.do.ri
36張裝底片

ぼうしつ こ
防湿庫
bo.o.shi.tsu.ko
防潮箱

ほ しょう き かん
保証 期間
ho.sho.o.ki.ka.n
保固

化粧保養品

けしょうひん
化粧 品／コスメ
ke.sho.o.hi.n／ko.su.me
化妝品／保養品

くちべに
口紅
ku.chi.be.ni
口紅

リップクリーム
ri.p.pu.ku.ri.i.mu
護脣膏

グロス
gu.ro.su
唇蜜

パウダー
pa.u.da.a
蜜粉

ファンデーション
fa.n.de.e.sho.n
粉底

アイブロウ
a.i.bu.ro.o
眉毛（彩妝）

アイシャドウ
a.i.sha.do.o
眼影

アイライナー
a.i.ra.i.na.a
眼線

マスカラ
ma.su.ka.ra
睫毛膏

チークカラー
chi.i.ku.ka.ra.a
腮紅

| 化粧水／ローション
ke.sho.o.su.i／ro.o.sho.n
化妝水 | 乳液
nyu.u.e.ki
乳液 | クリーム
ku.ri.i.mu
乳霜 |

| ハンドクリーム
ha.n.do.ku.ri.i.mu
護手霜 | 日焼け止め
hi.ya.ke.do.me
防曬乳 | マニキュア
ma.ni.kyu.a
指甲油 |

| ネイルリムーバー／除光液
ne.i.ru.ri.mu.u.ba.a／jo.ko.o.e.ki
去光水 | コットン
ko.t.to.n
化妝棉 | スポンジ
su.po.n.ji
化妝海綿 |

| シェービングクリーム
she.e.bi.n.gu.ku.ri.i.mu
脫毛膏 | かみそり
ka.mi.so.ri
剃刀 | くし
ku.shi
梳子 |

| 香水
ko.o.su.i
香水 | ウィッグ
wi.g.gu
假髮 | つけ毛
tsu.ke.ge
假髮（小的） |

| シャンプー
sha.n.pu.u
洗髮精 | リンス
ri.n.su
潤髮精 | トリートメント
to.ri.i.to.me.n.to
護髮乳 |

| メイク落とし／クレンジング
me.i.ku.o.to.shi／ku.re.n.ji.n.gu
卸妝乳 | 洗顔料
oc.n.ya.n.ryo.o
洗臉用品 | 石鹸
se.k.ke.n
肥皂 |

文具 ぶんぐ bu.n.gu 文具	鉛筆 えんぴつ e.n.pi.tsu 鉛筆	消しゴム け ke.shi.go.mu 橡皮擦	ボールペン bo.o.ru.pe.n 原子筆
シャープペンシル（シャーペン） sha.a.pu.pe.n.shi.ru(sha.a.pe.n) 自動鉛筆		水性ペン すいせい su.i.se.i.pe.n 水性筆	油性ペン ゆせい yu.se.i.pe.n 油性筆
万年筆 まんねんひつ ma.n.ne.n.hi.tsu 鋼筆	ラインマーカー ra.i.n.ma.a.ka.a 螢光筆	シャーペンの芯 しん sha.a.pe.n.no.shi.n 自動鉛筆筆芯	インク i.n.ku 墨水
修正液 しゅうせいえき shu.u.se.i.e.ki 立可白	修正テープ しゅうせい shu.u.se.i.te.e.pu 立可帶	はがき ha.ga.ki 明信片	絵葉書 えはがき e.ha.ga.ki 美術明信片
マスキングテープ ma.su.ki.n.gu.te.e.pu 紙膠帶	ポストイット po.su.to.i.t.to 便利貼	ノート no.o.to 筆記本	封筒 ふうとう fu.u.to.o 信封
便箋 びんせん bi.n.se.n 信紙	レターセット re.ta.a.se.t.to 信封信紙組	ファイル fa.i.ru 資料夾	定規 じょうぎ jo.o.gi 尺
鉛筆削り えんぴつけずり e.n.pi.tsu.ke.zu.ri 削鉛筆機	のり no.ri 漿糊		

定規を貸して！

はい。

書報雜誌

ほん 本 ho.n 書	ざっし 雑誌 za.s.shi 雜誌	しょうせつ 小説 sho.o.se.tsu 小說	ようしょ 洋書 yo.o.sho 外文書
ふ ろく ざっ し 付録つき雑誌 fu.ro.ku.tsu.ki.za.s.shi 附贈品雜誌		ムック mu.k.ku 情報誌	ち ず 地図／マップ chi.zu ／ ma.p.pu 地圖
しんぶん 新聞 shi.n.bu.n 報紙	ふるほん 古本 fu.ru.ho.n 二手書	コミック ko.mi.k.ku 漫畫	でん し しょせき 電子書籍 de.n.shi.sho.se.ki 電子書
しゃしんしゅう 写真集 sha.shi.n.shu.u 攝影集	がく ふ 楽譜 ga.ku.fu 樂譜	え ほん 絵本 e.ho.n 繪本	ず かん 図鑑 zu.ka.n 圖鑑
じしょ 辞書 ji.sho 字典	えい わ じてん 英和辞典 e.i.wa.ji.te.n 英和字典	わ えい じ てん 和英辞典 wa.e.i.ji.te.n 和英字典	ひゃっ か じ てん 百科事典 hya.k.ka.ji.te.n 百科字典
オーディオブック o.o.di.o.bu.k.ku 有聲書	せんもんしょ 専門書 se.n.mo.n.sho 專門書	ようざっ し 洋雑誌 yo.o.za.s.shi 外文雜誌	ぶん こ 文庫 bu.n.ko 文庫版
ハードカバー ha.a.do.ka.ba.a 精裝版	ポスタ po.su.ta.a 海報		

私は本を
読むことが
すきです。

歯ブラシ
ha.bu.ra.shi
牙刷

歯磨き粉
ha.mi.ga.ki.ko
牙膏

電動歯ブラシ
de.n.do.o.ha.bu.ra.shi
電動牙刷

デンタルフロス
de.n.ta.ru.fu.ro.su
牙線

うがい薬
u.ga.i.gu.su.ri
漱口水

爪きり
tsu.me.ki.ri
指甲剪

タオル
ta.o.ru
毛巾

バスタオル
ba.su.ta.o.ru
浴巾

ハンカチ
ha.n.ka.chi
手帕

ハンドタオル
ha.n.do.ta.o.ru
擦手巾

フェイスタオル
fe.i.su.ta.o.ru
毛巾

トイレットペーパー
to.i.re.t.to.pe.e.pa.a
衛生紙

ティッシュペーパー
ti.s.shu.pe.e.pa.a
面紙

ウエットティッシュ
u.e.t.to.ti.s.shu
濕紙巾

生理用品
se.i.ri.yo.o.hi.n
生理用品

絆創膏
ba.n.so.o.ko.o
OK繃

体温計
ta.i.o.n.ke.i
體溫計

傘
ka.sa
傘

漂白剤
hyo.o.ha.ku.za.i
漂白水

洗濯バサミ
se.n.ta.ku.ba.sa.mi
曬衣夾

洗剤
se.n.za.i
洗衣精

柔軟剤
ju.u.na.n.za.i
柔軟精

傢倶・家飾

家具 ka.gu 家具	手づくり家具 te.zu.ku.ri.ka.gu 手工家具	テーブル te.e.bu.ru 餐桌	机 tsu.ku.e 桌子

コタツ ko.ta.tsu 暖桌	椅子 i.su 椅子	ソファー so.fa.a 沙發	ソファーベッド so.fa.a.be.t.do 沙發床

座布団 za.bu.to.n 坐墊	カーテン ka.a.te.n 窗簾	靴箱 ku.tsu.ba.ko 鞋櫃	食器棚 sho.k.ki.da.na 食器櫃	箪笥 ta.n.su 抽屜櫃

本棚 ho.n.da.na 書櫃	クローゼット ku.ro.o.ze.t.to 壁櫥	衣装ケース i.sho.o.ke.e.su 衣櫃	鏡台 kyo.o.da.i 梳妝台

ドレッサー do.re.t.sa.a 梳妝台	ベッド be.d.do 床	二段ベッド ni.da.n.be.d.do 雙層床	布団 fu.to.n 棉被	枕 ma.ku.ra 枕頭

クッション ku.s.sho.n 抱枕	パソコンデスク pa.so.ko.n.de.su.ku 電腦桌	 カ アン

猫 （ねこ） ne.ko 貓	犬 （いぬ） i.nu 狗	鳥 （とり） to.ri 鳥	魚 （さかな） sa.ka.na 魚	ウサギ u.sa.gi 兔子
りす ri.su 松鼠	亀 （かめ） ka.me 烏龜	ハムスター ha.mu.su.ta.a 倉鼠	ミニブタ mi.ni.bu.ta 迷你豬	フェレット fe.re.t.to 雪貂

| 金魚
（きんぎょ）
ki.n.gyo
金魚 | 熱帯魚
（ねったいぎょ）
ne.t.ta.i.gyo
熱帶魚 | えさ
e.sa
飼料 | 猫缶／犬缶
（ねこかん）（いぬかん）
ne.ko.ka.n ／ i.nu.ka.n
貓罐頭／狗罐頭 | |

ケージ ke.e.ji 籠子	爪とぎ （つめ） tsu.me.to.gi 貓抓板	猫じゃらし （ねこ） ne.ko.ja.ra.shi 逗貓棒	リード ri.i.do 散步繩

花店

梅 （うめ） u.me 梅花	ラン ra.n 蘭花	菊 （きく） ki.ku 菊花	桜 （さくら） sa.ku.ra 櫻花	朝顔 （あさがお） a.sa.ga.o 牽牛花
ヒマワリ hi.ma.wa.ri 向日葵	カーネーション ka.a.ne.e.sho.n 康乃馨		チューリップ chu.u.ri.p.pu 鬱金香	

水仙(すいせん) su.i.se.n 水仙花	たんぽぽ ta.n.po.po 蒲公英	ツツジ tsu.tsu.ji 杜鵑花	パンジー pa.n.ji.i 三色菫	ヒナゲシ hi.na.ge.shi 麗春花
あじさい a.ji.sa.i 繡球花	牡丹(ぼたん) bo.ta.n 牡丹	椿(つばき) tsu.ba.ki 山茶花	ガーベラ ga.a.be.ra 非洲菊	ユリ yu.ri 百合

ラベンダー ra.be.n.da.a 薰衣草	ミズバショウ mi.zu.ba.sho.o 睡蓮	キキョウ ki.kyo.o 桔梗	ライラック ra.i.ra.k.ku 紫丁香花

キンモクセイ ki.n.mo.ku.se.i 金木犀	こぶし ko.bu.shi 木蘭花	しゃくやく sha.ku.ya.ku 芍藥

アブラナ a.bu.ra.na 油菜花	シロツメクサ shi.ro.tsu.me.ku.sa 酢漿草	サボテン sa.bo.te.n 仙人掌	薬草(やくそう) ya.ku.so.o 藥草

ハーブ ha.a.bu 香草	多肉植物(たにくしょくぶつ) ta.ni.ku.sho.ku.bu.tsu 多肉植物	観葉植物(かんようしょくぶつ) ka.n.yo.o.sho.ku.bu.tsu 觀賞植物

鉢物(はちもの)(花鉢(はなばち)／観葉(かんよう)) ha.chi.mo.no (ha.na.ba.chi/ka.n.yo.o) 盆栽(花盆／觀賞植物)	花束(はなたば) ha.na.ta.ba 花束

交通

◆ **車站**

在車站內

1 みなみぐち
南口はどうやって行きますか。
mi.na.mi.gu.chi.wa.do.o.ya.t.te.i.ki.ma.su.ka

南出口要怎麼去呢？

2 じ こくひょう
時刻表はどこにありますか。
ji.ko.ku.hyo.o.wa.do.ko.ni.a.ri.ma.su.ka

哪裡有時刻表？

3 ここはなに口ですか。
ko.ko.wa.na.ni.gu.chi.de.su.ka

這裡是什麼出口？

詢問如何買票

1 きっぷ う ば
切符売り場はどこですか。
ki.p.pu.u.ri.ba.wa.do.ko.de.su.ka

請問售票處在哪裡？

2 てい きけん か
定期券はどこで買えますか。
te.i.ki.ke.n.wa.do.ko.de.ka.e.ma.su.ka

哪裡可以買到定期車票？

3 はんばい き つか かた おし
この販売機の使い方を教えていただけませんか。
ko.no.ha.n.ba.i.ki.no.tsu.ka.i.ka.ta.o
o.shi.e.te.i.ta.da.ke.ma.se.n.ka

能教我如何使用這台售票機嗎？

4 きょうと
京都までいくらかかりますか。
kyo.o.to.ma.de.i.ku.ra.ka.ka.ri.ma.su.ka

到京都要多少錢？

5 かたみちりょうきん おうふくりょうきん
片道料金(往復料金)はいくらですか。
ka.ta.mi.chi.ryo.o.ki.n(o.o.fu.ku.ryo.o.ki.n)wa
i.ku.ra.de.su.ka

單程票價（來回票價）
多少錢？

6 きゅうこうりょうきん
急行料金はいくらですか。
kyu.u.ko.o.ryo.o.ki.n.wa.i.ku.ra.de.su.ka

快車票要多少錢？

買票

會話

岡山（おかやま）までの切符（きっぷ）を下（くだ）さい。
o.ka.ya.ma.ma.de.no.ki.p.pu.o.ku.da.sa.i
我要買到岡山的車票。

何時（なんじ）発（はつ）の列車（れっしゃ）ですか。
na.n.ji.ha.tsu.no.re.s.sha.de.su.ka
請問您要坐幾點的？

今日（きょう）の１８時（じゅうはちじ）５分（ごふん）です。
kyo.o.no.ju.u.ha.chi.ji.go.fu.n.de.su
今天下午六點五分。

片道（かたみち）ですか。
ka.ta.mi.chi.de.su.ka
單程嗎？

往復（おうふく）です。
o.o.fu.ku.de.su
來回的。

お一人様（ひとりさま）ですか。
o.hi.to.ri.sa.ma.de.su.ka
一位嗎？

二人（ふたり）です。
fu.ta.ri.de.su
兩位。

自由席（じゆうせき）ですか、指定席（していせき）ですか。
ji.yu.u.se.ki.de.su.ka、shi.te.i.se.ki.de.su.ka.
請問要自由入座還是對號入座？

自由席（じゆうせき）でお願（ねが）いします。
ji.yu.u.se.ki.de.o.ne.ga.i.shi.ma.su
自由入座就可以了。

一万二千円（いちまんにせんえん）になります。
i.chi.ma.n.ni.se.n.e.n.ni.na.ri.ma.su
這樣是一萬兩千元。

ありがとうございます。
a.ri.ga.to.o.go.za.i.ma.su
謝謝。

＊日本的指定席票價較高，但確定有位子座。自由席雖然票價低，卻不一定有位子坐。

二人です。

お一人ですか！

切符売り場

1 倉敷へは次の駅でおりるのですか。
ku.ra.shi.ki.e.wa.tsu.gi.no.e.ki.de
o.ri.ru.no.de.su.ka

倉敷在下一站下車嗎？

2 どこの駅でおりるのですか。
do.ko.no.e.ki.de.o.ri.ru.no.de.su.ka

要在哪一站下車呢？

會話 ❶

この地下鉄は皇居前に停まりますか。
ko.no.chi.ka.te.tsu.wa.ko.o.kyo.ma.e.ni
to.ma.ri.ma.su.ka

這班地下鐵有停皇居前嗎？

はい、停まります。
ha.i、to.ma.ri.ma.su

是的，有停。

會話 ❷

秋葉原に行きますか。
a.ki.ha.ba.ra.ni.i.ki.ma.su.ka

有到秋葉原嗎？

はい、行きますよ。
ha.i、i.ki.ma.su.yo

有的。

會話 ❸

いくつ目の駅ですか。
i.ku.tsu.me.no.e.ki.de.su.ka

第幾個車站呢？

3つ目の駅です。
mi.t.tsu.me.no.e.ki.de.su

第3個車站。

大阪城へ行くにはどの交通機関が一番
いいですか。
o.o.sa.ka.jo.o.e.i.ku.ni.wa.do.no
ko.o.tsu.u.ki.ka.n.ga.i.chi.ba.n.i.i.de.su.ka

到大阪城搭什麼交通
工具最方便？

電車が一番速いですよ。
de.n.sha.ga.i.chi.ba.n.ha.ya.i.de.su.yo

搭電車最快喔！

バスとタクシーではどちらがいいですか。
ba.su.to.ta.ku.shi.i.de.wa.do.chi.ra.ga
i.i.de.su.ka

巴士和計程車，搭哪
一種好呢？

バスは時間がかかるので、タクシーがい
いですよ。
ba.su.wa.ji.ka.n.ga.ka.ka.ru.no.de、
ta.ku.shi.i.ga.i.i.de.su.yo

坐巴士很花時間，還
是計程車好喔！

詢問如何換車

1 甲子園へ行くにはどこで乗り換えればいいで
すか。
ko.o.shi.e.n.e.i.ku.ni.wa.do.ko.de
no.ri.ka.e.re.ba.i.i.de.su.ka

到甲子園要在哪邊換車？

どこで乗り換えるのか教えて
いただけませんか。
do.ko.de.no.ri.ka.e.ru.no.ka
o.shi.e.te.i.ta.da.ke.ma.se.n.ka

能告訴我要在哪邊換
車嗎？

次の次です。
tsu.gi.no.tsu.gi.de.su

在下下站換。

搭車前

1 神戸へは何番線に乗ればいいですか。
ko.o.be.e.wa.na.n.ba.n.se.n.ni.no.re.ba
i.i.de.su.ka

到神戶要坐幾號線？

2 横浜行きは何番線から出ますか。
yo.ko.ha.ma.yu.ki.wa.na.n.ba.n.se.n.ka.ra
de.ma.su.ka

往橫濱的車從幾號線開呢？

3 これは名古屋行きですか。
ko.re.wa.na.go.ya.yu.ki.de.su.ka

這是開往名古屋的嗎？

4 札幌行きのプラットホームはここですか。
sa.p.po.ro.yu.ki.no.pu.ra.t.to.ho.o.mu.wa
ko.ko.de.su.ka

往札幌的月台是在這裡嗎？

5 何時に金沢到着ですか。／着きますか。
na.n.ji.ni.ka.na.za.wa.to.o.cha.ku.de.su.ka
／tsu.ki.ma.su.ka

幾點會到金澤？

6 次の富士山行きは何時に出ますか。
tsu.gi.no.fu.ji.sa.n.yu.ki.wa.na.n.ji.ni.de.ma.su.ka

下一班往富士山的車幾點開？

7 静岡行きの新幹線は何時発ですか。
shi.zu.o.ka.yu.ki.no.shi.n.ka.n.se.n.wa
na.n.ji.ha.tsu.de.su.ka

往靜岡的新幹線幾點開？

8 終電は何時に出ますか。
shu.u.de.n.wa.na.n.ji.ni.de.ma.su.ka

最後一班電車幾點開？

9 地下鉄路線図をいただけませんか。
chi.ka.te.tsu.ro.se.n.zu.o.i.ta.da.ke.ma.se.n.ka

可以給我一份地下鐵路線圖嗎？

在列車上

1 この席は空いてますか。
ko.no.se.ki.wa.a.i.te.ma.su.ka

這位子有人坐嗎？

2 タバコを吸っても構いませんか。
ta.ba.ko.o.su.t.te.mo.ka.ma.i.ma.se.n.ka

我可以抽菸嗎？

3 化粧室はどこですか。
ke.sho.o.shi.tsu.wa.do.ko.de.su.ka

化妝室在哪裡？

4 空席があれば禁煙席に移りたいのですが。
ku.u.se.ki.ga.a.re.ba.ki.n.e.n.se.ki.ni
u.tsu.ri.ta.i.no.de.su.ga

如果有空位的話，我想換到禁菸區去。

🌱 有狀況時

1 電車に乗り遅れました。
de.n.sha.ni.no.ri.o.ku.re.ma.shi.ta

我錯過電車了。

2 間違って切符を買ってしまいました。
ma.chi.ga.t.te.ki.p.pu.o.ka.t.te.shi.ma.i.ma.shi.ta

我買錯車票了。

3 どこでこの切符を払い戻すことができますか。
do.ko.de.ko.no.ki.p.pu.o
ha.ra.i.mo.do.su.ko.to.ga.de.ki.ma.su.ka

我可以在哪裡退票呢？

4 切符をなくしました。
ki.p.pu.o.na.ku.shi.ma.shi.ta

我把車票弄丟了。

◆ 公車

切符を
なくしました。

🌱 搭車前

🔊 o52

1 道後温泉行きはどのバスですか。
do.o.go.o.n.se.n.yu.ki.wa.do.no.ba.su.de.su.ka

往道後溫泉要搭哪一輛公車？

2 天橋立行きのバス停はどこですか。
a.ma.no.ha.shi.da.te.yu.ki.no.ba.su.te.i.wa
do.ko.de.su.ka

往天橋立的公車站在哪裡？

3 このバスは富良野へ行きますか。
ko.no.ba.su.wa.fu.ra.no.e.i.ki.ma.su.ka

這輛公車有到富良野嗎？

4 首里城へ行くバスは何番ですか。
shu.ri.jo.o.e.i.ku.ba.su.wa.na.n.ba.n.de.su.ka

往首里城去的公車是幾號？

5 このバスは金閣寺前に停まりますか。
ko.no.ba.su.wa.ki.n.ka.ku.ji.ma.e.ni
to.ma.ri.ma.su.ka

這班車有停金閣寺前嗎？

詢問時間或距離

1 湯布院行きのバスは何時に来ますか。
yu.fu.i.n.yu.ki.no.ba.su.wa.na.n.ji.ni.ki.ma.su.ka

往湯布院的公車幾點會到？

2 天満宮までどのくらい時間がかかりますか。
te.n.ma.n.gu.u.ma.de.do.no.ku.ra.i.ji.ka.n.ga
ka.ka.ri.ma.su.ka

到天滿宮需要花多久時間？

3 最終バスは何時ですか。
sa.i.shu.u.ba.su.wa.na.n.ji.de.su.ka

最後一班公車是幾點？

詢問票價

1 金閣寺までいくらですか。
ki.n.ka.ku.ji.ma.de.i.ku.ra.de.su.ka

到金閣寺要多少錢？

2 前払いですか、後払いですか。
ma.e.ba.ra.i.de.su.ka、a.to.ba.ra.i.de.su.ka

上車付錢還是下車付錢？

3 バスカード(回数券)を下さい。
ba.su.ka.a.do(ka.i.su.u.ke.n)o.ku.da.sa.i

我要一張公車卡(回數券)。

4 両替できますか。
ryo.o.ga.e.de.ki.ma.su.ka

可以換零錢嗎？

下車時

1 おります。
o.ri.ma.su

我要下車。

2 次のバス停でおります。
tsu.gi.no.ba.su.te.i.de.o.ri.ma.su

我要在下一站下。

◆ 計程車

🌱 搭車前

會話 ❶

🐵 タクシー乗り場はどこですか。
ta.ku.shi.i.no.ri.ba.wa.do.ko.de.su.ka

請問計程車搭乘處在哪？

🐵 正面玄関をでたところです。
sho.o.me.n.ge.n.ka.n.o.de.ta.to.ko.ro.de.su

走出正門就是了。

會話 ❷

🐵 タクシーを呼んでいただきたいのですが。
ta.ku.shi.i.o.yo.n.de.
i.ta.da.ki.ta.i.no.de.su.ga

我想請你幫我叫計程車。

🐵 はい、すぐにお呼びいたします。
ha.i、su.gu.ni.o.yo.bi.i.ta.shi.ma.su

好的，立刻為您派車。

🌱 向司機詢問價錢

會話 ❶

🐵 浅草までいくらですか。
a.sa.ku.sa.ma.de.i.ku.ra.de.su.ka

到淺草要多少錢？

🐵 だいたい千五百円ぐらいです。
da.i.ta.i.se.n.go.hya.ku.e.n.gu.ra.i.de.su

大約1500元左右。

會話 ❷

🐵 二千円以内で東京ディズニーランドへ行けますか。
ni.se.n.e.n.i.na.i.de
to.o.kyo.o di.zu.ni.i.ra.n.do.e.i.ke.ma.su.ka

2000元以內到得了東京迪士尼樂園嗎？

🐵 三千円はかかりますよ。
sa.n.ze.n.e.n.wa.ka.ka.ri.ma.su.yo

可能要3000元喔！

🌿 搭車

1 この住所までお願いします。
ko.no.ju.u.sho.ma.de.o.ne.ga.i.shi.ma.su

麻煩載我到這個地址。

會話

乗ってもいいですか。
no.t.te.mo.i.i.de.su.ka

我可以搭乘嗎？

どうぞ。どちらまで。
do.o.zo。do.chi.ra.ma.de

請上車，要到哪裡呢？

原宿までお願いします。急いでください。
ha.ra.ju.ku.ma.de.o.ne.ga.i.shi.ma.su
i.so.i.de.ku.da.sa.i

麻煩載我到原宿。請你快一點。

🌿 指示司機

1 まっすぐ行ってください。
ma.s.su.gu.i.t.te.ku.da.sa.i

請直走。

2 次の角を右（左）に曲がってください。
tsu.gi.no.ka.do.o.mi.gi(hi.da.ri)ni
ma.ga.t.te.ku.da.sa.i

請在下一個轉角右轉（左轉）。

3 上野公園のところでおろしてください。
u.e.no.ko.o.e.n.no.to.ko.ro.de
o.ro.shi.te.ku.da.sa.i

請在上野公園讓我下車。

4 ここでとまってください。
ko.ko.de.to.ma.t.te.ku.da.sa.i

請在這裡停車。

5 トランクを開けてください。
to.ra.n.ku.o.a.ke.te.ku.da.sa.i

請幫我打開行李箱。

乗ってもいいですか？

どうぞ。

TAXI

666

◆ 飛機

 服務台詢問

會話

アジア航空はどのカウンターですか。
こうくう
a.ji.a.ko.o.ku.u.wa.do.no.ka.u.n.ta.a.de.su.ka

亞細亞航空在哪一個櫃檯呢？

一番右端のカウンターになります。
いちばんみぎはし
i.chi.ba.n.mi.gi.ha.shi.no.ka.u.n.ta.a.ni na.ri.ma.su

在最右邊的櫃檯。

預約

會話 ❶

予約を確認したいのですが。
よやく　かくにん
yo.ya.ku.o.ka.ku.ni.n.shi.ta.i.no.de.su.ga

我想確認預約機位。

チケットとパスポートを見せてください。
み
chi.ke.t.to.to.pa.su.po.o.to.o mi.se.te.ku.da.sa.i

麻煩給我看一下機票和護照。

會話 ❷

予約の変更をしたいのですが。
よやく　へんこう
yo.ya.ku.no.he.n.ko.o.o.shi.ta.i.no.de.su.ga

我想變更預約。

どちらの便に変更しますか。
びん　へんこう
do.chi.ra.no.bi.n.ni.he.n.ko.o.shi.ma.su.ka

請問要更改成哪個班機呢？

十二時発の便です。
じゅうに　じ　はつ　びん
ju.u.ni.ji.ha.tsu.no.bi.n.de.su

12點起飛的班機。

劃位

會話

チケットとパスポートを出^だしてください。
chi.ke.t.to.to.pa.su.po.o.to.o
da.shi.te.ku.da.sa.i
麻煩出示您的機票和護照。

お預^{あず}けのお荷物^{に もつ}はおひとつですね。
o.a.zu.ke.no.o.ni.mo.tsu.wa
o.hi.to.tsu.de.su.ne
您托運的行李只有一個對吧？

はい。
ha.i
是的。

お席^{せき}は通路側^{つう ろ がわ}と窓側^{まどがわ}のどちらにしますか。
o.se.ki.wa.tsu.u.ro.ga.wa.to.ma.do.ga.wa.no
do.chi.ra.ni.shi.ma.su.ka
請問您的位置要靠走道還是窗戶呢？

窓側^{まどがわ}でお願^{ねが}いします。
ma.do.ga.wa.de.o.ne.ga.i.shi.ma.su
麻煩你我要靠窗戶的。

こちらが搭乗券^{とうじょうけん}になります。
ko.chi.ra.ga.to.o.jo.o.ke.n.ni.na.ri.ma.su
這是您的登機證。

在飛機上

會話❶

なにか読^よみ物^{もの}をいただけますか。
na.ni.ka.yo.mi.mo.no.o.i.ta.da.ke.ma.su.ka
可以拿什麼讀物給我看嗎？

新聞^{しんぶん}でよろしいですか。
shi.n.bu.n.de.yo.ro.shi.i.de.su.ka
報紙好嗎？

はい、中国語^{ちゅうごく ご}のをお願^{ねが}いします。
ha.i、chu.u.go.ku.go.no.o
o.ne.ga.i.shi.ma.su
好的，麻煩給我中文的。

會話❷

ちょっと寒いのですが。
cho.t.to.sa.mu.i.no.de.su.ga

不好意思，我有點冷。

毛布をお持ちします。
mo.o.fu.o.o.mo.chi.shi.ma.su

我去拿毛毯給您。

會話❸

なにか温かい飲み物をください。
na.ni.ka.a.ta.ta.ka.i.no.mi.mo.no.o.ku.da.sa.i

請給我一杯溫的飲料。

紅茶、コーヒー、スープがございますが。
ko.o.cha、ko.o.hi.i、su.u.pu.ga
go.za.i.ma.su.ga

有紅茶、咖啡和湯…
（您要什麼呢？）

じゃあ、スープをお願いします。
ja.a、su.u.pu.o.o.ne.ga.i.shi.ma.su

那、麻煩你給我一碗湯。

會話❹

定刻通りの到着予定ですか。
te.i.ko.ku.do.o.ri.no.to.o.cha.ku.yo.te.i.de.su.ka

請問會按照預定時間抵達嗎？

はい、定刻通りです。
ha.i、te.i.ko.ku.do.o.ri.de.su

是的，會準時抵達。

🌱 行李

會話❶

どこで荷物を受け取るのですか。
do.ko.de.ni.mo.tsu.o.u.ke.to.ru.no.de.su.ka

請問要到哪裡領行李？

1階です。
i.k.ka.i.de.su

1樓。

荷物が見当たらないのですが。
ni.mo.tsu.ga.mi.a.ta.ra.na.i.no.de.su.ga

不好意思，我找不到我的行李。

どのようなお荷物ですか。
do.no.yo.o.na.o.ni.mo.tsu.de.su.ka

您的行李長什麼樣子呢？

赤色のスーツケースです。
a.ka.i.ro.no.su.u.tsu.ke.e.su.de.su

是紅色的行李箱。

大変申し訳ありません。
ta.i.he.n.mo.o.shi.wa.ke.a.ri.ma.se.n

非常抱歉。

すぐお探しします。こちらですか。
su.gu.o.sa.ga.shi.shi.ma.su
ko.chi.ra.de.su.ka

我馬上幫您找。是這個嗎？

はい、間違いありません。
ha.i、ma.chi.ga.i.a.ri.ma.se.n

是的，沒錯。

ありがとうございました。
a.ri.ga.to.o.go.za.i.ma.shi.ta

謝謝你。

ご迷惑おかけして、
go.me.i.wa.ku.o.ka.ke.shi.te

抱歉給您添麻煩了。

申し訳ございませんでした。
mo.o.shi.wa.ke.go.za.i.ma.se.n.de.shi.ta

◆ 租車

🔊 055

🌱 租借時

1 料金はいくらですか。
ryo.o.ki.n.wa.i.ku.ra.de.su.ka

租一次多少錢？

2 ガソリン代は込みですか。
ga.so.ri.n.da.i.wa.ko.mi.de.su.ka

含油費嗎？

3 保証金が必要ですか。
ho.sho.o.ki.n.ga.hi.tsu.yo.o.de.su.ka

需要保證金嗎？

4 どんな車がありますか。
do.n.na.ku.ru.ma.ga.a.ri.ma.su.ka

有些什麼車呢？

5 広島に乗り捨てたいのですが。
hi.ro.shi.ma.ni.no.ri.su.te.ta.i.no.de.su.ga

我想開到廣島就地還車。

會話

車を借りたいのですが。
ku.ru.ma.o.ka.ri.ta.i.no.de.su.ga

我想租車。

免許はありますか。
me.n.kyo.wa.a.ri.ma.su.ka

有駕照嗎？

加油站

1 一番近いガソリンスタンドはどこですか。
i.chi.ba.n.chi.ka.i.ga.so.ri.n.su.ta.n.do.wa
do.ko.de.su.ka

請問最近的加油站在哪裡？

2 一リットルいくらですか。
i.chi.ri.t.to.ru.i.ku.ra.de.su.ka

一公升多少錢呢？

3 満タンにしてください。
ma.n.ta.n.ni.shi.te.ku.da.sa.i

請幫我加滿。

有狀況時

1 車の調子が悪いのですが。
ku.ru.ma.no.cho.o.shi.ga.wa.ru.i.no.de.su.ga

車子有點狀況。

2 点検していただけますか。
te.n.ke.n.shi.te.i.ta.da.ke.ma.su.ka

可以幫我檢查一下嗎？

3 パンクしてしまいました。
pa.n.ku.shi.te.shi.ma.i.ma.shi.ta.

車子爆胎了。

開車

1 ここの制限速度はどのくらいですか。
ko.ko.no.se.i.ge.n.so.ku.do.wa
do.no.ku.ra.i.de.su.ka

這裡的時速限制大約多少？

2 ここは一方通行ですか。
ko.ko.wa.i.p.po.o.tsu.u.ko.o.de.su.ka

這裡是單行道嗎？

3 この辺に駐車場はありますか。
ko.no.he.n.ni.chu.u.sha.jo.o.wa.a.ri.ma.su.ka

這附近有停車場嗎？

道路・交通

切符／チケット
きっぷ
ki.p.pu／chi.ke.t.to
車票

案内書／ガイドブック
あんないしょ
a.n.na.i.sho／ga.i.do.bu.k.ku
指南書

地図
ちず
chi.zu
地圖

船
ふね
fu.ne
船

フェリー
fe.ri.i
渡船

交番
こうばん
ko.o.ba.n
派出所

信号
しんごう
shi.n.go.o
紅綠燈

歩道橋
ほどうきょう
ho.do.o.kyo.o
天橋

横断歩道
おうだんほどう
o.o.da.n.ho.do.o
斑馬線

交差点
こうさてん
ko.o.sa.te.n
十字路口

まっすぐ(に行く)
い
ma.s.su.gu.(ni.i.ku)
直走

右(へ行く)
みぎ い
mi.gi(e.i.ku)
向右走

左(へ行く)
ひだり い
hi.da.ri.(e.i.ku)
向左走

渋滞
じゅうたい
ju.u.ta.i
塞車

ラッシュアワー
ra.s.shu.a.wa.a
尖峰時刻

目的地
もくてきち
mo.ku.te.ki.chi
目的地

車站內

駅 えき e.ki 車站	駅員 えきいん e.ki.i.n 站務員

車掌
しゃしょう
sha.sho.o
車掌

切符売り場
きっぷ う ば
ki.p.pu.u.ri.ba
售票處

電車
でんしゃ
de.n.sha
電車

自動券売機
じ どうけんばいき
ji.do.o.ke.n.ba.i.ki
車票自動販賣機

みどりの窓口
まどぐち
mi.do.ri.no.ma.do.gu.chi
綠色窗口（服務台）

地下鉄
ち か てつ
chi.ka.te.tsu
地下鐵

乗り場
の ば
no.ri.ba
搭乘處

ホーム
ho.o.mu
月台

入口
いりぐち
i.ri.gu.chi
入口

出口
で ぐち
de.gu.chi
出口

北口
きたぐち
ki.ta.gu.chi
北口

南口
みなみぐち
mi.na.mi.gu.chi
南口

西口
にしぐち
ni.shi.gu.chi
西口

東口
ひがしぐち
hi.ga.shi.gu.chi
東口

改札口
かいさつぐち
ka.i.sa.tsu.gu.chi
剪票口

清算所
せいさんしょ
se.i.sa.n.sho
補票處

地下鉄路線図
ち か てつろ せん ず
chi.ka.te.tsu.ro.se.n.zu
地下鐵路線圖

忘れ物取り扱い所
わす もの と あつか じょ
wa.su.re.mo.no.to.ri.a.tsu.ka.i.jo
失物招領處

案内所
あんないじょ
a.n.na.i.jo
服務處

コインロッカー
ko.i.n.ro.k.ka.a
置物櫃

荷物一時預かり所
に もついちじ あず じょ
ni.mo.tsu.i.chi.ji.a.zu.ka.ri.jo
行李暫時保管處

検札
けんさつ
ke.n.sa.tsu
驗票

時刻表
じ こくひょう
ji.ko.ku.hyo.o
時刻表

新幹線
しん かん せん
shi.n.ka.n.se.n
新幹線

時刻表は
どこに
ありますか？

案内所に
あります。

おとな	こども	とっきゅうけん 特急券	けん グリーン券
o.to.na	ko.do.mo	to.k.kyu.u.ke.n	gu.ri.i.n.ke.n
成人票	兒童票	特急券	綠色記號車箱票

おうふくきっぷ 往復切符	かたみち きっぷ 片道切符
o.o.fu.ku.ki.p.pu	ka.ta.mi.chi.ki.p.pu
來回車票	單程車票

しゅうゆうけん 周遊券	かいすうけん 回数券	いちにちじょうしゃけん 一日乗車券
shu.u.yu.u.ke.n	ka.i.su.u.ke.n	i.chi.ni.chi.jo.o.sha.ke.n
周遊券	回數票	一日票

Icoca	Toica
i.ko.ka	to.i.ka
JR 西日本 ICOCA IC 儲值卡	JR 東海 TOICA IC 儲值卡

Suica	PASMO
su.i.ka	pa.su.mo
JR 東日本 SUICA IC 儲值卡＊	PASMO IC 儲值卡

＊Suica 日本全國通用

電車種類

かくえき ていじゅ 各駅停車 ka.ku.e.ki.te.i.sha 每站停車	かいそく 快速 ka.i.so.ku 快速列車	きゅうこう 急行 kyu.u.ko.o 快速電車	とっきゅう 特急 to.k.kyu.u 特快速電車
つうきんとっかい 通勤特快 tsu.u.ki.n.to.k.ka.i 通勤特快列車＊	し はつ 始発 shi.ha.tsu 首班車	しゅうでん 終電 shu.u.de.n 末班車	かいそう 回送 kai.i.so.o 空車返回總站

禁煙車で
お願いします。

＊（只在通勤時間運行）

車廂種類

きんえんしゃ 禁煙車 ki.n.e.n.sha 禁菸車廂	きつえんしゃ 喫煙車 ki.tsu.e.n.sha 吸菸車廂	しんだいしゃ 寝台車 shi.n.da.i.sha 臥舖車廂	しょくどうしゃ 食堂車 sho.ku.do.o.sha 供餐車廂

いち ばんまえ せんとう しゃりょう 一番前（先頭）の車両 i.chi.ba.n.ma.e(se.n.to.o)no.sha.ryo.o 最前面的車廂	いちばんうし しゃりょう 一番後ろの車両 i.chi.ba.n.u.shi.ro.no.sha.ryo.o 最後面的車廂

ご ごうしゃ 五号車 go.go.o.sha 五號車廂	じ ゆうせき 自由席 ji.yu.u.se.ki 自由入座	し ていせき 指定席 shi.te.i.se.ki 對號入座	しゃ グリーン車 gu.ri.i.n.sha 綠色車廂

巴士

高速バス／ハイウェーバス
<ruby>高速<rt>こうそく</rt></ruby>バス／ハイウェーバス
ko.o.so.ku.ba.su／ha.i.we.e.ba.su
高速公路巴士

<ruby>長距離<rt>ちょうきょり</rt></ruby>バス
cho.o.kyo.ri.ba.su
長途巴士

<ruby>料金表<rt>りょうきんひょう</rt></ruby>
ryo.o.ki.n.hyo.o
價目表

バス<ruby>停<rt>てい</rt></ruby>
ba.su.te.i
巴士站

バスターミナル
ba.su.ta.a.mi.na.ru
巴士總站

<ruby>夜行<rt>やこう</rt></ruby>バス
ya.ko.o.ba.su
夜行巴士

<ruby>連絡<rt>れんらく</rt></ruby>バス
re.n.ra.ku.ba.su
接駁車

汽車

<ruby>道路地図<rt>どうろちず</rt></ruby>
do.o.ro.chi.zu
路線圖

<ruby>駐車場<rt>ちゅうしゃじょう</rt></ruby>
chu.u.sha.jo.o
停車場

ガソリンスタンド
ga.so.ri.n.su.ta.n.do
加油站

ガソリン
ga.so.ri.n
汽油

オイル
o.i.ru
油

パンク
pa.n.ku
爆胎

クラクション
ku.ra.ku.sho.n
喇叭

バックミラー
ba.k.ku.mi.ra.a
後照鏡

フロントガラス
fu.ro.n.to.ga.ra.su
擋風玻璃

<ruby>洗車<rt>せんしゃ</rt></ruby>
se.n.sha
洗車

<ruby>中古車<rt>ちゅうこしゃ</rt></ruby>
chu.u.ko.sha
中古車

飛機

くうこう 空港 ku.u.ko.o 機場	とうじょうけん 搭乗券 to.o.jo.o.ke.n 機票	パスポート pa.su.po.o.to 護照	でんし 電子チケット de.n.shi.chi.ke.t.to 電子機票
ぜいかん 税関 ze.i.ka.n 海關	とうじょうてつづき 搭乗手続き to.o.jo.o.te.tsu.zu.ki 登機手續	とうじょう 搭乗ゲート to.o.jo.o.ge.e.to 登機門	にゅうこく 入国カード nyu.u.ko.ku.ka.a.do 入境卡

にもつうけとりしょう 荷物受取証 ni.mo.tsu.u.ke.to.ri.sho.o 行李領取証	ちえんしょうめいしょ 遅延証明書 chi.e.n.sho.o.me.i.sho 延遲證明
まどぎわ せき 窓際の席 ma.do.gi.wa.no.se.ki 靠窗座位	つうろがわ せき 通路側の席 tsu.u.ro.ga.wa.no.se.ki 靠走道座位

ちゃくりく 着陸 cha.ku.ri.ku 著地	りりく 離陸 ri.ri.ku 起飛	ちゃくよう シートベルト着用のサイン shi.i.to.be.ru.to.cha.ku.yo.o.no.sa.i.n 安全帶指示燈

めんぜいはんばい 免税販売 me.n.ze.i.ha.n.ba.i 免税商品販売	めんぜいひん 免税品 me.n.ze.i.hi.n 免税商品	じょうむいん 乗務員 jo.o.mu.i.n 空服人員

きないしょく 機内食 ki.na.i.sho.ku 飛機餐	けっこう 欠航 ke.k.ko.o 班機取消	しようちゅう 使用中 shi.yo.o.chu.u 使用中（指廁所使用中）

まだ席は
ありますか?

娯樂

🔊 o58

1 プレイガイドはどこですか。
pu.re.i.ga.i.do.wa.do.ko.de.su.ka

戲票預售處在哪？

2 演劇とコンサートの案内がほしいんですが。
e.n.ge.ki.to.ko.n.sa.a.to.no.a.n.na.i.ga
ho.shi.i.n.de.su.ga

我想要戲劇和音樂會的導覽。

3 オペラの切符をお願いできますか。
o.pe.ra.no.ki.p.pu.o.o.ne.ga.i.de.ki.ma.su.ka

可以給我歌劇票嗎？

4 歌舞伎を見たいのですが。
ka.bu.ki.o.mi.ta.i.no.de.su.ga.

我想看歌舞伎。

5 切符売り場はどこですか。
ki.p.pu.u.ri.ba.wa.do.ko.de.su.ka

售票處在哪裡？

6 まだ席はありますか。
ma.da.se.ki.wa.a.ri.ma.su.ka

還有位置嗎？

7 どんな席がありますか。
do.n.na.se.ki.ga.a.ri.ma.su.ka

有什麼樣的座位？

8 入場料はいくらですか。
nyu.u.jo.o.ryo.o.wa.i.ku.ra.de.su.ka

入場券要多少錢？

9 一般席はいくらですか。
i.p.pa.n.se.ki.wa.i.ku.ra.de.su.ka

普通座位要多少錢？

10 指定席はいくらですか。
shi.te.i.se.ki.wa.i.ku.ra.de.su.ka

對號座位要多少錢？

11 一番安いのはいくらですか。
i.chi.ba.n.ya.su.i.no.wa.i.ku.ra.de.su.ka

最便宜的票是多少錢？

12 一般席を一枚下さい。
i.p.pa.n.se.ki.o.i.chi.ma.i.ku.da.sa.i

請給我一張普通座位的。

13 今夜の指定席を二枚下さい。
ko.n.ya.no.shi.te.i.se.ki.o.ni.ma.i.ku.da.sa.i

請給我兩張今晚的對號券。

14 前売り券を買っておかなくてはなりませんか。
ma.e.u.ri.ke.n.o.ka.t.te.o.ka.na.ku.te.wa
na.ri.ma.se.n.ka

我必須預先購票嗎？

 電影

1 今どんな映画が上映されていますか。
i.ma.do.n.na.e.i.ga.ga.jo.o.e.i.sa.re.te.i.ma.su.ka

現在在上映什麼電影？

2 その映画はどこで上映されていますか。
so.no.e.i.ga.wa.do.ko.de
jo.o.e.i.sa.re.te.i.ma.su.ka

那部電影在哪裡上映？

3 この映画はいつまで上映される予定ですか。
ko.no.e.i.ga.wa.i.tsu.ma.de
jo.o.e.i.sa.re.ru.yo.te.i.de.su.ka

這部電影預定上映到什麼時候？

4 何時に始まりますか。
na.n.ji.ni.ha.ji.ma.ri.ma.su.ka

幾點開始呢？

5 どんな映画ですか。
do.n.na.e.i.ga.de.su.ka

是什麼樣的電影？

6 それはコメディーですか。
so.re.wa.ko.me.di.i.de.su.ka

那是喜劇片嗎？

7 それは子供にも見せられますか。
so.re.wa.ko.do.mo.ni.mo.mi.se.ra.re.ma.su.ka

那部電影小朋友也可以看嗎？

8 吹き替え版ですか、それとも字幕ですか。
fu.ki.ka.e.ba.n.de.su.ka、
so.re.to.mo.ji.ma.ku.de.su.ka

它是配音版嗎？還是有字幕的？

劇場 o59

1 国立劇場では何を上演してますか。
ko.ku.ri.tsu.ge.ki.jo.o.de.wa
na.ni.o.jo.o.e.n.shi.te.ma.su.ka

國立劇場現在在演什麼？

2 それはどんな劇ですか。
so.re.wa.do.n.na.ge.ki.de.su.ka

那是什麼樣的戲劇？

3 千秋楽はいつですか。
se.n.shu.u.ra.ku.wa.i.tsu.de.su.ka

閉幕演出是什麼時候？

 音樂

1 今夜なんのコンサートがありますか。
ko.n.ya.na.n.no.ko.n.sa.a.to.ga
a.ri.ma.su.ka

今晚有什麼樣的演唱會
呢？

2 Misiaのコンサートはいつですか。
mi.i.sha.no.ko.n.sa.a.to.wa.i.tsu.de.su.ka

米希亞的演唱會是什麼
時候？

 運動

1 テニスがしたいです。
te.ni.su.ga.shi.ta.i.de.su

我想打網球。

2 ボーリングに行きたいです。
bo.o.ri.n.gu.ni.i.ki.ta.i.de.su

我想去打保齡球。

3 相撲を見に行きたいです。
su.mo.o.o.mi.ni.i.ki.ta.i.de.su

我想去看相撲。

4 野球の試合が見たいです。
ya.kyu.u.no.shi.a.i.ga.mi.ta.i.de.su

我想看棒球賽。

5 ボールを借りることができますか。
bo.o.ru.o.ka.ri.ru.ko.to.ga.de.ki.ma.su.ka

可以借球嗎？

6 対戦相手はどこですか。
ta.i.se.n.a.i.te.wa.do.ko.de.su.ka

競賽對手在哪裡？

7 ルールがよく分かりません。
ru.u.ru.ga.yo.ku.wa.ka.ri.ma.se.n

我不太清楚規則。

8 ルールを説明していただけませんか。
ru.u.ru.o.se.tsu.me.i.shi.te.i.ta.da.ke.ma.se.n.ka

可以幫我說明規則嗎？

9 この辺にスポーツジムはありますか。
ko.no.he.n.ni.su.po.o.tsu.ji.mu.wa.a.ri.ma.su.ka

這附近有運動場嗎？

電視

1 野球の試合はなんチャンネルですか。
ya.kyu.u.no.shi.a.i.wa.na.n.cha.n.ne.ru.de.su.ka

棒球賽在第幾台？

2 これは二ケ国語放送ですか。
ko.re.wa.ni.ka.ko.ku.go.ho.o.so.o.de.su.ka

這是雙語節目嗎？

3 英語のチャンネル案内はありますか。
e.i.go.no.cha.n.ne.ru.a.n.na.i.wa.a.ri.ma.su.ka

有沒有英語的節目表？

會話

外に出かけませんか。
so.to.ni.de.ka.ke.ma.se.n.ka

要不要出去走走？

私は部屋でテレビを見ているほうがいいです。
wa.ta.shi.wa.he.ya.de.te.re.bi.o
mi.te.i.ru.ho.o.ga.i.i.de.su

我在房間看電視就好了。

單字充電站

🔊 **060**

電影

映画 e.i.ga 電影	映画館 e.i.ga.ka.n 電影院	演劇 e.n.ge.ki 戲劇	劇場 ge.ki.jo.o 劇場	字幕 ji.ma.ku 字幕
俳優 ha.i.yu.u 演員	女優 jo.yu.u 女演員	監督 ka.n.to.ku 導演	新作映画 shi.n.sa.ku.e.i.ga 電影新作	

電影種類

SF e.su.e.fu 科幻片	せんそう 戦争もの se.n.so.o.mo.no 戰爭電影	れんあい 恋愛もの re.n.a.i.mo.no 愛情電影	ミステリー mi.su.te.ri.i 推理片

ホラー ho.ra.a 恐怖片	コメディー ko.me.di.i 喜劇片	ドキュメンタリー do.kyu.me.n.ta.ri.i 記錄片

アニメ a.ni.me 動畫	アクション a.ku.sho.n 動作片	

恋愛もの

電影院・劇場

じょうえんちゅう 上演中 jo.o.e.n.chu.u 上映中（電影或戲劇等都可使用）	じょうえいちゅう 上映中 jo.o.e.i.chu.u 上映中（只限於電影）

おとな o.to.na 成人票	こども ko.do.mo 兒童票	がくせいわりびき 学生割引 ga.ku.se.i.wa.ri.bi.ki 學生優待	とうじつけん 当日券 to.o.ji.tsu.ke.n 當天的票

まえう　　けん 前売り券 ma.e.u.ri.ke.n 預售票	じ ゆうせきけん 自由席券 ji.yu.u.se.ki.ke.n 不對號票	し ていせきけん 指定席券 shi.te.i.se.ki.ke.n 對號票	たち み せき 立見席 ta.chi.mi.se.ki 站票

觀光

在觀光服務中心

1 観光案内所はどこですか。
ka.n.ko.o.a.n.na.i.jo.wa.do.ko.de.su.ka

觀光服務處在哪裡？

2 ツアーに参加したいのですが。
tsu.a.a.ni.sa.n.ka.shi.ta.i.no.de.su.ga

我想參加行程。

3 どんなツアーがありますか。
do.n.na.tsu.a.a.ga.a.ri.ma.su.ka

有什麼樣的行程呢？

4 パンフレットをもらえますか。
pa.n.fu.re.t.to.o.mo.ra.e.ma.su.ka

可以給我觀光指南手冊嗎？

5 鎌倉の名所を紹介していただけませんか。
ka.ma.ku.ra.no.me.i.sho.o
sho.o.ka.i.shi.te.i.ta.da.ke.ma.se.n.ka

能不能幫我介紹鎌倉的名勝呢？

6 富士山へ行くツアーはありますか。
fu.ji.sa.n.e.i.ku.tsu.a.a.wa.a.ri.ma.su.ka

有沒有到富士山的行程呢？

7 英語を話すガイドさんはいますか。
e.i.go.o.ha.na.su.ga.i.do.sa.n.wa.i.ma.su.ka

有沒有會說英語的導遊呢？

8 日帰りツアーですか。
hi.ga.e.ri.tsu.a.a.de.su.ka

是當天往返的行程嗎？

9 スケジュールを詳しく教えていただけませんか。
su.ke.ju.u.ru.o.ku.wa.shi.ku
o.shi.e.te.i.ta.da.ke.ma.se.n.ka

可以告訴我詳細的行程嗎？

10 出発はどこからですか。
shu.p.pa.tsu.wa.do.ko.ka.ra.de.su.ka

從哪裡出發呢？

11 出発は何時ですか。
shu.p.pa.tsu.wa.na.n.ji.de.su.ka

幾點出發呢？

12 どのくらい時間がかかりますか。
do.no.ku.ra.i.ji.ka.n.ga.ka.ka.ri.ma.su.ka

要花多少時間呢？

13 ツアーの料金はいくらですか。
tsu.a.a.no.ryo.o.ki.n.wa.i.ku.ra.de.su.ka

旅費是多少？

14 食事つきですか。
sho.ku.ji.tsu.ki.de.su.ka

有附餐嗎？

15 交通費は込みですか。
ko.o.tsu.u.hi.wa.ko.mi.de.su.ka

交通費包含在內嗎？

觀光中

1 中に入れますか。
na.ka.ni.ha.i.re.ma.su.ka

可以進去嗎？

2 入館料はいりますか。
nyu.u.ka.n.ryo.o.wa.i.ri.ma.su.ka

要入館費嗎？

3 あれはなんのお祭りですか。
a.re.wa.na.n.no.o.ma.tsu.ri.de.su.ka

那是什麼樣的祭典？

4 写真を撮っても構いませんか。
sha.shi.n.o.to.t.te.mo.ka.ma.i.ma.se.n.ka

可以拍照嗎？

5 一緒に写真を撮らせていただけませんか。
i.s.sho.ni.sha.shi.n.o
to.ra.se.te.i.ta.da.ke.ma.se.n.ka

可以和你一起拍照嗎？

6 この辺りにお手洗いはありますか。
ko.no.a.ta.ri.ni.o.te.a.ra.i.wa.a.ri.ma.su.ka

這附近有洗手間嗎？

7 ここは立ち入り禁止ですか。
ko.ko.wa.ta.chi.i.ri.ki.n.shi.de.su.ka

這裡禁止進入嗎？

8 陶芸をやってみたいです。
to.o.ge.i.o.ya.t.te.mi.ta.i.de.su

我想做陶藝看看。

9 着物を着てみたいです。
ki.mo.no.o.ki.te.mi.ta.i.de.su

我想穿和服看看。

單字充電站

觀光

かんこう **観光** ka.n.ko.o 觀光	かんこうあんないじょ **観光案内所** ka.n.ko.o.a.n.na.i.jo 觀光服務處	りょこうがいしゃ **旅行会社** ryo.ko.o.ga.i.sha 旅行社	**ガイドブック** ga.i.do.bu.k.ku 觀光指南

かんこう **観光バス** ka.n.ko.o.ba.su 觀光巴士	**ガイド** ga.i.do 導覽、導遊	りょこうあんないしょ **旅行案内書／パンフレット** ryo.ko.o.a.n.na.i.sho／pa.n.fu.re.t.to 旅遊指南

ツアー tsu.a.a 旅遊行程	にゅうじょうりょう **入場料** nyu.u.jo.o.ryo.o 入場費

お寺　面白い！

設施

めいしょ **名所** me.i.sho 名勝	きゅうせき **旧跡** kyu.u.se.ki 古蹟	いせき **遺跡** i.se.ki 遺跡	きねんひ **記念碑** ki.ne.n.hi 紀念碑	しろ **お城** o.shi.ro 城

てら **お寺** o.te.ra 寺廟	はくぶつかん **博物館** ha.ku.bu.tsu.ka.n 博物館	びじゅつかん **美術館** bi.ju.tsu.ka.n 美術館	ゆうえんち **遊園地** yu.u.e.n.chi 遊樂園

しょくぶつえん **植物園** sho.ku.bu.tsu.e.n 植物園	どうぶつえん **動物園** do.o.bu.tsu.e.n 動物園	すいぞくかん **水族館** su.i.zo.ku.ka.n 水族館

テーマパーク te.e.ma.pa.a.ku 主題樂園	市場 i.chi.ba 市場	海 u.mi 海	海岸 ka.i.ga.n 海邊

山 ya.ma 山	川 ka.wa 河川	湖 mi.zu.u.mi 湖	滝 ta.ki 瀑布	温泉 o.n.se.n 溫泉

橋 ha.shi 橋	港 mi.na.to 港口	噴水 fu.n.su.i 噴水池

温泉は
いいな～

日本文化藝術

茶道 sa.do.o 茶道	華道 ka.do.o 花道	書道 sho.do.o 書法	抹茶 ma.c.cha 抹茶	生け花 i.ke.ba.na 插花

歌舞伎 ka.bu.ki 歌舞伎	能 no.o 能（日本古典藝能的一種）	文楽 bu.n.ra.ku 文樂（日本人偶劇）

祭り ma.tsu.ri 祭典	日本舞踊 ni.ho.n.bu.yo.o 日本舞

ぼくは書道が
できるよ！

寺廟・神社

| 寺
 て ら <br> te.ra
 寺院 | 神社
 じんじゃ <br> ji.n.ja
 神社 | 願いごと
 ねが <br> ne.ga.i.go.to
 許願 | 参拝
 さんぱい <br> sa.n.pa.i
 參拜 | おみくじ
 o.mi.ku.ji
 抽籤 |

| 賽銭箱
 さいせんばこ <br> sa.i.se.n.ba.ko
 香油錢箱 | お賽銭
 さいせん
 o.sa.i.se.n
 香油錢 | 鳥居
 とり い <br> to.ri.i
 鳥居（神社中用以象徵神域的一種門。） |

| 山門
 さん もん <br> sa.n.mo.n
 寺院的正門 | 本殿
 ほん でん <br> ho.n.de.n
 正殿 | 拝殿
 はいでん <br> ha.i.de.n
 前殿 | 手水舎
 て みず や <br> te.mi.zu.ya
 進神社參拜前，洗手淨身處 |

| 狛犬
 こま いぬ <br> ko.ma.i.nu
 神社前狀似石獅子的雕像 | 燈籠
 とうろう <br> to.o.ro.o
 石燈籠 | お守り
 まも
 o.ma.mo.ri
 護身符 |

| 絵馬
 え ま
 e.ma
 繪馬（用來祈願或還願繪有圖案的木板。） | 破魔矢
 は ま や <br> ha.ma.ya
 弓箭型的祈福飾物 |

| 神主
 かん ぬし <br> ka.n.nu.shi
 神社祭司 | 僧
 そう <br> so.o
 僧侶 | 巫女
 みこ <br> mi.ko
 巫女（在神社中輔助神職的女性） |

禁止事項（告示牌）

危険
き けん
ki.ke.n
危險

立ち入り禁止
た い きん し
ta.chi.i.ri.ki.n.shi
禁止進入

禁煙
きんえん
ki.n.e.n
禁菸

撮影禁止
さつえいきん し
sa.tsu.e.i.ki.n.shi
禁止攝影

三脚使用禁止
さんきゃく し ようきんし
sa.n.kya.ku.shi.yo.o.ki.n.shi
禁止使用三脚架

フラッシュ使用禁止
しようきんし
fu.ra.s.shu.shi.yo.o.ki.n.shi
禁止使用閃光燈

止まれ
と
to.ma.re
止步

工事中
こうじ ちゅう
ko.o.ji.chu.u
施工中

駐車禁止
ちゅうしゃ きん し
chu.u.sha.ki.n.shi
禁止停車

ごみを捨てないでください
す
go.mi.o.su.te.na.i.de.ku.da.sa.i
請勿丟垃圾

芝生の中に入らないでください
しば ふ なか はい
shi.ba.fu.no.na.ka.ni.ha.i.ra.na.i.de.ku.da.sa.i
請勿踐踏草坪

手を触れないでください
て ふ
te.o.fu.re.na.i.de.ku.da.sa.i
請勿動手

きれいな芝生
ですね！

芝生の中に
入らないでください

もしもし！

打電話

尋找電話

1 電話をかけたいです。
de.n.wa.o.ka.ke.ta.i.de.su
我想打電話。

2 公衆電話はどこですか。
ko.o.shu.u.de.n.wa.wa.do.ko.de.su.ka
公共電話在哪裡？

3 電話をお借りできますか。
de.n.wa.o.o.ka.ri.de.ki.ma.su.ka
可以借一下電話嗎？

4 この電話のかけ方を教えていただけませんか。
ko.no.de.n.wa.no.ka.ke.ka.ta.o
o.shi.e.te.i.ta.da.ke.ma.se.n.ka
可以告訴我如何打這個
電話嗎？

打電話

1 電話がつながりません。
de.n.wa.ga.tsu.na.ga.ri.ma.se.n
電話不通。

2 話し中です。
ha.na.shi.chu.u.de.su
電話中。

3 声が聞こえないのですが。
ko.e.ga.ki.ko.e.na.i.no.de.su.ga
我聽不到聲音。

4 もう一度言っていただけませんか。
mo.o.i.chi.do.i.t.te.i.ta.da.ke.ma.se.n.ka
可以請你再說一次嗎？

5 もう少しゆっくり話してください。
mo.o.su.ko.shi.yu.k.ku.ri.ha.na.shi.te.ku.da.sa.i
請再說慢一點。

6 もっと大きな声で話していただけませんか。
mo.t.to.o.o.ki.na.ko.e.de.ha.na.shi.te.i.ta.da.ke.ma.se.n.ka
可以請你再說大聲一點
嗎？

7（テレホン）カードが終わりそうです。
（te.re.ho.n）ka.a.do.ga.o.wa.ri.so.o.de.su
電話卡好像快用完了。

8 もう小銭がありません。
mo.o.ko.ze.ni.ga.a.ri.ma.se.n
我已經沒零錢了。

通話中

1 すぐかけなおします。 su.gu.ka.ke.na.o.shi.ma.su

　　　　　　　　　　　　　　等一下立刻回電給你。

2 また電話します。 ma.ta.de.n.wa.shi.ma.su

　　　　　　　　　　　　　　我會再打電話。

3 お電話ありがとうございました。 o.de.n.wa.a.ri.ga.to.o.go.za.i.ma.shi.ta

　　　　　　　　　　　　　　謝謝你的來電。

4 コレクトコールにしてください。 ko.re.ku.to.ko.o.ru.ni.shi.te.ku.da.sa.i

　　　　　　　　　　　　　　請接對方付費電話。

5 内線 ５１４番をお願いします。 na.i.se.n.go.hya.ku.ju.u.yo.n.ba.n.no o.ne.ga.i.shi.ma.su

　　　　　　　　　　　　　　請接分機514號。

打電話到別人家裡

會話

伊藤さんのお宅ですか。
i.to.o.sa.n.no.o.ta.ku.de.su.ka

　　　　　　　　　　　　　　請問是伊藤家嗎？

はい、そうです。どちらさまでしょうか。
ha.i、so.o.de.su。
do.chi.ra.sa.ma.de.sho.o.ka

　　　　　　　　　　　　　　是的。請問哪位？

鄭と申します。アキさんはいらっしゃいますか。
te.i.to.mo.o.shi.ma.su。
a.ki.sa.n.wa.i.ra.s.sha.i.ma.su.ka

　　　　　　　　　　　　　　我姓鄭。
　　　　　　　　　　　　　　請問aki在嗎？

申し訳ありません、只今外出中です。
mo.o.shi.wa.ke.a.ri.ma.se.n、ta.da.i.ma
ga.i.shu.tsu.chu.u.de.su

　　　　　　　　　　　　　　抱歉，她現在外出。

そうですか、またお電話いたします。
so.o.de.su.ka、ma.ta.o.de.n.wa.i.ta.shi.ma.su

　　　　　　　　　　　　　　這樣啊，我會再打電話過去。

失礼します。
shi.tsu.re.i.shi.ma.su

　　　　　　　　　　　　　　打擾了。

會話

はい、サクラ株式会社です。
ha.i、sa.ku.ra.ka.bu.shi.ki.ga.i.sha.de.su

您好，這裡是櫻花有限公司。

山下さんをお願いします。
ya.ma.shi.ta.sa.n.o.o.ne.ga.i.shi.ma.su

麻煩你我要找山下先生。

申し訳ございません。
mo.o.shi.wa.ke.go.za.i.ma.se.n

很抱歉，

山下は只今席を外しております。
ya.ma.shi.ta.wa.ta.da.i.ma
se.ki.o.ha.zu.shi.te.o.ri.ma.su

山下現在不在他的座位上。

對答❶

のちほどお電話をいただけますか。
no.chi.ho.do.o.de.n.wa.o
i.ta.da.ke.ma.su.ka

能請您稍晚再打電話過來嗎？

何時頃がよろしいですか。
na.n.ji.go.ro.ga.yo.ro.shi.i.de.su.ka

方便幾點打過去呢？

三時ごろにお願いします。
sa.n.ji.go.ro.ni.o.ne.ga.i.shi.ma.su

麻煩您3點左右打來。

對答❷

伝言をお願いできますか。
de.n.go.n.o.o.ne.ga.i.de.ki.ma.su.ka

能幫我留個話嗎？

かしこまりました。
ka.shi.ko.ma.ri.ma.shi.ta

好的。

對答❸

山下さんに電話があったことをお伝えください。
ya.ma.shi.ta.sa.n.ni.de.n.wa.ga.a.tta.ko.to.o
o.tsu.ta.e.ku.da.sa.i

麻煩你跟山下先生說我來過電話。

打錯電話

もしもし！

會話 ❶

もしもし、澤田さんですか。
mo.shi.mo.shi、sa.wa.da.sa.n.de.su.ka

喂、是澤田嗎？

いいえ、違います。かけ間違いですよ。
i.i.e、chi.ga.i.ma.su。ka.ke.ma.chi.ga.i.de.su.yo

不、不是。你打錯了喔！

すみません。
su.mi.ma.se.n

對不起。

會話 ❷

はい、池田です。
ha.i、i.ke.da.de.su

你好，我是池田。

あ、すみません。間違えました。
a、su.mi.ma.se.n。ma.chi.ga.e.ma.shi.ta

啊、對不起。我打錯了。

詢問電話號碼

1 あなたの電話番号を教えてください。
a.na.ta.no.de.n.wa.ba.n.go.o.o
o.shi.e.te.ku.da.sa.i

請告訴我你的電話號碼。

2 番号案内は何番ですか。
ba.n.go.o.a.n.na.i.wa.na.n.ba.n.de.su.ka

查號台是幾號？

3 フジテレビの電話番号を教えていただきたいのですが。
fu.ji.te.re.bi.no.de.n.wa.ba.n.go.o.o
o.shi.e.te.i.ta.da.ki.ta.i.no.de.su.ga

我想查詢富士電視台的電話號碼。

4 千葉市の市外局番は何番ですか。
chi.ba.shi.no.shi.ga.i.kyo.ku.ba.n.wa
na.n.ba.n.de.su.ka

千葉市區域號碼是幾號？

5 台湾の国番号は何番ですか。
ta.i.wa.n.no.ku.ni.ba.n.go.o.wa.na.n.ba.n.de.su.ka

台灣的國碼是幾號？

國際電話

1 国際電話をかけたいんですが。
こくさい でん わ
ko.ku.sa.i.de.n.wa.o.ka.ke.ta.i.n.de.su.ga

我想打國際電話。

2 この電話で国際電話がかけられますか。
でん わ　こくさいでん わ
ko.no.de.n.wa.de.ko.ku.sa.i.de.n.wa.ga
ka.ke.ra.re.ma.su.ka

這電話可以打國際電話
嗎？

3 台湾に電話をしたいのですが。
たいわん　　でん
ta.i.wa.n.ni.de.n.wa.o.shi.ta.i.no.de.su.ga

我想打電話到台灣。

公共電話

1 テレホンカードを買いたいのですが。
か
te.re.ho.n.ka.a.do.o.ka.i.ta.i.no.de.su.ga

我想買電話卡。

2 これを十円玉に換えてください。
じゅう えんだま　　か
ko.re.o.ju.u.e.n.da.ma.ni.ka.e.te.ku.da.sa.i

請幫我換成10元硬幣。

單字充電站

🔊 065

電話用語

電話 でん わ de.n.wa 電話	電話ボックス でん わ de.n.wa.bo.k.ku.su 電話亭	公衆電話 こうしゅうでん わ ko.o.shu.u.de.n.wa 公共電話	電話帳 でん わちょう de.n.wa.cho.o 電話簿
電話局 でん わきょく de.n.wa.kyo.ku 電話局	電話番号 でん わ ばんごう de.n.wa.ba.n.go.o 電話號碼	内線 ないせん na.i.se.n 分機	伝言 でんごん de.n.go.n 留言
コレクトコール ku.re.ku.to.ko.o.ru 對方付費電話		テレホンカード te.re.ho.n.ka.a.do 電話卡	

この辺りに
ポストが
ありますか?

郵局

尋找

1 郵便局はどこですか。
_{ゆうびん きょく}
yu.u.bi.n.kyo.ku.wa.do.ko.de.su.ka

郵局在哪裡？

2 この辺りにポストがありますか。
_{あた}
ko.no.a.ta.ri.ni.po.su.to.ga.a.ri.ma.su.ka

這附近有郵筒嗎？

在郵局

1 切手はどの窓口で買えますか。
_{きって まどぐち か}
ki.t.te.wa.do.no.ma.do.gu.chi.de.ka.e.ma.su.ka

在哪個窗口可以買到郵票？

2 50円切手を3枚ください。
_{ごじゅう えん きって さんまい}
go.ju.u.e.n.ki.t.te.o.sa.n.ma.i.ku.da.sa.i

請給我三張50元郵票。

3 郵便番号簿(ポスタルガイド)を見せてください。
_{ゆうびん ばんごう ほ み}
yu.u.bi.n.ba.n.go.o.bo(po.su.ta.ru.ga.i.do)o
mi.se.te.ku.da.sa.i

請給我看一下郵遞區號簿。

4 目黒区の郵便番号を教えてください。
_{め ぐろ く ゆうびん ばんごう おし}
me.gu.ro.ku.no.yu.u.bi.n.ba.n.go.o.o
o.shi.e.te.ku.da.sa.i

請告訴我目黑區的郵遞區號。

小包が
届いたよ！

詢問價錢

1 イタリアまで航空便でいくらですか。
_{こうくうびん}
i.ta.ri.a.ma.de.ko.o.ku.u.bi.n.de.i.ku.ra.de.su.ka

寄到義大利的航空郵件要多少錢？

2 船便だといくらかかりますか。
_{ふなびん}
fu.na.bi.n.da.to.i.ku.ra.ka.ka.ri.ma.su.ka

海運的話要多少錢？

詢問路程

1 インドネシアまで何日くらいかかりますか。
i.n.do.ne.shi.a.ma.de.na.n.ni.chi.ku.ra.i
ka.ka.ri.ma.su.ka

寄到印尼要多少天？

2 二週間以内に着きますか。
ni.shu.u.ka.n.i.na.i.ni.tsu.ki.ma.su.ka

兩週內會到嗎？

限時・掛號

1 速達でお願いします。
so.ku.ta.tsu.de.o.ne.ga.i.shi.ma.su

我要寄限時。

2 書留でお願いします。
ka.ki.to.me.de.o.ne.ga.i.shi.ma.su

我要寄掛號。

包裹

1 この小包を台湾へ送りたいのですが。
ko.no.ko.zu.tsu.mi.o.ta.i.wa.n.e
o.ku.ri.ta.i.no.de.su.ga

我想把這個包裹寄到台灣。

2 この小包の重さをはかっていただけますか。
ko.no.ko.zu.tsu.mi.no.o.mo.sa.o
ha.ka.t.te.i.ta.da.ke.ma.su.ka

能幫我秤一下這個包裹的重量嗎？

この小包の重さをはかっていただけますか？

はい、かしこまりました。

🔊 **o67**

單字充電站

郵局相關

| 葉書
ha.ga.ki
明信片 | ポスト
po.su.to
郵筒 | | 窓口
ma.do.gu.chi
窗口 |

エアメール e.a.me.e.ru 航空信	<ruby>船便<rt>ふなびん</rt></ruby> fu.na.bi.n 海運	<ruby>書留<rt>かきとめ</rt></ruby> ka.ki.to.me 掛號	<ruby>速達<rt>そくたつ</rt></ruby> so.ku.ta.tsu 限時
<ruby>小包<rt>こづつみ</rt></ruby> ko.zu.tsu.mi 包裹	<ruby>電報<rt>でんぽう</rt></ruby> de.n.po.o 電報	<ruby>宛先<rt>あてさき</rt></ruby> a.te.sa.ki 收件人地址	<ruby>住所<rt>じゅうしょ</rt></ruby> ju.u.sho 地址
<ruby>名前<rt>なまえ</rt></ruby> na.ma.e 姓名	<ruby>郵便番号<rt>ゆうびんばんごう</rt></ruby> yu.u.bi.n.ba.n.go.o 郵遞區號	<ruby>料金<rt>りょうきん</rt></ruby> ryo.o.ki.n 費用	<ruby>切手<rt>きって</rt></ruby> ki.t.te 郵票
<ruby>郵便配達<rt>ゆうびんはいたつ</rt></ruby> yu.u.bi.n.ha.i.ta.tsu 郵遞	<ruby>郵便為替<rt>ゆうびんかわせ</rt></ruby> yu.u.bi.n.ka.wa.se 郵匯		<ruby>郵便貯金<rt>ゆうびんちょきん</rt></ruby> yu.u.bi.n.cho.ki.n 郵政存款
<ruby>縦<rt>たて</rt></ruby> ta.te 直式信封	<ruby>横<rt>よこ</rt></ruby> yo.ko 橫式信封		

例：從台灣寄到日本

＜直式信封＞

＜橫式信封＞

語言學習

私は日本語を勉強しています。

語言

1 私は日本語を勉強しています。
wa.ta.shi.wa.ni.ho.n.go.o
be.n.kyo.o.shi.te.i.ma.su
我在學日語。

2 私は日本語が話せます。
wa.ta.shi.wa.ni.ho.n.go.ga.ha.na.se.ma.su
我會說日語。

3 読めますが、話せません。
yo.me.ma.su.ga、ha.na.se.ma.se.n
我看得懂，可是不會說。

4 聞き取ることはできますが、話せません。
ki.ki.to.ru.ko.to.wa.de.ki.ma.su.ga、
ha.na.se.ma.se.n
我聽得懂，可是不會說。

5 主人はオランダ語が分かります。
shu.ji.n.wa.o.ra.n.da.go.ga.wa.ka.ri.ma.su
我先生懂荷蘭語。

6 妹はベトナム語が分かりません。
i.mo.o.to.wa.be.to.na.mu.go.ga
wa.ka.ri.ma.se.n
我妹妹不懂越南話。

7 彼は日本語を習いたがっています。
ka.re.wa.ni.ho.n.go.o.na.ra.i.ta.ga.t.te.i.ma.su
他想學日語。

8 私の母はイタリア語を勉強したことがあります。
wa.ta.shi.no.ha.ha.wa.i.ta.ri.a.go.o
be.n.kyo.o.shi.ta.ko.to.ga.a.ri.ma.su
我媽媽學過義大利語。

9 あの方は日本語の先生です。
a.no.ka.ta.wa.ni.ho.n.go.no.se.n.se.i.de.su
那一位是日語老師。

あの方は日本語の先生です。

こんにちは！

1 日本語学校を探しています。
に ほん ご がっこう さが
ni.ho.n.go.ga.k.ko.o.o.sa.ga.shi.te.i.ma.su
我正在尋找日語學校。

2 いい日本語学校を紹介していただけませんか。
に ほん ご がっこう しょうかい
i.i.ni.ho.n.go.ga.k.ko.o.o
sho.o.ka.i.shi.te.i.ta.da.ke.ma.se.n.ka
你能幫我介紹好的日語學校嗎？

3 日本語をワンバイワンで勉強したいです。
に ほん ご べんきょう
ni.ho.n.go.o.wa.n.ba.i.wa.n de
be.n.kyo.o.shi.ta.i.de.su
我想要一對一學習日語。

4 短期コースはありますか。
たん き
ta.n.ki.ko.o.su.wa.a.ri.ma.su.ka
有短期課程嗎？

5 授業は何語で行われますか。
じゅぎょう なに ご おこな
ju.gyo.o.wa.na.ni.go de
o.ko.na.wa.re.ma.su.ka
上課是用哪一種語言？

6 授業は何時からですか。
じゅぎょう なん じ
ju.gyo.o.wa.na.n.ji.ka.ra.de.su.ka
幾點開始上課？

7 授業は毎日ありますか。
じゅぎょう まい にち
ju.gyo.o.wa.ma.i.ni.chi.a.ri.ma.su.ka
每天都有課嗎？

8 夏休みはいつからですか。
なつやす
na.tsu.ya.su.mi.wa.i.tsu.ka.ra.de.su.ka
暑假什麼時候開始？

9 寮に入ることはできますか。
りょう はい
ryo.o.ni.ha.i.ru.ko.to.wa.de.ki.ma.su.ka
我可以住宿舍嗎？

10 授業料の分割払いはできますか。
じゅぎょうりょう ぶん かつばら
ju.gyo.o.ryo.o.no.bu.n.ka.tsu.ba.ra.i.wa
de.ki.ma.su.ka
可以分期支付學費嗎？

其他

1 私の発音はあっていますか。
わたし はつおん
wa.ta.shi.no.ha.tsu.o.n.wa.a.t.te.i.ma.su.ka
我的發音標準嗎？

2 発音がおかしかったら直してください。
はつおん なお
ha.tsu.o.n.ga.o.ka.shi.ka.t.ta.ra
na.o.shi.te.ku.da.sa.i
發音如果不正確，請幫
我糾正。

單字充電站

語言學習

I am… ＃＊◎☆…

私は日本語が話せます。

Front

🔊 069

ひらがな 平仮名 hi.ra.ga.na 平假名	かたかな 片仮名 ka.ta.ka.na 片假名	かんじ 漢字 ka.n.ji 漢字	じ ローマ字 ro.o.ma.ji 羅馬拼音	えいご 英語 e.i.go 英語
ちゅうごくご 中国語 chu.u.go.ku.go 中文	かんこくご 韓国語 ka.n.ko.ku.go 韓語	ご タイ語 ta.i.go 泰語	カントンご 広東語 ka.n.to.n.go 廣東話	ご イタリア語 i.ta.ri.a.go 義大利語
ご ポルトガル語 po.ru.to.ga.ru.go 葡萄牙語	ご ふっご フランス語／仏語 fu.ra.n.su.go／fu.tsu.go 法語		ご ドイツ語 do.i.tsu.go 德語	ご スペイン語 su.pe.i.n.go 西班牙語
がっき 学期 ga.k.ki 學期	げんごこうかん 言語交換 ge.n.go.ko.o.ka.n 語言交換	けいご 敬語 ke.i.go 敬語	そんけいご 尊敬語 so.n.ke.i.go 尊敬語	けんじょうご 謙譲語 ke.n.jo.o.go 謙讓語
ていねいご 丁寧語 te.i.ne.i.go 丁寧語	よじじゅくご 四字熟語 yo.ji.ju.ku.go 四字成語	ぞくご 俗語 zo.ku.go 通俗語	ことわざ ko.to.wa.za 諺語	がいらいご 外来語 ga.i.ra.i.go 外來語
ぎおんご ぎたいご 擬音語／擬態語 gi.o.n.go／gi.ta.i.go 擬聲語／擬態語		たんご ごい 単語／語彙 ta.n.go／go.i 單字	かいご 会話 ka.i.wa 會話	ぶんぽう 文法 bu.n.po.o 文法

バナナホテル

部屋を探して
いただけますか？

租屋

尋找住處

1 部屋を探していただけますか。
he.ya.o.sa.ga.shi.te.i.ta.da.ke.ma.su.ka

可以幫我找房子嗎？

2 大学の近くに適当な部屋はありますか。
da.i.ga.ku.no.chi.ka.ku.ni.te.ki.to.o.na.he.ya.wa
a.ri.ma.su.ka

大學附近有沒有適合的房子？

3 駅の近くで探したいです。
e.ki.no.chi.ka.ku.de.sa.ga.shi.ta.i.de.su

我想找車站附近的。

4 もっと広い部屋はありますか。
mo.t.to.hi.ro.i.he.ya.wa.a.ri.ma.su.ka

有沒有更大一點的房間？

5 狭くても構わないので安いところは
ありませんか。
se.ma.ku.te.mo.ka.ma.wa.na.i.no.de
ya.su.i.to.ko.ro.wa.a.ri.ma.se.n.ka

小一點也沒關係，有沒有便宜一點的？

租屋設備

1 洋室（和室）ですか。
yo.o.shi.tsu(wa.shi.tsu)de.su.ka

是洋室（和室）的嗎？

2 家具がついていますか。
ka.gu.ga.tsu.i.te.i.ma.su.ka

有附家具嗎？

3 畳の部屋ですか。
ta.ta.mi.no.he.ya.de.su.ka

是榻榻米的房間嗎？

4 台所はどのくらいの広さですか。
da.i.do.ko.ro.wa.do.no.ku.ra.i.no.hi.ro.sa.de.su.ka

廚房大概多大呢？

5 駐車場はありますか。
chu.u.sha.jo.o.wa.a.ri.ma.su.ka

有停車場嗎？

6 電話をつけても構いませんか。
de.n.wa.o.tsu.ke.te.mo.ka.ma.i.ma.se.n.ka

可以裝電話嗎？

7 トイレは部屋についていますか。
to.i.re.wa.he.ya.ni.tsu.i.te.i.ma.su.ka

房間內有廁所嗎？

8 エアコンを取り付けてもらえますか。
e.a.ko.no.to.ri.tsu.ke.te.mo.ra.e.ma.su.ka

可以請你幫我裝空調嗎？

9 トイレとバスルームは分かれていますか。
to.i.re.to.ba.su.ru.u.mu.wa.wa.ka.re.te.i.ma.
su.ka

請問廁所跟浴室是分開嗎？

週遭環境

1 環境は静かですか。
ka.n.kyo.o.wa.shi.zu.ka.de.su.ka

四周環境很安靜嗎？

2 一番近い駅はどこですか。
i.chi.ba.n.chi.ka.i.e.ki.wa.do.ko.de.su.ka

最近的車站在哪裡？

3 ここから駅までどのくらいありますか。
ko.ko.ka.ra.e.ki.ma.de.do.no.ku.ra.i.a.ri.ma.su.ka

這裡離車站有多遠？

4 近くに病院がありますか。
chi.ka.ku.ni.byo.o.i.n.ga.a.ri.ma.su.ka

附近有醫院嗎？

租金

1 家賃はいくらですか。
ya.chi.n.wa.i.ku.ra.de.su.ka

租金多少？

2 三万円以内の部屋を探しています。
sa.n.ma.n.e.n.i.na.i.no.he.ya.o.sa.ga.shi.te.i.ma.su

我想找三萬元以內的房子。

3 もう少し高くても構いません。
mo.o.su.ko.shi.ta.ka.ku.te.mo.ka.ma.i.ma.se.n

稍貴一點也沒關係。

4 敷金はいくらですか。
shi.ki.ki.n.wa.i.ku.ra.de.su.ka

押金要多少？

5 毎月どのように支払えばいいですか。
ma.i.tsu.ki.do.no.yo.o.ni.shi.ha.ra.e.ba.i.i.de.su.ka

每月要如何支付呢？

6 電気代やガス代はどうすればいいでしょうか。
de.n.ki.da.i.ya.ga.su.da.i.wa.do.o.su.re.ba
i.i.de.sho.o.ka

電費和瓦斯費要怎麼付
呢？

7 敷金と礼金は何か月分ですか
shi.ki.ki.n.to.re.i.ki.n.wa.na.n.ka.ge.tsu.bu.
n.de.su.ka

請問押金跟禮金各需要
付幾個月呢？

 契約

1 契約はいつですか。
ke.i.ya.ku.wa.i.tsu.de.su.ka

何時訂契約？

2 保証人は必要ですか。
ho.sho.o.ni.n.wa.hi.tsu.yo.o.de.su.ka

需要保證人嗎？

3 いつから入れますか。
i.tsu.ka.ra.ha.i.re.ma.su.ka

什麼時候可以搬進去？

 單字充電站

ガス代を払うの
わすれちゃた！

🔊 o71

租屋

家賃 ya.chi.n 房租	敷金 shi.ki.ki.n 押金	水道代 su.i.do.o.da.i 水費	電気代 de.n.ki.da.i 電費	ガス代 ga.su.da.i 瓦斯費
管理費 ka.n.ri.hi 管理費	共益費 kyo.o.e.ki.hi 公共設施費	電話代 de.n.wa.da.i 電話費	インターネット代 i.n.ta.a.ne.tto.da.i 網路連線費	
礼金 re.i.ki.n 酬謝金	駐車場あり chu.u.sha.jo.o.a.ri 附停車場		バス・トイレつき ba.su.to.i.re.tsu.ki 附浴室・廁所	

大家さん／管理人さん o.o.ya.sa.n／ka.n.ri.ni.n.sa.n 房東	保証人 ho.sho.o.ni.n 保證人	契約 ke.i.ya.ku 契約

房屋形式

マンション ma.n.sho.n 高級公寓	アパート a.pa.a.to 公寓	一戸建て i.k.ko.da.te 獨門獨戶	木造 mo.ku.zo.o 木造

鉄筋 te.k.ki.n 鋼筋	1DK wa.n.di.i.ke.e 一房間加廚房餐廳合併	1LDK wa.n.e.ru.di.i.ke.e 一房間加客廳廚房餐廳合併

借家 sha.ku.ya 租房	六畳 ro.ku.jo.o 六席（榻榻米）的房間	四畳半 yo.jo.o.ha.n 四席半（榻榻米）的房間

内部結構

玄関 ge.n.ka.n 前門、玄關	廊下 ro.o.ka 走廊	部屋 he.ya 房間	居間 i.ma 和式客廳	寝室 shi.n.shi.tsu 寢室

子供部屋 ko.do.mo.be.ya 兒童房	和室 wa.shi.tsu 和室	お座敷 o.za.shi.ki 鋪著榻榻米的房間	食堂 sho.ku.do.o 餐廳

だいどころ 台所 da.i.do.ko.ro 廚房	トイレ to.i.re 廁所	せんめんじょ 洗面所 se.n.me.n.jo 盥洗室	ふろば 風呂場 fu.ro.ba 浴室	ふろ お風呂 o.fu.ro 浴池

おし い 押入れ o.shi.i.re 壁櫥（日式）	クローゼット ku.ro.o.ze.t.to 壁櫥（西式）	ゆか フローリング／床 fu.ro.o.ri.n.gu／yu.ka 地板

フロア fu.ro.a 樓層	たたみ ta.ta.mi 榻榻米	しょうじ 障子 sho.o.ji 日式拉窗	ふすま 襖 fu.su.ma （兩面糊紙的）拉門

ざ たく 座卓 za.ta.ku 和室桌	ざ ぶ とん 座布団 za.bu.to.n 坐墊	にわ 庭 ni.wa 庭院	えんがわ 縁側 e.n.ga.wa 日式陽台	ベランダ be.ra.n.da 陽台

ひげをそって
ください。

美髪

🔊 o72

剪髮

1 このような髪型にしてください。
ko.no.yo.o.na.ka.mi.ga.ta.ni.shi.te.ku.da.sa.i

請幫我剪這種髮型。

2 カットだけでお願いします。
ka.t.to.da.ke.de.o.ne.ga.i.shi.ma.su

我想剪髮就好。

3 短めに切ってください。
mi.ji.ka.me.ni.ki.t.te.ku.da.sa.i

請幫我剪短一點。

4 あまり短くしないでください。
a.ma.ri.mi.ji.ka.ku.shi.na.i.de.ku.da.sa.i

請不要剪太短。

5 もう少し短くしてください。
mo.o.su.ko.shi.mi.ji.ka.ku.shi.te.ku.da.sa.i

請再剪短一點。

6 毛先をそろえるだけにしてください。
ke.sa.ki.o.so.ro.e.ru.da.ke.ni.shi.te.ku.da.sa.i

請幫我把髮尾修齊就好。

7 後ろを少し長めにしてください。
u.shi.ro.o.su.ko.shi.na.ga.me.ni.shi.te.ku.da.sa.i

後面要稍微長一點。

8 六時までに終わりますか。
ro.ku.ji.ma.de.ni.o.wa.ri.ma.su.ka

六點前會結束嗎？

9 セットをお願いします。
se.t.to.o.o.ne.ga.i.shi.ma.su

我要吹髮。

10 シャンプーとセットをしてください。
sha.n.pu.u.to.se.t.to.o.shi.te.ku.da.sa.i

請幫我洗頭和吹髮。

11 この形でけっこうです。
ko.no.ka.ta.chi.de.ke.k.ko.o.de.su

這種髮型就可以了。

12 横わけにしてください。
yo.ko.wa.ke.ni.shi.te.ku.da.sa.i

請幫我旁分。

13 カットとシャンプーでいくらになりますか。
ka.t.to.to.sha.n.pu.u.de.i.ku.ra.ni.na.ri.ma.su.ka

剪髮加洗髮要多少錢？

14 どの美容師さんでも結構です。
do.no.bi.yo.o.shi.sa.n.de.mo.ke.k.ko.o.de.su

哪一位美髮師都行。

15 予約は必要ですか。
yo.ya.ku.wa.hi.tsu.yo.o.de.su.ka

需要預約嗎？

16 あとどのくらい待たなければなりませんか。
a.to.do.no.ku.ra.i.ma.ta.na.ke.re.ba
na.ri.ma.se.n.ka

大概還要等多久？

美容院

1 パーマをかけてください。
pa.a.ma.o.ka.ke.te.ku.da.sa.i

請幫我燙髮。

2 ストレートパーマをかけたいんですが。
su.to.re.e.to.pa.a.ma.o.ka.ke.ta.i.n.de.su.ga

我想燙離子燙。

3 肩ぐらいの長さに切ってください。
ka.ta.gu.ra.i.no.na.ga.sa.ni.ki.t.te.ku.da.sa.i

請幫我剪到肩膀的長度。

4 前髪を作ってください。
ma.e.ga.mi.o.tsu.ku.t.te.ku.da.sa.i

請幫我剪出瀏海。

5 すいてください。
su.i.te.ku.da.sa.i

請幫我打薄。

理髪店

1 カットをお願いします。
ka.t.to.o.o.ne.ga.i.shi.ma.su

請幫我剪髮。

2 ひげをそってください。
hi.ge.o.so.t.te.ku.da.sa.i

請幫我刮鬍子。

3 もみあげを残してください。
mo.mi.a.ge.o.no.ko.shi.te.ku.da.sa.i

鬢角請幫我留著不要剪。

美容用語

びょういん 美容院 bi.yo.o.i.n 美容院	とこや／りょういん 床屋／理容院 to.ko.ya／ri.yo.o.i.n 理髮店	ヘアサロン he.a.sa.ro.n 美髮沙龍	びょうし 美容師 bi.yo.o.shi 髮型師

カット ka.t.to 剪髮	パーマ pa.a.ma 燙髮	ストレートパーマ su.to.re.e.to.pa.a.ma 離子燙

シャンプー sha.n.pu.u 洗髮	セット se.t.to 吹整頭髮	マッサージ ma.s.sa.a.ji 按摩	はさみ ha.sa.mi 剪髮刀

かみそり ka.mi.so.ri 剃刀	ひげそり／シェーバー hi.ge.so.ri／she.e.ba.a 刮鬍刀	まえがみ ma.e.ga.mi 瀏海

もみあげ mo.mi.a.ge 鬢角	えりあし e.ri.a.shi 髮際（頸部）	ひげ hi.ge 鬍子	よやく 予約 yo.ya.ku 預約

予約して
いません。

✿ beauty ✿

予約して
ありますか？

Hair Salon

温泉

1 温泉はどこですか。
o.n.se.n.wa.do.ko.de.su.ka

請問哪裡有溫泉？

2 この近くに温泉はありますか。
ko.no.chi.ka.ku.ni.o.n.se.n.wa.a.ri.ma.su.ka

這附近有溫泉嗎？

3 温泉は何時からですか。
o.n.se.n.wa.na.n.ji.ka.ra.de.su.ka

泡溫泉幾點開始？

4 何時まで開いてますか。
na.n.ji.ma.de.a.i.te.ma.su.ka

開到幾點？

5 石鹸やシャンプーなどがありますか。
se.k.ke.n.ya.sha.n.pu.u.na.do.ga.a.ri.ma.su.ka

有肥皂和洗髮精嗎？

6 何を持っていけばいいですか。
na.ni.o.mo.t.te.i.ke.ba.i.i.de.su.ka

要帶什麼東西去呢？

7 どちらが男性（女性）の入り口ですか。
do.chi.ra.ga.da.n.se.i (jo.se.i) no.i.ri.gu.chi
de.su.ka

哪邊是男生浴池
（女生浴池）的入口呢？

8 洋服はロッカーに入れておいたほうがいい
ですか。
yo.o.fu.ku.wa.ro.k.ka.a.ni.i.re.te.o.i.ta.ho.o.ga
i.i.de.su.ka

把衣服放在置物箱比較
好嗎？

9 シャンプーとリンスをください。
sha.n.pu.u.to.ri.n.su.o.ku.da.sa.i

請給我洗髮精和潤髮精。

10 ここ空いていますか。
ko.ko.a.i.te.i.ma.su.ka

這裡有人用嗎？

11 この洗面器を使ってもいいですか。
ko.no.se.n.me.n.ki.o.tsu.ka.t.te.mo.i.i.de.su.ka

我可以用這個洗臉台嗎？

鍵をなく
しました。

🔊 075

遇到問題時

🌱 尋求幫助

1 助けて！
ta.su.ke.te

救命！

2 どうしたんですか。
do.o.shi.ta.n.de.su.ka

發生什麼事了？

3 交番はどこか教えてください。
ko.o.ba.n.wa.do.ko.ka.o.shi.e.te.ku.da.sa.i

請告訴我派出所在哪裡。

4 警察署へ連れて行ってください。
ke.i.sa.tsu.sho.e.tsu.re.te.i.t.te.ku.da.sa.i

請帶我去警察局。

5 警察を呼んでください。
ke.i.sa.tsu.o.yo.n.de.ku.da.sa.i

請幫我叫警察。

6 警察に届けたいのです。
ke.i.sa.tsu.ni.to.do.ke.ta.i.no.de.su

我想(把這個)交給警察。

🌱 遺失物品

1 切符をなくしました。
ki.p.pu.o.na.ku.shi.ma.shi.ta

我把車票弄丟了。

↳🍌 你也可以將☐裡的字代換成以下詞彙喔！

＊パスポート
pa.su.po.o.to

護照

＊鍵
ka.gi

鑰匙

2 財布をなくしました。
sa.i.fu.o.na.ku.shi.ma.shi.ta

找弄丟錢包了。

3 財布をどこかに置き忘れました。
sa.i.fu.o.do.ko.ka.ni.o.ki.wa.su.re.ma.shi.ta

我忘了把錢包放在哪裡
了。

4 電車の中にかばんを置き忘れました。
de.n.sha.no.na.ka.ni.ka.ba.n.o
o.ki.wa.su.re.ma.shi.ta

我把包包忘在電車裡了。

5 タクシーに荷物を忘れてしまいました。
ta.ku.shi.i.ni.ni.mo.tsu.o
wa.su.re.te.shi.ma.i.ma.shi.ta

我把行李遺忘在計程車
裡了。

6 車の番号は覚えていません。
ku.ru.ma.no.ba.n.go.o.wa.o.bo.e.te.i.ma.se.n

我不記得車號。

7 再発行していただけますか。
sa.i.ha.k.ko.o.shi.te.i.ta.da.ke.ma.su.ka

能再發一張新卡給我嗎？

8 きのうなくしました。
ki.no.o.na.ku.shi.ma.shi.ta

昨天弄丟了。

9 いま探していただけますか。
i.ma.sa.ga.shi.te.i.ta.da.ke.ma.su.ka

現在能幫我找一下嗎？

10 遺失物取扱所はどこですか。
i.shi.tsu.bu.tsu.to.ri.a.tsu.ka.i.jo.wa
do.ko.de.su.ka

失物招領處在哪裡？

11 見つかり次第連絡してもらえますか。
mi.tsu.ka.ri.shi.da.i
re.n.ra.ku.shi.te.mo.ra.e.ma.su.ka

找到之後能請你跟我連
絡嗎？

🌱 交通事故

1 交通事故に遭いました。
ko.o.tsu.u.ji.ko.ni.a.i.ma.shi.ta

我發生車禍了。

2 衝突しました。
sho.o.to.tsu.shi.ma.shi.ta

我撞車了。

3 バイクにぶつかりました。
ba.i.ku.ni.bu.tsu.ka.ri.ma.shi.ta

我撞到摩托車了。

4 制限速度を守っていました。
se.i.ge.n.so.ku.do.o.ma.mo.t.te.i.ma.shi.ta

我有遵守限速。

5 信号は青でした。
shi.n.go.o.wa.a.o.de.shi.ta

那時是綠燈。

6 怪我人がいます。
ke.ga.ni.n.ga.i.ma.su

有人受傷了。

7 救急車を呼んでください。
kyu.u.kyu.u.sha.o.yo.n.de.ku.da.sa.i

請幫忙叫救護車。

8 車がエンコしてしまいました。
ku.ru.ma.ga.e.n.ko.shi.te.shi.ma.i.ma.shi.ta

車子拋錨了。

9 タイヤがパンクしました。
ta.i.ya.ga.pa.n.ku.shi.ma.shi.ta

爆胎了。

遭小偷

1 泥棒！
do.ro.bo.o

小偷！

2 財布を取られました。
sa.i.fu.o.to.ra.re.ma.shi.ta

我的錢包被搶了。

3 パスポートを盗まれました。
pa.su.po.o.to.o.nu.su.ma.re.ma.shi.ta

護照被偷了。

4 泥棒に入られました。
do.ro.bo.o.ni.ha.i.ra.re.ma.shi.ta

房間遭小偷了。

5 スリに遭いました。
su.ri.ni.a.i.ma.shi.ta

我被扒手扒了。

6 ほんの数分前のことです。
ho.n.no.su.u.fu.n.ma.e.no.ko.to.de.su

才不過幾分鐘前的事。

7 自転車は戻ってくるでしょうか。
ji.te.n.sha.wa.mo.do.tte.ku.ru.de.sho.o.ka

腳踏車找得回來嗎？

8 引ったくりに遭いました。
hi.t.ta.ku.ri.ni.a.i.ma.shi.ta

我被搶了。

9 バイクに乗っていました。
ba.i.ku.ni.no.tte.i.ma.shi.ta

他騎著摩托車逃走了。

小孩走失

1 道に迷いました。
mi.chi.ni.ma.yo.i.ma.shi.ta

我迷路了。

2 子供を見 失いました。
ko.do.mo.o.mi.u.shi.na.i.ma.shi.ta

我跟我的小孩失散了。

3 子供とはぐれたのです。
ko.do.mo.to.ha.gu.re.ta.no.de.su

我的小孩走失了。

4 名前は多恵です。
na.ma.e.wa.ta.e.de.su

她的名字叫多恵。

5 五歳の女の子(男の子)です。
go.sa.i.no.o.n.na.no.ko(o.to.ko.no.ko)de.su

五歳的小女孩(小男孩)。

6 黄色いトレーナーに青いズボンをはいています。
ki.i.ro.i.to.re.e.na.a.ni.a.o.i.zu.bo.n.o
ha.i.te.i.ma.su

她穿著黃色上衣配藍色褲子。

7 子供を捜してください。
ko.do.mo.o.sa.ga.shi.te.ku.da.sa.i

請幫我尋找孩子。

子供を捜してください。

ママ…

🔊 076

單字充電站

求助・事件

警察署 ke.i.sa.tsu.sho 警察局	交番 ko.o.ba.n 派出所	遺失物取 扱 所 i.shi.tsu.bu.tsu.to.ri.a.tsu.ka.i.jo 失物招領處	スリ su.ri 扒手
痴漢 chi.ka.n 色狼	泥棒 do.ro.bo.o 小偷	ひったくり hi.t.ta.ku.ri 搶劫	空き巣 a.ki.su 闖空門	火事 ka.ji 火災
ガス漏れ ga.su.mo.re 瓦斯外漏	交通事故 ko.o.tsu.u.ji.ko 交通意外	駐 車違反 chu.u.sha.i.ha.n 違規停車	スピード違反 su.pi.i.do.i.ha.n 違規超速	示談 ji.da.n 和解

ちょっと熱があります。

生病時

尋求幫助

1 病院へ連れて行ってください。
byo.o.i.n.e.tsu.re.te.i.t.te.ku.da.sa.i
請帶我到醫院。

2 一番近い病院はどこですか。
i.chi.ba.n.chi.ka.i.byo.o.i.n.wa.do.ko.de.su.ka
最近的醫院在哪裡？

3 ひとりでは動けません。
hi.to.ri.de.wa.u.go.ke.ma.se.n
我自己不能動。

4 助けてください。
ta.su.ke.te.ku.da.sa.i
請幫我一下。

5 救急車を呼んでください。
kyu.u.kyu.u.sha.o.yo.n.de.ku.da.sa.i
請幫我叫救護車。

6 お医者さんを呼んでください。
o.i.sha.sa.n.o.yo.n.de.ku.da.sa.i
請幫我叫醫生來。

掛號

1 診察を受けたいのですが。
shi.n.sa.tsu.o.u.ke.ta.i.no.de.su.ga
我想要看診。

2 予約していないのですが、構いませんか。
yo.ya.ku.shi.te.i.na.i.no.de.su.ga、
ka.ma.i.ma.se.n.ka
我沒有預約可以嗎？

3 急診をお願いします。
kyu.u.shi.n.o.o.ne.ga.i.shi.ma.su
麻煩你，我要急診。

傳達症狀

1 気分が悪いです。
ki.bu.n.ga.wa.ru.i.de.su
我覺得不舒服。

2 せきがでます
se.ki.ga.de.ma.su

我咳嗽。

3 のどが痛いです
no.do.ga.i.ta.i.de.su

我喉嚨痛。

4 お腹が痛いです。
o.na.ka.ga.i.ta.i.de.su

我肚子痛。

5 胃が刺すように痛みます。
i.ga.sa.su.yo.o.ni.i.ta.mi.ma.su

我的腹部陣陣刺痛。

6 とても痛いです。／少し痛いです。
to.te.mo.i.ta.i.de.su ／ su.ko.shi.i.ta.i.de.su

非常痛。／有點痛。

7 頭痛がします。
zu.tsu.u.ga.shi.ma.su

我頭痛。

8 寒気(悪寒)がします。
sa.mu.ke(o.ka.n)ga.shi.ma.su

我發冷。

9 眩暈がします。
me.ma.i.ga.shi.ma.su

我頭暈。

10 吐き気がします。
ha.ki.ke.ga.shi.ma.su

我覺得噁心想吐。

11 ちょっと熱があります。
cho.t.to.ne.tsu.ga.a.ri.ma.su

我有點發燒。

12 下痢です。
ge.ri.de.su

我拉肚子。

13 痔です。
ji.de.su

我患了痔瘡。

14 高血圧です。
ko.o.ke.tsu.a.tsu.de.su

我有高血壓。

與醫生對話

1 注射をしますか。
chu.u.sha.o.shi.ma.su.ka

要打針嗎？

2 妊娠をしています。
ni.n.shi.n.o.shi.te.i.ma.su

懷孕了。

3 ペニシリンにアレルギーを起こします。
pe.ni.shi.ri.n.ni.a.re.ru.gi.i.o.o.ko.shi.ma.su

我對青黴素過敏。

4 すぐに治りますか。
su.gu.ni.na.o.ri.ma.su.ka

很快就會好嗎？

5 安静にしていなければなりませんか。
a.n.se.i.ni.shi.te.i.na.ke.re.ba.na.ri.ma.se.n.ka

我必須安靜休養嗎？

6 どうしたんですか。
do.o.shi.ta.n.de.su.ka

怎麼了？

7 どこか悪いのですか。
do.ko.ka.wa.ru.i.no.de.su.ka

是不是哪裡不舒服？

8 調子が悪そうですね。
cho.o.shi.ga.wa.ru.so.o.de.su.ne

你看起來不太對勁耶。

9 アレルギーはありますか。
a.re.ru.gi.i.wa.a.ri.ma.su.ka

你會藥物過敏嗎？

會 話

ここが痛いですか。
ko.ko.ga.i.ta.i.de.su.ka

這裡痛嗎？

はい、痛いです。
ha.i、i.ta.i.de.su

是的，很痛。

別人生病時　🔊 o78

1 友人が病気です。
yu.u.ji.n.ga.byo.o.ki.de.su

我朋友生病了。

2 意識を失っています。
i.shi.ki.o.u.shi.na.t.te.i.ma.su

他失去意識了。

3 顔が真っ青です。
ka.o.ga.ma.s.sa.o.de.su

她的臉色發青。

受傷

1 怪我をしています。
ke.ga.o.shi.te.i.ma.su

我受傷了。

2 足の骨を折りました。
a.shi.no.ho.ne.o.o.ri.ma.shi.ta
我的腳骨折了。

3 出血しています。
shu.k.ke.tsu.shi.te.i.ma.su
流血了。

4 腕に擦り傷を作りました。
u.de.ni.su.ri.ki.zu.o.tsu.ku.ri.ma.shi.ta
我的手擦傷了。

5 手首を捻挫しました。
te.ku.bi.o.ne.n.za.shi.ma.shi.ta
手腕扭傷了。

6 火傷をしました。
ya.ke.do.o.shi.ma.shi.ta
我被燙傷了。

7 階段から落ちました。
ka.i.da.n.ka.ra.o.chi.ma.shi.ta
從樓梯摔下來。

8 傷が完治するまでにどのくらいかかりますか。
ki.zu.ga.ka.n.chi.su.ru.ma.de.ni.do.no.ku.ra.i
ka.ka.ri.ma.su.ka
傷口要花多久時間才能完全治癒？

服藥

1 腹痛の薬はありますか。
fu.ku.tsu.u.no.ku.su.ri.wa.a.ri.ma.su.ka
有沒有肚子痛的藥？

2 頭痛には何が効きますか。
zu.tsu.u.ni.wa.na.ni.ga.ki.ki.ma.su.ka
什麼對頭痛有效？

3 いつ飲むのですか。
i.tsu.no.mu.no.de.su.ka
何時服用？

4 食事の後に飲むのですか。
sho.ku.ji.no.a.to.ni.no.mu.no.de.su.ka
飯後服用嗎？

5 一回にいくつ飲むのですか。
i.k.ka.i.ni.i.ku.tsu.no.mu.no.de.su.ka
一次服用幾粒？

6 一日に何回飲むのですか。
i.chi.ni.chi.ni.na.n.ka.i.no.mu.no.de.su.ka
一天服用幾次？

7 それは抗生物質ですか。
so.re.wa.ko.o.se.i.bu.s.shi.tsu.de.su.ka
那是抗生素嗎？

8 これは解熱剤ですか。
ko.re.wa.ge.ne.tsu.za.i.de.su.ka
這是退燒藥嗎？

單字充電站

看醫生

びょうき 病気 byo.o.ki 生病	けが 怪我 ke.ga 受傷	いしゃ お医者さん o.i.sha.sa.n 醫生

かんごふ 看護婦さん ka.n.go.fu.sa.n 護士	かんじゃ 患者さん ka.n.ja.sa.n 病患

びょういん 病院 byo.o.i.n 醫院	うけつけ 受付 u.ke.tsu.ke 掛號處	しんさつしつ 診察室 shi.n.sa.tsu.shi.tsu 診療處	ちゅうしゃ 注射 chu.u.sha 打針

てんてき 点滴 to.n.te.ki 打點滴	しゅじゅつ 手術 shu.ju.tsu 手術	ますい 麻酔 ma.su.i 麻醉	きゅうかん 急患 kyu.u.ka.n 緊急病患

しょくじりょうほう 食事療法 sho.ku.ji.ryo.o.ho.o 飲食療法	にゅういん 入院 nyu.u.i.n 住院	たいいん 退院 ta.i.i.n 出院

きゅうきゅうしゃ 救急車 kyu.u.kyu.u.sha 救護車

救急車を呼んでください。

內科
ない か
na.i.ka
內科

外科
げ か
ge.ka
外科

小児科
しょう に か
sho.o.ni.ka
小兒科

耳鼻咽喉科
じ び いんこう か
ji.bi.i.n.ko.o.ka
耳鼻喉科

胃腸科
い ちょう か
i.cho.o.ka
腸胃科

眼科
がん か
ga.n.ka
眼科

歯科
し か
shi.ka
齒科

産婦人科
さん ふ じん か
sa.n.fu.ji.n.ka
婦產科

皮膚科
ひ ふ か
hi.fu.ka
皮膚科

精神科
せいしん か
se.i.shi.n.ka
精神科

泌尿器科
ひ にょう き か
hi.nyo.o.ki.ka
泌尿科

アレルギー科
か
a.re.ru.gi.i.ka
過敏科

心療内科
しんりょうない か
shi.n.ryo.o.na.i.ka
心理醫科

わたしは歯科の医者です。

症狀

頭痛
ず つう
zu.tsu.u
頭痛

胃痛
い つう
i.tsu.u
胃痛

歯痛
は いた
ha.i.ta
牙齒痛

咳
せき
se.ki
咳嗽

下痢
げ り
ge.ri
拉肚子

便秘
べん ぴ
be.n.pi
便秘

鼻づまりがします
はな
ha.na.zu.ma.ri.ga.shi.ma.su
鼻塞

鼻水がでます
はなみず
ha.na.mi.zu.ga.de.ma.su
流鼻水

寒気／悪寒
さむけ　おかん
sa.mu.ke ／ o.ka.n
發冷

吐き気
は　け
ha.ki.ke
噁心（想吐）

体がだるいです
からだ
ka.ra.da.ga.da.ru.i.de.su
全身沒力

眩暈
めまい
me.ma.i
頭昏眼花

かゆみ
ka.yu.mi
發癢

かぶれ
ka.bu.re
斑疹

火傷
やけど
ya.ke.do
燒傷、燙傷

虫刺され
むし さ
mu.shi.sa.sa.re
昆蟲咬傷

二日酔い
ふつか よ
fu.tsu.ka.yo.i
宿醉

風邪
か ぜ
ka.ze
感冒

肺炎
はいえん
ha.i.e.n
肺炎

盲腸炎
もうちょうえん
mo.o.cho.o.e.n
盲腸炎

扁桃腺炎
へんとうせんえん
he.n.to.o.se.n.e.n
扁桃腺炎

ノロウイルス
no.ro.wi.ru.su
急性腸胃炎（諾羅病毒）

じんましん
ji.n.ma.shi.n
蕁麻疹

骨折
こっせつ
ko.s.se.tsu
骨折

捻挫
ねん ざ
ne.n.za
扭傷

アレルギー
a.re.ru.gi.i
過敏

寝違える
ね ちが
ne.chi.ga.e.ru
落枕

二日酔い！

o80

身體部位

身体
からだ
ka.ra.da
身體

頭
あたま
a.ta.ma
頭

顔
かお
ka.o
臉

額
ひたい
hi.ta.i
額頭

目
め
me
眼睛

耳 みみ mi.mi 耳朵	鼻 はな ha.na 鼻子	歯 は ha 牙齒	口 くち ku.chi 嘴巴	舌 した shi.ta 舌頭
顎 あご a.go 下巴	喉 のど no.do 喉嚨	首 くび ku.bi 脖子	肩 かた ka.ta 肩膀	胸 むね mu.ne 胸
お腹 なか o.na.ka 肚子	腕 うで u.de 手臂	手 て te 手	指 ゆび yu.bi 手指	足 あし a.shi 腳
もも mo.mo 大腿	膝 ひざ hi.za 膝蓋	ふくらはぎ fu.ku.ra.ha.gi 小腿		胃 い i 胃
心臓 しんぞう shi.n.zo.o 心臟	肺 はい ha.i 肺	肝臓 かんぞう ka.n.zo.o 肝臟	腎臓 じんぞう ji.n.zo.o 腎臟	腸 ちょう cho.o 腸
子宮 し きゅう shi.kyu.u 子宮	骨 ほね ho.ne 骨頭	血／血液 ち けつえき chi ／ ke.tsu.e.ki 血／血液		血管 けっかん ke.k.ka.n 血管
筋肉 きんにく ki.n.ni.ku 肌肉	神経 しんけい shi.n.ke.i 神經	皮膚 ひ ふ hi.fu 皮膚	肌 はだ ha.da 肌膚	

歯が痛い～

醫療用具

| 薬
くすり
ku.su.ri
藥 | 薬局／ドラッグストア
やっきょく
ya.k.kyo.ku／do.ra.g.gu.su.to.a
藥房、藥局 | 処方箋
しょほうせん
sho.ho.o.se.n
處方箋 |

| 目薬
めぐすり
me.gu.su.ri
眼藥 | 胃薬
いぐすり
i.gu.su.ri
胃藥 | 頭痛薬
ずつうやく
zu.tsu.u.ya.ku
頭痛藥 | 風邪薬
かぜぐすり
ka.ze.gu.su.ri
感冒藥 |

| 下痢止め
げりどめ
ge.ri.do.me
止瀉藥 | かゆみ止め
と
ka.yu.mi.do.me
止癢藥 | ビタミン剤
ざい
bi.ta.mi.n.za.i
維他命劑 | 下剤
げざい
ge.za.i
瀉藥 |

| アスピリン
a.su.pi.ri.n
阿斯匹靈 | 軟膏
なんこう
na.n.ko.o
軟膏 | 救急箱
きゅうきゅうばこ
kyu.u.kyu.u.ba.ko
急救箱 |

| 体温計
たいおんけい
ta.i.o.n.ke.i
體溫計 | 湿布
しっぷ
shi.p.pu
貼布 | 包帯
ほうたい
ho.o.ta.i
繃帶 | ガーゼ
ga.a.ze
紗布 |

| バンドエイド／絆創膏
ばんそうこう
ba.n.do.e.i.do／ba.n.so.o.ko.o
OK繃 |

風邪薬は
ありますか？

ありますよ！

電腦用語

🔊 o81

上網

1 インターネットをする。
i.n.ta.a.ne.t.to.o.su.ru
上網

電腦相關產品名稱

パソコン pa.so.ko.n 電腦	ノートパソコン no.o.to.pa.so.ko.n 筆記型電腦	ミニノートパソコン mi.ni.no.o.to.pa.so.ko.n 小筆電

タブレットパソコン
ta.bu.re.t.to.pa.so.ko.n
平板電腦

画面
ga.me.n
電腦畫面

モニター
mo.ni.ta.a
電腦顯示器

マウス
ma.u.su
滑鼠

カートリッジ
ka.a.to.ri.j.ji
墨水匣

インク
i.n.ku
墨水

プリンター
pu.ri.n.ta.a
印表機

スキャナー
su.kya.na.a
掃描器

CD-ROM
shi.i.di.i-ro.mu
CD-ROM

DVD-ROM
di.i.bu.i.di.i-ro.mu
DVD-ROM

ハードディスク
ha.a.do.di.su.ku
硬碟

LAN ケーブル
ra.n.ke.e.bu.ru
網路線

メモリーカード
me.mo.ri.i.ka.a.do
記憶卡

鍵盤名稱

キーボード
ki.i.bo.o.do
鍵盤

エンターキー
e.n.ta.a.ki.i
Enter鍵

スペースキー
su.pe.e.su.ki.i
空白鍵

シフトキー
shi.fu.to.ki.i
Shift鍵

デリートキー
de.ri.i.to.ki.i
Delete 鍵

オルトキー
o.ru.to.ki.i
Alt 鍵

電腦畫面名稱

カーソル
ka.a.so.ru
游標

ツールバー
tsu.u.ru.ba.a
工具列

アドレス帳
a.do.re.su.cho.o
通訊錄

ウイルス
u.i.ru.su
病毒

オフライン
o.fu.ra.i.n
離線

オンライン
o.n.ra.i.n
上線

拡張子
ka.ku.cho.o.shi
副檔名

ごみ箱
go.mi.ba.ko
資源回收筒

スクリーンセーバー
su.ku.ri.i.n.se.e.ba.a
螢幕保護程式

ソフトウエア
so.fu.to.we.a
軟體

ハードウエア
ha.a.do.we.a
硬體

ファイル
fa.i.ru
資料夾

ノオルダ
fo.ru.da
文件夾

フォント
fo.n.to
字型

トップページ
to.p.pu.pe.e.ji
首頁

添付ファイル
te.n.pu.fa.i.ru
附檔

電子メール
de.n.shi.me.e.ru
電子郵件

You got mail!

メールボックス
me.e.ru.bo.k.ku.su
收信匣

ホームページ
ho.o.mu.pe.e.ji
網頁

ホームページアドレス
ho.o.mu.pe.e.ji.a.do.re.su
網址

壁紙
ka.be.ga.mi
桌布

操作

圧縮
a.s.shu.ku
壓縮

インストール
i.n.su.to.o.ru
安裝

キャンセル
kya.n.se.ru
取消

クリック
ku.ri.k.ku
點滑鼠一下

ダブルクリック
da.bu.ru.ku.ri.k.ku
點兩下

再起動
sa.i.ki.do.o
重新啟動電腦

スキャン
su.kya.n
掃描

ダウンロード
da.u.n.ro.o.do
下載

電源を入れる
de.n.ge.no.i.re.ru
打開電源

電源を切る
de.n.ge.no.ki.ru
關掉電源

入力
nyu.u.ryo.ku
輸入

ドラッグする
do.ra.g.gu.su.ru
拖曳

フォーマット
fo.o.ma.t.to
格式化

1 友達を招待します。
とも だち　しょう たい
to.mo.da.chi.o.sho.o.ta.i.shi.ma.su
邀請朋友。

2 ウォールに書き込みましょう。
か　こ
wo.o.ru.ni.ka.ki.ko.mi.ma.sho.o
在牆上留言。

3 プロフィール写真を変えます。
しゃ しん　か
pu.ro.fi.i.ru.sha.shi.n.o.ka.e.ma.su
換大頭貼。

其他

絵文字
え も じ
e.mo.ji
表情符號

顔文字
か お も じ
ka.o.mo.ji
表情符號

フリーズ
fu.ri.i.zu
當機

文字化け
も じ ば
mo.ji.ba.ke
亂碼

容量
よう りょう
yo.o.ryo.o
容量

スカイプ
su.ka.i.pu
SKYPE

ミクシィー
mi.ku.shi.i
mixi 社群網站

フェイスブック
fe.i.su.bu.k.ku
臉書（facebook）

ツイッター
tsu.i.t.ta.a
推特（twitter）

いいね
i.i.ne
讚

シエア
she.a
分享

コメントする
ko.me.n.to.su.ru
留言

つぶやき
tsu.bu.ya.ki
自言自語、嘀咕

ひとりで
寂しいです。

喜怒哀樂

 喜

1 私_{わたし}はとても幸_{しあわ}せです。　　　　我非常幸福。
wa.ta.shi.wa.to.te.mo.shi.a.wa.se.de.su

2 最高_{さいこう}です。　　　　　　　　太棒了！
sa.i.ko.o.de.su

3 生_いきててよかった。　　　　　　活著真好！
i.ki.te.te.yo.ka.t.ta

會話

うれしそうですね、何_{なに}かありましたか。　你看起來很高興的樣
u.re.shi.so.o.de.su.ne、　　　　　　子喔！有什麼好事發
na.ni.ka.a.ri.ma.shi.ta.ka　　　　　　生嗎？

ええ、ちょっと。　　　　　　　　嗯、是啊。
e.e、cho.t.to

いいですね。　　　　　　　　　真好！
i.i.de.su.ne

關於「喜」的其他表現

うれしい	うれしくてたまらない	面白い_{おもしろ}
u.re.shi.i	u.re.shi.ku.te.ta.ma.ra.na.i	o.mo.shi.ro.i
高興	高興得不得了	有趣

幸せ_{しあわ}	すごい
shi.a.wa.se	su.go.i
幸福	太棒了

あ～
幸せ～

怒

1 いらいらします。 很焦躁。
i.ra.i.ra.shi.ma.su

2 不公平です。 不公平。
fu.ko.o.he.i.de.su

3 頭に来ました。 真令人生氣。
a.ta.ma.ni.ki.ma.shi.ta

4 馬鹿にしないでください。 別瞧不起人。
ba.ka.ni.shi.na.i.de.ku.da.sa.i

5 我慢できません。 我受不了了。
ga.ma.n.de.ki.ma.se.n

6 虫が良すぎます。 太自私了。
mu.shi.ga.yo.su.gi.ma.su

7 あなたのやり方は卑怯です。 你的作法太卑鄙了。
a.na.ta.no.ya.ri.ka.ta.wa.hi.kyo.o.de.su

關於「怒」的其他表現

目の敵にする me.no.ka.ta.ki.ni.su.ru 當成眼中釘	腑に落ちない fu.ni.o.chi.na.i 無法理解	うんざりする u.n.za.ri.su.ru 受夠了

 哀

1 あなたがいなくて寂しいです。 你不在我好寂寞。
a.na.ta.ga.i.na.ku.te.sa.bi.shi.i.de.su

2 憂鬱です。 我很鬱卒。
yu.u.u.tsu.de.su

3 気がめいります。 灰心喪氣。
ki.ga.me.i.ri.ma.su

4 何もやる気がおきません。
na.ni.mo.ya.ru.ki.ga.o.ki.ma.se.n

一點都提不起勁來。

5 とても悲しそうですね。
to.te.mo.ka.na.shi.so.o.de.su.ne

他看起來好像很悲傷。

6 気を落とさないでください。
ki.o.o.to.sa.na.i.de.ku.da.sa.i

別洩氣。

關於「哀」的其他表現

悲しい ka.na.shi.i 悲傷	がっかりする ga.k.ka.ri.su.ru 失望	残念 za.n.ne.n 可惜	さびしい sa.bi.shi.i 寂寞

 樂

1 とても楽しみです。
to.te.mo.ta.no.shi.mi.de.su

我非常期待。

2 今日はとても楽しかったです。
kyo.o.wa.to.te.mo.ta.no.shi.ka.t.ta.de.su

今天（玩得）非常開心。

關於「樂」的其他表現

楽しい ta.no.shi.i 愉快、高興	うきうきする u.ki.u.ki.su.ru 高興（得坐不住）	わくわくする wa.ku.wa.ku.su.ru 期待
面白い o.mo.shi.ro.i 好玩、有趣	満足 ma.n.zo.ku 滿足	

ご飯を三杯食べた！満足！

友情篇

> 友だちは
> 多いです。

 我的朋友

1 友(とも)だちは多(おお)いです。
to.mo.da.chi.wa.o.o.i.de.su

我有很多朋友。

2 スポーツ仲間(なかま)がたくさんいます。
su.po.o.tsu.na.ka.ma.ga.ta.ku.sa.n.i.ma.su

我有很多運動的夥伴。

3 私(わたし)と○○は中学(ちゅうがく)からの親友(しんゆう)です。
wa.ta.shi.to. ○○ .wa.chu.u.ga.ku.ka.ra.no.shi.n.yu.u.de.su

我和○○是打從國中就認識的摯友。

單字充電站

朋友

友(とも)だち to.mo.da.chi 朋友	仲間(なかま) na.ka.ma 夥伴	親友(しんゆう) shi.n.yu.u 摯友	仲良(なかよ)し na.ka.yo.shi 好朋友
友情(ゆうじょう) yu.u.jo.o 友情	男友達(おとこともだち) o.to.ko.to.mo.da.chi 男性友人	女友達(おんなともだち) o.n.na.to.mo.da.chi 女性友人	喧嘩(けんか) ke.n.ka 吵架
絶交(ぜっこう) ze.k.ko.o 絕交	仲直(なかなお)り na.ka.na.o.ri 和好	友達作(ともだちづく)り to.mo.da.chi.zu.ku.ri 交朋友	

私は中原くん
が好きです。

戀愛篇

🌱 喜歡・單戀

1 私 は中原くんが好きです。
wa.ta.shi.wa.na.ka.ha.ra.ku.n.ga.su.ki.de.su

我喜歡中原。

2 仲間さんに片思いしています。
na.ka.ma.sa.n.ni.ka.ta.o.mo.i.shi.te.i.ma.su

我暗戀仲間。

3 理恵さんが大好きです。
ri.e.sa.n.ga.da.i.su.ki.de.su

我最喜歡理惠了。

4 太郎くんを気に入っています。
ta.ro.o.ku.n.o.ki.ni.i.t.te.i.ma.su

我喜歡太郎。

🌱 告白

1 僕はまりさんが好きです。
bo.ku.wa.ma.ri.sa.n.ga.su.ki.de.su

我喜歡麻理。

2 付き合ってください。
tsu.ki.a.t.te.ku.da.sa.i

請跟我交往。

3 ずっと前から好きでした。
zu.t.to.ma.e.ka.ra.su.ki.de.shi.ta

我喜歡你很久了。

付き合って
ください！

4 本気です。
ho.n.ki.de.su

我是認真的。

🌱 邀約

會話

🐵 ディズニーランドへ一緒に行きませんか。
di.zu.ni.i.ra.n.do.e.i.s.sho.ni.i.ki.ma.se.n.ka

要不要一起去迪士尼
樂園？

🐵 いいですよ。いつですか。
i.i.de.su.yo。i.tsu.de.su.ka

好啊！什麼時候呢？

結婚

1 彼氏_{かれ}_しからプロポーズされた。
ka.re.shi.ka.ra.pu.ro.po.o.zu.sa.re.ta

男朋友向我求婚了。

2 私_{わたし}と結婚_{けっこん}してください。
wa.ta.shi.to.ke.k.ko.n.shi.te.ku.da.sa.i

請和我結婚。

3 一生_{いっしょう}あなたを守_{まも}ります
i.s.sho.o.a.na.ta.o.ma.mo.ri.ma.su

我會守護你一輩子。

4 婚約者_{こんやくしゃ}の○○君_{くん}です。
ko.n.ya.ku.sha.no.○○.ku.n.de.su

這是我的未婚夫○○。

單字充電站

情侶・夫妻

恋人同士 ko.i.bi.to.do.o.shi 情侶檔	恋人同士仲がいい ko.i.bi.to.do.o.shi.na.ka.ga.i.i 甜蜜情侶檔	彼氏 ka.re.shi 男朋友	彼女 ka.no.jo 女朋友
元カレ mo.to.ka.re 前男友	元カノ mo.to.ka.no 前女友	夫婦 fu.u.fu 夫妻	旦那・主人 da.n.na・shu.ji.n 先生
妻／奥さん／家内 tsu.ma／o.ku.sa.n／ka.na.i 妻子	元夫 mo.to.o.t.to 前夫	元妻 mo.to.tsu.ma 前妻	プロポーズ pu.ro.po.o.zu 求婚
婚約者 ko.n.ya.ku.sha 未婚夫(妻)	入籍／結婚式 nyu.u.se.ki／ke.k.ko.n.shi.ki 登記結婚／結婚典禮		ハネムーン／新婚旅行 ha.ne.mu.u.n／shi.n.ko.n.ryo.ko.o 蜜月旅行

わたしは
サッカークラブ
に入っています。

學校

 科系

會話 ①

何学科ですか。
<ruby>何<rt>なに</rt></ruby><ruby>学科<rt>がっか</rt></ruby>
na.ni.ga.k.ka.de.su.ka

你是什麼系的？

国際貿易学科です。
<ruby>国際貿易<rt>こくさいぼうえき</rt></ruby><ruby>学科<rt>がっか</rt></ruby>
ko.ku.sa.i.bo.o.e.ki.ga.k.ka.de.su

國貿系。

會話 ②

何の勉強をしていますか。
<ruby>何<rt>なん</rt></ruby>の<ruby>勉強<rt>べんきょう</rt></ruby>
na.n.no.be.n.kyo.o.o.shi.te.i.ma.su.ka

你唸什麼的呢？

日本の音楽を学んでいます。
<ruby>日本<rt>にほん</rt></ruby>の<ruby>音楽<rt>おんがく</rt></ruby>を<ruby>学<rt>まな</rt></ruby>んでいます。
ni.ho.n.no.o.n.ga.ku.o.ma.na.n.de.i.ma.su

我在唸日本音樂。

各學系名稱

法学部 (ほうがくぶ) ho.o.ga.ku.bu 法律系	経済学部 (けいざいがくぶ) ke.i.za.i.ga.ku.bu 經濟系	商学部 (しょうがくぶ) sho.o.ga.ku.bu 商學系	文学部 (ぶんがくぶ) bu.n.ga.ku.bu 文學系
教育学部 (きょういくがくぶ) kyo.o.i.ku.ga.ku.bu 教育學系	理学部 (りがくぶ) ri.ga.ku.bu 理學系	工学部 (こうがくぶ) ko.o.ga.ku.bu 工學系	農学部 (のうがくぶ) no.o.ga.ku.bu 農學系

医学部 i.ga.ku.bu 醫學系	薬学部 ya.ku.ga.ku.bu 藥學系	理系 ri.ke.i 理科	文系 bu.n.ke.i 文科

日本語学科 ni.ho.n.go.ga.k.ka 日文系	国際貿易学科 ko.ku.sa.i.bo.o.e.ki.ga.k.ka 國際貿易系

社会学部 sha.ka.i.ga.ku.bu 社會學系	情報学部 jo.o.ho.o.ga.ku.bu 資訊管理系

社團活動

わたしは
サッカークラブに
入っています。

會話 ❶

何のクラブに入っていますか。
na.n.no.ku.ra.bu.ni.ha.i.t.te.i.ma.su.ka

你參加什麼社團？

バスケットボールです。
ba.su.ke.t.to.bo.o.ru.de.su

籃球社。

會話 ❷

面白いサークルはありますか。
o.mo.shi.ro.i.sa.a.ku.ru.wa.a.ri.ma.su.ka

有沒有什麼好玩的社團？

剣道はどうですか。
ke.n.do.o.wa.do.o.de.su.ka

劍道社如何？

アーチェリー
a.a.che.ri.i
射箭

<ruby>合<rt>あい</rt>気<rt>き</rt>道<rt>どう</rt></ruby>
a.i.ki.do.o
合氣道

アイススケート
a.i.su.su.ke.e.to
溜冰

アイスホッケー
a.i.su.ho.k.ke.e
冰上曲棍球

アメリカンフットボール
a.me.ri.ka.n.fu.t.to.bo.o.ru
美式足球

<ruby>演<rt>えん</rt>劇<rt>げき</rt></ruby>
e.n.ge.ki
戲劇

<ruby>学<rt>がく</rt>生<rt>せい</rt>会<rt>かい</rt></ruby>
ga.ku.se.i.ka.i
學生會

<ruby>合<rt>がっ</rt>唱<rt>しょう</rt>団<rt>だん</rt></ruby>
ga.s.sho.o.da.n
合唱團

<ruby>空<rt>から</rt>手<rt>て</rt></ruby>
ka.ra.te
空手道

<ruby>剣<rt>けん</rt>道<rt>どう</rt></ruby>
ke.n.do.o
劍道

ゴルフ
go.ru.fu
高爾夫

サッカー
sa.k.ka.a
足球

<ruby>写<rt>しゃ</rt>真<rt>しん</rt></ruby>
sha.shi.n
攝影

オーケストラ
o.o.ke.su.to.ra
管絃樂

<ruby>柔<rt>じゅう</rt>道<rt>どう</rt></ruby>
ju.u.do.o
柔道

<ruby>乗<rt>じょう</rt>馬<rt>ば</rt></ruby>
jo.o.ba
騎馬

<ruby>水<rt>すい</rt>泳<rt>えい</rt></ruby>
su.i.e.i
游泳

<ruby>相<rt>す</rt>撲<rt>もう</rt></ruby>
su.mo.o
相撲

ソフトテニス
so.fu.to.te.ni.su
軟式網球

ソフトボール
so.fu.to.bo.o.ru
壘球

<ruby>体<rt>たい</rt>操<rt>そう</rt></ruby>
ta.i.so.o
體操

<ruby>卓<rt>たっ</rt>球<rt>きゅう</rt></ruby>
ta.k.kyu.u
桌球

チアリーダー
chi.a.ri.i.da.a
啦啦隊

テコンドー
te.ko.n.do.o
跆拳道

テニス te.ni.su 網球	バスケットボール ba.su.ke.t.to.bo.o.ru 籃球	ラクロス ra.ku.ro.su 長曲棍球

バドミントン ba.do.mi.n.to.n 羽球	バレーボール ba.re.e.bo.o.ru 排球

ボクシング bo.ku.shi.n.gu 拳擊	野 球 ya.kyu.u 棒球	ラグビー ra.gu.bi.i 橄欖球	スキー su.ki.i 滑雪

雨が降りそう。
はやく家に
帰らないと…

天氣

 談論天氣

1 雨が降りそうです。　　　　　　　　好像快下雨了。
　あめ　ふ
　a.me.ga.fu.ri.so.o.de.su

2 雷 が鳴っています。　　　　　　　　打雷了。
　かみなり　な
　ka.mi.na.ri.ga.na.t.te.i.ma.su

3 風が強いです。　　　　　　　　　　風很強。
　かぜ　つよ
　ka.ze.ga.tsu.yo.i.de.su

4 雲行きがあやしいです。　　　　　　好像快下雨了。
　くも ゆ
　ku.mo.yu.ki.ga.a.ya.shi.i.de.su

會話

今日の天気はどうですか。　　　　　今天天氣如何？
きょう　てん き
kyo.o.no.te.n.ki.wa.do.o.de.su.ka

とてもいい天気です。　　　　　　　天氣非常好。
てん き
to.te.mo.i.i.te.n.ki.de.su

 單字充電站

🔊 087

天氣用語

| 晴れ
は
ha.re
晴天 | 曇り
くも
ku.mo.ri
多雲 | 風
かぜ
ka.ze
颱風 |

雨
あめ
a.me
下雨

雪
ゆき
yu.ki
下雪

小雨
こさめ
ko.sa.me
小雨

大雨
おおあめ
o.o.a.me
大雨

雷
かみなり
ka.mi.na.ri
打雷

快晴
かいせい
ka.i.se.i
晴朗

晴れのち曇り
は　　　　　くも
ha.re.no.chi.ku.mo.ri
晴時多雲

台風
たいふう
ta.i.fu.u
颱風

雹
ひょう
hyo.o
冰雹

地震
じ　しん
ji.shi.n
地震

余震
よ　しん
yo.shi.n
餘震

津波
つ　なみ
tsu.na.mi
海嘯

花粉飛散
か　ふん　ひ　さん
ka.fu.n.hi.sa.n
花粉飛揚

床下浸水
ゆかしたしんすい
yu.ka.shi.ta.shi.n.su.i
淹水未達日式房屋的玄關高起處

床上浸水
ゆかうえしんすい
yu.ka.u.e.shi.n.su.i
淹水超過日式房屋的玄關高起處

警報
けいほう
ke.i.ho.o
警報

予報
よ　ほう
yo.ho.o
預報

注意報
ちゅう　い　ほう
chu.u.i.ho.o
注意特報

あたたかい
a.ta.ta.ka.i
溫暖

涼しい
すず
su.zu.shi.i
涼爽

暑い
あつ
a.tsu.i
炎熱

さむい
sa.mu.i
寒冷

梅雨
つ　ゆ
tsu.yu
梅雨

最近お腹が
出てきました。

人生百態

談論某人

1 あの人は見かけよりも若いです。
a.no.hi.to.wa.mi.ka.ke.yo.ri.mo.wa.ka.i.de.su

那個人實際年齡比外表還年輕。

2 最近お腹が出てきました。
sa.i.ki.n.o.na.ka.ga.de.te.ki.ma.shi.ta

最近我的肚子跑出來了。

3 彼はとても頑固です。
ka.re.wa.to.te.mo.ga.n.ko.de.su

他非常頑固。

4 私は彼とウマが合いません。
wa.ta.shi.wa.ka.re.to.u.ma.ga.a.i.ma.se.n

我和他不合。

5 あの人は本当に頭が切れます。
a.no.hi.to.wa.ho.n.to.o.ni.a.ta.ma.ga.ki.re.ma.su

那個人腦筋很靈活。

會話

 彼女はきれいな人ですね。
ka.no.jo.wa.ki.re.i.na.hi.to.de.su.ne

她真是一位美女啊！

ええ、性格もいいんですよ。
e.e、se.i.ka.ku.mo.i.i.n.de.su.yo

是啊，個性也很好喔！

單字充電站

外表

かわいい	きれい	かっこいい
ka.wa.i.i	ki.re.i	ka.k.ko.i.i
可愛	漂亮	帥

童顔
do.o.ga.n
娃娃臉

美しい
u.tsu.ku.shi.i
美麗

素敵
su.te.ki
非常漂亮

身高體型

背が高い
se.ga.ta.ka.i
高個子

背が低い
se.ga.hi.ku.i
矮個子

やせている
ya.se.te.i.ru
瘦

太っている
fu.to.t.te.i.ru
胖

お腹が出ている
o.na.ka.ga.de.te.i.ru
有小腹

お腹が出て
きました。

年紀

若い
wa.ka.i
年輕的

年寄り
to.shi.yo.ri
老年人

年上
to.shi.u.e
年長的

若く見える
wa.ka.ku.mi.e.ru
看起來年輕

年のわりにはふけて見える
to.shi.no.wa.ri.ni.wa.fu.ke.te.mi.e.ru
看起來比實際年齡老

いらっしゃい。

こんにちわ！

わ！すごく若くて
きれいなお母さんだ！
うらやましー…

優しい ya.sa.shi.i 溫柔、隨和	⟷	厳しい ki.bi.shi.i 嚴厲	
気前がいい ki.ma.e.ga.i.i 大方	⟷	けち ke.chi 小氣	

扱いやすい a.tsu.ka.i.ya.su.i 好相處的	⟷	扱いにくい a.tsu.ka.i.ni.ku.i 不好相處的
おとなっぽい o.to.na.p.po.i 成熟	⟷	子供っぽい ko.do.mo.p.po.i 幼稚

柔軟 ju.u.na.n 態度柔軟	⟷	強硬 kyo.o.ko.o 態度強硬
素直 su.na.o 坦率	⟷	偏屈 he.n.ku.tsu 扭捏

やわらかい ya.wa.ra.ka.i 身段柔軟的	⟷	かたい ka.ta.i 死腦筋
公明正大 ko.o.me.i.se.i.da.i 光明正大的	⟷	卑怯 hi.kyo.o 卑鄙

妥協的 da.kyo.o.te.ki 妥協	⟷	頑固 ga.n.ko 頑固
強 tsu.yo.i 堅強	⟷	弱い yo.wa.i 軟弱

明るい a.ka.ru.i 開朗的	⟷	暗い ku.ra.i 陰沉的
でしゃばり de.sha.ba.ri 愛出風頭	⟷	目立たない me.da.ta.na.i 低調

おもしろい o.mo.shi.ro.i 有趣的	⟷	つまらない tsu.ma.ra.na.i 無趣的
口上手 ku.chi.jo.o.zu 能言善道	⟷	口下手 ku.chi.be.ta 言語笨拙

まじめ ma.ji.me 認真	⟷ いい加減 （か げん） i.i.ka.ge.n 隨便	おしゃべり o.sha.be.ri 多話	⟷ 無口 （む くち） mu.ku.chi 沉默寡言
暢気 （のん き） no.n.ki 悠哉	⟷ せっかち se.k.ka.chi 不耐煩	のんびり no.n.bi.ri 無憂無慮	⟷ くよくよ ku.yo.ku.yo 神經兮兮

反応がはやい （はん のう） ha.n.no.o.ga.ha.ya.i 反應快	⟷ ドンくさい do.n.ku.sa.i 遲鈍

くやしい～

お花
ありがとう。

一緒に
おにぎりを
食べよ！

は～い

日本便利通

天むすを食べなきゃ！
せっかく
名古屋に
来たんだから！

日本的行政區
一都一道二府43縣

1
ほっかいどう
北海道
ho.k.ka.i.do.o

2
あおもりけん
青森県
a.o.mo.ri.ke.n

3
あきたけん
秋田県
a.ki.ta.ke.n

4
いわてけん
岩手県
i.wa.te.ke.n

おきなわ
沖縄
o.ki.na.wa

ちゅうぶ
中部
chu.u.bu

ほっかいどう
北海道
ho.k.ka.i.do.o

とうほく
東北
to.o.ho.ku

ちゅうごく
中国
chu.u.go.ku

N

きゅうしゅう
九州
kyu.u.shu.u

かんとう
関東
ka.n.to.o

わたしは
東京都に
住んでるよ。

しこく
四国
shi.ko.ku

きんき
近畿
ki.n.ki

5
やまがたけん
山形県
ya.ma.ga.ta.ke.n

6
みやぎけん
宮城県
mi.ya.gi.ke.n

7
ふくしまけん
福島県
fu.ku.shi.ma.ke.n

8
にいがたけん
新潟県
ni.i.ga.ta.ke.n

9	10	11	12
とやまけん **富山県** to.ya.ma.ke.n	いしかわけん **石川県** i.shi.ka.wa.ke.n	ふくいけん **福井県** fu.ku.i.ke.n	ぎふけん **岐阜県** gi.fu.ke.n

13	14	15
なかのけん **長野県** na.ga.no.ke.n	やまなしけん **山梨県** ya.ma.na.shi.ke.n	あいちけん **愛知県** a.i.chi.ke.n

16	17	18
しずおかけん **静岡県** shi.zu.o.ka.ke.n	ちばけん **千葉県** chi.ba.ke.n	かながわけん **神奈川県** ka.na.ga.wa.ke.n

19	20	21
とうきょうと **東京都** to.o.kyo.o.to	さいたまけん **埼玉県** sa.i.ta.ma.ke.n	とちぎけん **栃木県** to.chi.gi.ke.n

22	23	24
ぐんまけん **群馬県** gu.n.ma.ke.n	いばらきけん **茨城県** i.ba.ra.ki.ke.n	おおさかふ **大阪府** o.o.sa.ka.fu

25	26	27	28
きょうとふ **京都府** kyo.o.to.fu	ならけん **奈良県** na.ra.ke.n	ひょうごけん **兵庫県** hyo.o.go.ke.n	しがけん **滋賀県** shi.ga.ke.n

29
みえけん
三重県
mi.e.ke.n

30
わかやまけん
和歌山県
wa.ka.ya.ma.ke.n

31
ひろしまけん
広島県
hi.ro.shi.ma.ke.n

32
おかやまけん
岡山県
o.ka.ya.ma.ke.n

33
しまねけん
島根県
shi.ma.ne.ke.n

34
とっとりけん
鳥取県
to.t.to.ri.ke.n

35
やまぐちけん
山口県
ya.ma.gu.chi.ke.n

36
とくしまけん
徳島県
to.ku.shi.ma.ke.n

37
えひめけん
愛媛県
e.hi.me.ke.n

38
かがわけん
香川県
ka.ga.wa.ke.n

39
こうちけん
高知県
ko.o.chi.ke.n

40
ふくおかけん
福岡県
fu.ku.o.ka.ke.n

41
さがけん
佐賀県
sa.ga.ke.n

42
おおいたけん
大分県
o.o.i.ta.ke.n

43
ながさきけん
長崎県
na.ga.sa.ki.ke.n

44
くまもとけん
熊本県
ku.ma.mo.to.ke.n

45
みやざきけん
宮崎県
mi.ya.za.ki.ke.n

46
かごしまけん
鹿児島県
ka.go.shi.ma.ke.n

47
おきなわけん
沖縄県
o.ki.na.wa.ke.n

おみやげ
ありがとう！

長崎県の
カステラを
買ってきたよ。

日本地鐵圖

JAPANESE SUBWAY MAP

東京地下鉄路線図

━━━ 銀座線　　━━━ 日比谷線　　━━━ 有楽町線　　━━━ 千代田線
━━━ 丸ノ内線　　━━━ 東西線　　━━━ 半蔵門線　　━━━ 都営浅草線

西高島平　新高島平　高島平　西台　蓮根　志村三丁目　志村坂上　本蓮沼　本町　板橋本町　板橋区役所前　板橋区役所前　新板橋

和光市
地下鉄成増　地下鉄赤塚　平和台　氷川台　小竹向原　千川　要町　池袋　大塚　新大塚

光が丘　練馬春日町　豊島園　新桜台　目白　東池袋　護国寺　茗荷谷

練馬　江戸川橋

新江古田
落合南長崎　高田馬場　早稲田　神楽坂　飯田橋

西武新宿線
中井　落合　新大久保　東新宿

荻窪　中野　東中野　大久保　西武新宿　若松河田　牛込柳町　牛込神楽坂

南阿佐ケ谷　新高円寺　東高円寺　新中野　中野坂上　新宿西口　新宿　新宿三丁目　新宿御苑前　四谷三丁目　麹町　半蔵門

方南町　中野富士見町　中野新橋　西新宿五丁目　都庁前　代々木　千駄ケ谷　信濃国立競技場　四ツ谷　永田町　赤坂見附

笹塚　京王線　代々木上原　原宿　明治神宮前　国立競技場

京王井の頭線　代々木公園　東急田園都市線　渋谷　表参道　外苑前　赤坂　国会議事堂

東急東横線　恵比寿　広尾　乃木坂　六本木一丁目　溜池山王

中目黒　目黒　白金台　白金高輪　六本木　麻布十番　神谷町　赤羽橋　虎ノ門　御成門

東急池上線

西馬込　馬込　中延　戸越　五反田　大崎　高輪台　泉岳寺　三田　芝

東急蒲田　大井町　品川　田町

羽田空港第2ビル　羽田空港第1ビル　天空橋　東京モノレール　品川シーサイド　天王洲アイル

新整備場　羽田空港国際線ビル　整備場　昭和島　流通センター　大井競馬場前

横浜地下鉄路線図

小田急江ノ島線　相鉄いずみ野線　横須賀線　東浜急行

湘南台　戸塚　上大岡　阪東橋

下飯田　立場　中田　踊場　舞岡　下永谷　上永谷　港南中央　弘明寺　蒔田　吉野町　伊勢佐長者町

元町・中華街　みなとみら

244 ❀ 日本地鐵圖

東京地下鉄路線　🔊 o91

銀座線
ぎんざせん
gi.n.za.se.n

しぶや 渋谷 shi.bu.ya	おもてさんどう 表参道 o.mo.te.sa.n.do.o	がいえんまえ 外苑前 ga.i.e.n.ma.e	あおやまいっちょうめ 青山一丁目 a.o.ya.ma.i.c.cho.o.me
あかさかみつけ 赤坂見附 a.ka.sa.ka.mi.tsu.ke	**ためいけさんのう** 溜池山王 ta.me.i.ke.sa.n.no.o	**とらのもん** 虎ノ門 to.ra.no.mo.n	**しんばし** 新橋 shi.n.ba.shi
ぎんざ 銀座 gi.n.za	きょうばし 京橋 kyo.o.ba.shi	にほんばし 日本橋 ni.ho.n.ba.shi	みつこしまえ 三越前 mi.tsu.ko.shi.ma.e
かんだ 神田 ka.n.da	すえひろちょう 末広町 su.e.hi.ro.cho.o	うえのひろこうじ 上野広小路 u.e.no.hi.ro.ko.o.ji	うえの 上野 u.e.no
いなりちょう 稲荷町 i.na.ri.cho.o	たわらまち 田原町 ta.wa.ra.ma.chi	あさくさ 浅草 a.sa.ku.sa	しぶや 渋谷 shibuya ←→ あさくさ 浅草 asakusa

248 東京地下鐵路線

なかめぐろ
中目黒
na.ka.me.gu.ro

えびす
恵比寿
e.bi.su

ひろお
広尾
hi.ro.o

ろっぽんぎ
六本木
ro.p.po.n.gi

かみやちょう
神谷町
ka.mi.ya.cho.o

かすみがせき
霞ヶ関
ka.su.mi.ga.se.ki

ひびや
日比谷
hi.bi.ya

ぎんざ
銀座
gi.n.za

ひがしぎんざ
東銀座
hi.ga.shi.gi.n.za

つきじ
築地
tsu.ki.ji

はっちょうぼり
八丁堀
ha.c.cho.o.bo.ri

かやばちょう
茅場町
ka.ya.ba.cho.o

にんぎょうちょう
人形町
ni.n.gyo.o.cho.o

こでんまちょう
小伝馬町
ku.de.n.ma.cho.o

あきはばら
秋葉原
a.ki.ha.ba.ra

なかおかちまち
仲御徒町
na.ka.o.ka.chi.ma.chi

うえの
上野
u.e.no

いりや
入谷
i.ri.ya

みのわ
三ノ輪
mi.no.wa

みなみせんじゅ
南千住
mi.na.mi.se.n.ju

きたせんじゅ
北千住
ki.ta.se.n.ju

なかめぐろ　　　　きたせんじゅ
中目黒 ↔ 北千住
nakame.guro　　kitasen.ju

この地下鉄は
恵比寿に停まり
ますかね？

ちゃんと
停まりますよ！

わこうし
和光市 ⟷ 新木場
wa.ko.o.shi   shin.ki.ba

わこうし	ちかてつなります	ちかてつあかつか	へいわだい
和光市	地下鉄成増	地下鉄赤塚	平和台
wa.ko.o.shi	chi.ka.te.tsu.na.ri.ma.su	chi.ka.te.tsu.a.ka.tsu.ka	he.i.wa.da.i

ひかわだい	こたけむかいはら	せんかわ	かなめちょう
氷川台	小竹向原	千川	要町
hi.ka.wa.da.i	ko.ta.ke.mu.ka.i.ha.ra	se.n.ka.wa	ka.na.me.cho.o

いけぶくろ	ひがしいけぶくろ	ごこくじ	えどがわばし
池袋	東池袋	護国寺	江戸川橋
i.ke.bu.ku.ro	hi.ga.shi.i.ke.bu.ku.ro	go.ko.ku.ji	e.do.ga.wa.ba.shi

いいだばし	いちがや	こうじまち	ながたちょう
飯田橋	市ケ谷	麹町	永田町
i.i.da.ba.shi	i.chi.ga.ya	ko.o.ji.ma.chi	na.ga.ta.cho.o

さくらだもん	ゆうらくちょう	ぎんざいっちょうめ	しんとみちょう
桜田門	有楽町	銀座一丁目	新富町
sa.ku.ra.da.mo.n	yu.u.ra.ku.cho.o	gi.n.za.i.c.cho.o.me	shi.n.to.mi.cho.o

つきしま	とよす	たつみ	しんきば
月島	豊洲	辰巳	新木場
tsu.ki.shi.ma	to.yo.su	ta.tsu.mi	shi.n.ki.ba

よよぎうえはら	よよぎこうえん	めいじじんぐうまえ	おもてさんどう
代々木上原	代々木公園	明治神宮前	表参道
yo.yo.gi.u.e.ha.ra	yo.yo.gi.ko.o.e.n	me.i.ji.ji.n.gu.u.ma.e	o.mo.te.sa.n.do.o

のぎざか	あかさか	こっかいぎじどうまえ
乃木坂	赤坂	国会議事堂前
no.gi.za.ka	a.ka.sa.ka	ko.k.ka.i.gi.ji.do.o.ma.e

かすみがせき	ひびや	にじゅうばしまえ	おおてまち
霞ケ関	日比谷	二重橋前	大手町
ka.su.mi.ga.se.ki	hi.bi.ya	ni.ju.u.ba.shi.ma.e	o.o.te.ma.chi

しんおちゃのみず	ゆしま	ねづ
新御茶ノ水	湯島	根津
shi.n.o.cha.no.mi.zu	yu.shi.ma	ne.zu

せんだぎ	にしにっぽり	まちや	きたせんじゅ
千駄木	西日暮里	町屋	北千住
se.n.da.gi	ni.shi.ni.p.po.ri	ma.chi.ya	ki.ta.se.n.ju

あやせ	きたあやせ
綾瀬	北綾瀬
a.ya.se	ki.ta.a.ya.se

よよぎうえはら		きたあやせ
代々木上原	⟷	北綾瀬
yo.yo.gi.u.e.ha.ra		ki.ta.a.ya.se

めぐろ
目黒
me.gu.ro

しろかねだい
白金台
shi.ro.ka.ne.da.i

しろかねたかなわ
白金高輪
shi.ro.ka.ne.ta.ka.na.wa

あざぶじゅうばん
麻布十番
a.za.bu.ju.u.ba.n

ろっぽんぎいっちょうめ
六本木一丁目
ro.p.po.n.gi.i.c.cho.o.me

ためいけさんのう
溜池山王
ta.me.i.ke.sa.n.no.o

ながたちょう
永田町
na.ga.ta.cho.o

よつや
四ツ谷
yo.tsu.ya

いちがや
市ケ谷
i.chi.ga.ya

いいだばし
飯田橋
i.i.da.ba.si

こうらくえん
後楽園
ko.o.ra.ku.e.n

とうだいまえ
東大前
to.o.da.i.ma.e

ほんこまごめ
本駒込
ho.n.ko.ma.go.me

こまごめ
駒込
ko.ma.go.me

にしがはら
西ケ原
ni.shi.ga.ha.ra

おうじ
王子
o.o.ji

おうじかみや
王子神谷
o.o.ji.ka.mi.ya

しも
志茂
shi.mo

あかばねいわぶち
赤羽岩淵
a.ka.ba.ne.i.wa.bu.chi

めぐろ
目黒
me.gu.ro
↔
あかばねいわぶち
赤羽岩淵
akabaneiwabuchi

やっと目黒に着いた…

なかの
中野
na.ka.no

おちあい
落合
o.chi.a.i

たかだのばば
高田馬場
ta.ka.da.no.ba.ba

わせだ
早稲田
wa.se.da

かぐらざか
神楽坂
ka.gu.ra.za.ka

いいだばし
飯田橋
i.i.da.ba.shi

くだんした
九段下
ku.da.n.shi.ta

たけばし
竹橋
ta.ke.ba.shi

おおてまち
大手町
o.o.te.ma.chi

にほんばし
日本橋
ni.ho.n.ba.shi

かやばちょう
茅場町
ka.ya.ba.cho.o

もんぜんなかちょう
門前仲町
mo.n.ze.n.na.ka.cho.o

きば
木場
ki ha

とうようちょう
東陽町
to.o.yo.o.cho.o

みなみすなまち
南砂町
mi.na.mi.su.na.ma.chi

にしかさい
西葛西
ni.shi.ka.sa.i

かさい
葛西
ka.sa.i

うらやす
浦安
u.ra.ya.su

みなみぎょうとく
南行徳
mi.na.mi.gyo.o.to.ku

ぎょうとく
行徳
gyo.o.to.ku

みょうでん
妙典
myo.o.de.n

ばらきなかやま
原木中山
ba.ra.ki.na.ka.ya.ma

にしふなばし
西船橋
ni.shi.fu.na.ba.shi

なかの
中野
nakano
←→
にしふなばし
西船橋
nishifunabashi

丸ノ内線
まるのうちせん
ma.ru.no.u.chi.se.n

今日銀座に行って
買い物しようかな〜

いけぶくろ 池袋 ike.bukuro ⟷ おぎくぼ 荻窪 o.gikubo

いけぶくろ **池袋** i.ke.bu.ku.ro	しんおおつか **新大塚** shi.n.o.o.tsu.ka	みょうがだに **茗荷谷** myo.o.ga.da.ni	こうらくえん **後楽園** ko.o.ra.ku.e.n
ほんごうさんちょうめ **本郷三丁目** ho.n.go.o.sa.n.cho.o.me	おちゃのみず **御茶ノ水** o.cha.no.mi.zu	あわじちょう **淡路町** a.wa.ji.cho.o	おおてまち **大手町** o.o.te.ma.chi
とうきょう **東京** to.o.kyo.o	ぎんざ **銀座** gi.n.za	かすみがせき **霞ケ関** ka.su.mi.ga.se.ki	こっかいぎじどうまえ **国会議事堂前** ko.k.ka.i.gi.ji.do.o.ma.e
あかさかみつけ **赤坂見附** a.ka.sa.ka.mi.tsu.ke	よつや **四谷** yo.tsu.ya	よつやさんちょうめ **四谷三丁目** yo.tsu.ya.sa.n.cho.o.me	しんじゅくぎょえんまえ **新宿御苑前** shi.n.ju.ku.gyo.e.n.ma.e
しんじゅくさんちょうめ **新宿三丁目** shi.n.ju.ku.sa.n.cho.o.me	しんじゅく **新宿** shi.n.ju.ku	にししんじゅく **西新宿** ni.shi.shi.n.ju.ku	なかのさかうえ **中野坂上** na.ka.no.sa.ka.u.e
なかのしんばし **中野新橋** na.ka.no.shi.n.ba.shi	なかのふじみちょう **中野富士見町** na.ka.no.fu.ji.mi.cho.o	ほうなんちょう **方南町** ho.o.na.n.cho.o	しんなかの **新中野** shi.n.na.ka.no

ひがしこうえんじ	しんこうえんじ	みなみあさがや	おぎくぼ
東高円寺	新高円寺	南阿佐ケ谷	荻窪
hi.ga.shi.ko.o.e.n.ji	shi.n.ko.o.e.n.ji	mi.na.mi.a.sa.ga.ya	o.gi.ku.bo

はんぞうもんせん
半蔵門線
ha.n.zo.o.mo.n.se.n

しぶや　　　　おし あげ　　　　　　　　　まえ
渋谷 ⟷ 押上〈スカイツリー前〉
shibuya　　　o.shi.a.ge〈su.ka.i.tsu.ri.i.ma.e〉

🔊 093

しぶや	おもてさんどう	あおやまいっちょうめ	ながたちょう
渋谷	表参道	青山一丁目	永田町
shi.bu.ya	o.mo.te.sa.n.do.o	a.o.ya.ma.i.c.cho.o.me	na.ga.ta.cho.o

はんぞうもん	くだんした	じんぼうちょう	おおてまち
半蔵門	九段下	神保町	大手町
ha.n.zo.o.mo.n	ku.da.n.shi.ta	ji.n.bo.o.cho.o	o.o.te.ma.chi

みつこしまえ	すいてんぐうまえ	きよすみしらかわ	すみよし
三越前	水天宮前	清澄白河	住吉
mi.tsu.ko.shi.ma.e	su.i.te.n.gu.u.ma.e	ki.yo.su.mi.shi.ra.ka.wa	su.mi.yo.shi

きんしちょう	おし あげ　　　　　　　　　　まえ
錦糸町	押上〈スカイツリー前〉
ki.n.shi.cho.o	o.shi.a.ge〈su.ka.i.tsu.ri.i.ma.e〉

一緒に渋谷に
出かけない？

おしあげ　　　　　　　まえ
押上＜スカイツリー前＞ ↔ 西馬込
o.shi.a.ge ＜ su.ka.i.tsu.ri.i.ma.e ＞　にし まごめ
ni.shi.ma.go.me

おしあげ　　　　　　　　　まえ
押上＜スカイツリー前＞
o.shi.a.ge ＜ su.ka.i.tsu.ri.i.ma.e ＞

ほんじょあづまばし
本所吾妻橋
ho.n.jo.a.zu.ma.ba.shi

あさくさ
浅草
a.sa.ku.sa

くらまえ
蔵前
ku.ra.ma.e

あさくさばし
浅草橋
a.sa.ku.sa.ba.shi

ひがしにほんばし
東日本橋
hi.ga.shi.ni.ho.n.ba.shi

にんぎょうちょう
人形町
ni.n.gyo.o.cho.o

にほんばし
日本橋
ni.ho.n.ba.shi

たからちょう
宝町
ta.ka.ra.cho.o

ひがしぎんざ
東銀座
hi.ga.shi.gi.n.za

しんばし
新橋
shi.n.ba.shi

だいもん
大門
da.i.mo.n

みた
三田
mi.ta

せんがくじ
泉岳寺
se.n.ga.ku.ji

たかなわだい
高輪台
ta.ka.na.wa.da.i

ごたんだ
五反田
go.ta.n.da

とごし
戸越
to.go.shi

なかのぶ
中延
na.ka.no.bu

まごめ
馬込
ma.go.me

にしまごめ
西馬込
ni.shi.ma.go.me

毎日
都営大江戸線で
会社に行きます！

光が丘 ⟷ 都庁前
hikari.oka   to.cho.o.ma.e

ひかり　おか
光が丘
hi.ka.ri.ga.o.ka

ねりまかすがちょう
練馬春日町
ne.ri.ma.ka.su.ga.cho.o

としまえん
豊島園
to.shi.ma.e.n

ねりま
練馬
ne.ri.ma

しんえごた
新江古田
shi.n.e.go.ta

おちあいみなみながさき
落合南長崎
o.chi.a.i.mi.na.mi.na.ga.sa.ki

なかい
中井
na.ka.i

ひがしなかの
東中野
hi.ga.shi.na.ka.no

なかのさかうえ
中野坂上
na.ka.no.sa.ka.u.e

にししんじゅくごちょうめ
西新宿五丁目
ni.shi.shi.n.ju.ku.go.cho.o.me

とちょうまえ
都庁前
to.cho.o.ma.e

しんじゅく
新宿
shi.n.ju.ku

よよぎ
代々木
yo.yo.gi

こくりつきょうぎじょう
国立競技場
ko.ku.ri.tsu.kyo.o.gi.jo.o

あおやまいっちょうめ
青山一丁目
a.o.ya.ma.i.c.cho.o.me

ろっぽんぎ
六本木
ro.p.po.n.gi

あざぶじゅうばん
麻布十番
a.za.bu.ju.u.ba.n

あかばねばし
赤羽橋
a.ka.ba.ne.ba.shi

だいもん
大門
da.i.mo.n

しおどめ
汐留
shi.o.do.me

つきじしじょう
筑地市場
tsu.ki.ji.shi.jo.o

かち
勝どき
ka.chi.do.ki

つきしま
月島
tsu.ki.shi.ma

もんぜんなかちょう
門前仲町
mo.n.ze.n.na.ka.cho.o

きよすみしらかわ
清澄白河
ki.yo.su.mi.shi.ra.ka.wa

もりした
森下
mo.ri.shi.ta

りょうごく
両国
ryo.o.go.ku

くらまえ
蔵前
ku.ra.ma.e

しんおかちまち
新御徒町
shi.n.o.ka.chi.ma.chi

うえのおかちまち
上野御徒町
u.e.no.o.ka.chi.ma.chi

ほんごうさんちょうめ
本郷三丁目
ho.n.go.o.sa.n.cho.o.me

かすが
春日
ka.su.ga

いいだばし
飯田橋
i.i.da.ba.shi

うしごめかぐらざか
牛込神楽坂
u.shi.go.me.ka.gu.ra.za.ka

うしごめやなぎちょう
牛込柳町
u.shi.go.me.ya.na.gi.cho.o

わかまつかわだ
若松河田
wa.ka.ma.tsu.ka.wa.da

ひがししんじゅく
東新宿
hi.ga.shi.shi.n.ju.ku

しんじゅくにしぐち
新宿西口
shi.n.ju.ku.ni.shi.gu.chi

とちょうまえ
都庁前
to.cho.o.ma.e

とえいみたせん
都営三田線
to.e.i.mi.ta.se.n

にしたかしまだいら
西高島平
nishitakashimadaira
←→
めぐろ
目黒
me.gu.ro

🔊 094

にしたかしまだいら
西高島平
ni.shi.ta.ka.shi.ma.da.i.ra

しんたかしまだいら
新高島平
shi.n.ta.ka.shi.ma.da.i.ra

たかしまだいら
高島平
ta.ka.shi.ma.da.i.ra

にしだい
西台
ni.shi.da.i

はすね	しむらさんちょうめ	しむらさかうえ	もとはすぬま
蓮根	志村３丁目	志村坂上	本蓮沼
ha.su.ne	shi.mu.ra.sa.n.cho.o.me	shi.mu.ra.sa.ka.u.e	mo.to.ha.su.nu.ma

いたばしほんちょう	いたばしくやくしょまえ	しんいたばし
板橋本町	板橋区役所前	新板橋
i.ta.ba.shi.ho.n.cho.o	i.ta.ba.shi.ku.ya.ku.sho.ma.e	shi.n.i.ta.ba.shi

にしすがも	すがも	せんごく	はくさん
西巣鴨	巣鴨	千石	白山
ni.shi.su.ga.mo	su.ga.mo	se.n.go.ku	ha.ku.sa.n

かすが	すいどうばし	じんぼうちょう	おおてまち
春日	水道橋	神保町	大手町
ka.su.ga	su.i.do.o.ba.shi	ji.n.bo.o.cho.o	o.o.te.ma.chi

ひびや	うちさいわいちょう	おなりもん	しばこうえん
日比谷	内幸町	御成門	芝公園
hi.bi.ya	u.chi.sa.i.wa.i.cho.o	o.na.ri.mo.n	shi.ba.ko.o.e.n

みた	しろかねたかなわ	しろかねだい	めぐろ
三田	白金高輪	白金台	目黒
mi.ta	shi.ro.ka.ne.ta.ka.na.wa	shi.ro.ka.ne.da.i	me.gu.ro

都営新宿線
とえいしんじゅくせん
to.e.i.shi.n.ju.ku.se.n

もとやわた
本八幡
mo.to.ya.wa.ta

しのざき
篠崎
shi.no.za.ki

みずえ
瑞江
mi.zu.e

いちのえ
一之江
i.chi.no.e

ふなぼり
船堀
fu.na.bo.ri

ひがしおおじま
東大島
hi.ga.shi.o.o.ji.ma

おおじま
大島
o.o.ji.ma

にしおおじま
西大島
ni.shi.o.o.ji.ma

すみよし
住吉
su.mi.yo.shi

きくかわ
菊川
ki.ku.ka.wa

もりした
森下
mo.ri.shi.ta

はまちょう
浜町
ha.ma.cho.o

ばくろよこやま
馬喰横山
ba.ku.ro.yo.ko.ya.ma

いわもとちょう
岩本町
i.wa.mo.to.cho.o

おがわまち
小川町
o.ga.wa.ma.chi

じんぼうちょう
神保町
ji.n.bo.o.cho.o

くだんした
九段下
ku.da.n.shi.ta

いちがや
市ヶ谷
i.chi.ga.ya

あけぼのばし
曙橋
a.ke.bo.no.ba.shi

しんじゅくさんちょうめ
新宿三丁目
shi.n.ju.ku.sa.n.cho.o.me

しんじゅく
新宿
shi.n.ju.ku

もとやわた
本八幡
mo.to.ya.wa.ta
←→
しんじゅく
新宿
shin.ju.ku

本八幡から新宿
までどのぐらい
かかるのかな？

40分ぐらい
かな～

横浜地下鉄路線

私は関内に
住んでるよ！

ブルーライン
bu.ru.u.ra.i.n

あざみ野 ↔ 湘南台
a.za.mi.no　　sho.o.nan.dai

あざみ野	中川	センター北	センター南
a.za.mi.no	na.ka.ga.wa	se.n.ta.a.ki.ta	se.n.ta.a.mi.na.mi

仲町台	新羽	北新横浜	新横浜
na.ka.ma.chi.da.i	ni.p.pa	ki.ta.shi.n.yo.ko.ha.ma	shi.n.yo.ko.ha.ma

岸根公園	片倉町	三ツ沢上町
ki.shi.ne.ko.o.e.n	ka.ta.ku.ra.cho.o	mi.tsu.za.wa.ka.mi.cho.o

三ツ沢下町	横浜	高島町
mi.tsu.za.wa.shi.mo.cho.o	yo.ko.ha.ma	ta.ka.shi.ma.cho.o

桜木町	関内	伊勢佐木長者町
sa.ku.ra.gi.cho.o	ka.n.na.i	i.se.za.ki.cho.o.ja.ma.chi

ばんどうばし
阪東橋
ba.n.do.o.ba.shi

よしのちょう
吉野町
yo.shi.no.cho.o

まいた
蒔田
ma.i.ta

ぐみょうじ
弘明寺
gu.myo.o.ji

かみおおおか
上大岡
ka.mi.o.o.o.ka

こうなんちゅうおう
港南中央
ko.o.na.n.chu.u.o.o

かみながや
上永谷
ka.mi.na.ga.ya

しもながや
下永谷
shi.mo.na.ga.ya

まいおか
舞岡
ma.i.i.o.ka

とつか
戸塚
to.tsu.ka

おどりば
踊場
o.do.ri.ba

なかだ
中田
na.ka.da

たてば
立場
ta.te.ba

しもいいだ
下飯田
shi.mo.i.i.da

しょうなんだい
湘南台
sho.o.na.n.da.i

そうですね！

とてもいい
天気ですね。

みなとみらい線せん
mi.na.to.mi.ra.i.se.n

横浜よこはま ←→ 元町もとまち・中華街ちゅうかがい
yo.ko.ha.ma   mo.to.ma.chi.chu.u.ka.ga.i

横浜よこはま
yo.ko.ha.ma

新高島しんたかしま
shi.n.ta.ka.shi.ma

みなとみらい
mi.na.to.mi.ra.i

馬車道ばしゃみち
ba.sha.mi.chi

日本大通りにほんおおどお
ni.ho.n.o.o.do.o.ri

元町もとまち・中華街ちゅうかがい
mo.to.ma.chi.chu.u.ka.ga.i

馬車道←日本大通り→元町・中華街
ni.ho.n.o.o.do.o.ri

なに食べに行く？

なんでもいいよ。

中華街の飲茶食べに行こうか？

いいね！

南港ポートタウン線（ニュートラム）
なんこう せん
na.n.ko.o.po.o.to.ta.u.n.se.n(nyu.u.to.ra.mu)

コスモスクエア	トレードセンター前	中ふ頭
ko.su.mo.su.ku.e.a	to.re.e.do.se.n.ta.a.ma.e	na.ka.fu.to.o

まえ　なか　とう

ポートタウン西	ポートタウン東
po.o.to.ta.u.n.ni.shi	po.o.to.ta.u.n.hi.ga.shi

にし　ひがし

たこ焼き
おいしいそう～

フェリーターミナル	南港東	南港口
fe.ri.i.ta.a.mi.na.ru	na.n.ko.o.hi.ga.shi	na.n.ko.o.gu.chi

なんこうひがし　なんこうぐち

平林	住之江公園
hi.ra.ba.ya.shi	su.mi.no.e.ko.o.e.n

ひらばやし　すみのえこうえん

コスモスクエア ↔ 住之江公園
ko.su.mo.su.ku.e.a　sumino.e.ko.o.e.n

すみのえこうえん

いらっしゃい

いらっしゃい！

おいしい！
おいしい！

大阪名物
たこ焼

のだはんしん
野田阪神 ↔ 南巽 みなみたつみ
no.da.han.shin   minamitatsumi

のだはんしん
野田阪神
no.da.ha.n.shi.n

たまがわ
玉川
ta.ma.ga.wa

あわざ
阿波座
a.wa.za

にしながほり
西長堀
ni.shi.na.ga.ho.ri

さくらがわ
桜川
sa.ku.ra.ga.wa

なんば
na.n.ba

にっぽんばし
日本橋
ni.p.po.n.ba.shi

たにまちきゅうちょうめ
谷町九丁目
ta.ni.ma.chi.kyu.u.cho.o.me

つるはし
鶴橋
tsu.ru.ha.shi

いまざと
今里
i.ma.za.to

しんふかえ
新深江
shi.n.fu.ka.e

しょうじ
小路
sho.o.ji

きたたつみ
北巽
ki.ta.ta.tsu.mi

みなみたつみ
南巽
mi.na.mi.ta.tsu.mi

ながた
長田 ↔ コスモスクエア
na.ga.ta   ko.su.mo.su.ku.e.a

ながた
長田
na.ga.ta

たかいだ
高井田
ta.ka.i.da

ふかえばし
深江橋
fu.ka.e.ba.shi

みどりばし
緑橋
mi.do.ri.ba.shi

もりのみや
森ノ宮
mo.ri.no.mi.ya

たにまちよんちょうめ
谷町四丁目
ta.ni.ma.chi.yo.n.cho.o.me

さかいすじほんまち
堺筋本町
sa.ka.i.su.ji.ho.n.ma.chi

ほんまち
本町
ho.n.ma.chi

あわざ
阿波座
a.wa.za

くじょう
九条
ku.jo.o

べんてんちょう
弁天町
be.n.te.n.cho.o

あさしおばし
朝潮橋
a.sa.shi.o.ba.shi

おおさかこう
大阪港
o.o.sa.ka.ko.o

コスモスクエア
ko.su.mo.su.ku.e.a

本町←阿波座→弁天町
a.wa.za

うん！わかった！

もうすぐ電車来るから

ホームで遊んじゃいかんよ！

は〜い

てんじんばしすじろくちょうめ	おうぎまち	みなみもりまち
天神橋筋六丁目	扇町	南森町
te.n.ji.n.ba.shi.su.ji.ro.ku.cho.o.me	o.u.gi.ma.chi	mi.na.mi.mo.ri.ma.chi

きたはま	さかいすじほんまち	ながほりばし	にっぽんばし
北浜	堺筋本町	長堀橋	日本橋
ki.ta.ha.ma	sa.ka.i.su.ji.ho.n.ma.chi	na.ga.ho.ri.ba.shi	ni.p.po.n.ba.shi

えびすちょう	どうぶつえんまえ	てんがちゃや
恵美須町	動物園前	天下茶屋
e.bi.su.cho.o	do.o.bu.tsu.e.n.ma.e	te.n.ga.cha.ya

やっと
天下茶屋に
着いた…

てんじんばしすじろくちょうめ　　　　　てんがちゃや
天神橋筋六丁目 ←→ 天下茶屋
te.n.ji.n.ba.shi.su.ji.ro.ku.cho.o.me　　te.n.ga.cha.ya

だいにち　　　やおみなみ
大日 ←→ 八尾南
da.i.ni.chi　　ya.o.mi.na.mi

だいにち	もりぐち	たいしばしいまいち	せんばやしおおみや
大日	守口	太子橋今市	千林大宮
da.i.ni.chi	mo.ri.gu.chi	ta.i.shi.ba.shi.i.ma.i.chi	se.n.ba.ya.shi.o.o.mi.ya

せきめたかどの
関目高殿
se.ki.me.ta.ka.do.no

のえうちんだい
野江内代
no.e.u.chi.n.da.i

みやこじま
都島
mi.ya.ko.ji.ma

てんじんばしすじろくちょうめ
天神橋筋六丁目
te.n.ji.n.ba.shi.su.ji.ro.ku.cho.o.me

なかざきちょう
中崎町
na.ka.za.ki.cho.o

ひがしうめだ
東梅田
hi.ga.shi.u.me.da

みなみもりまち
南森町
mi.na.mi.mo.ri.ma.chi

てんまばし
天満橋
te.n.ma.ba.shi

たにまちよんちょうめ
谷町四丁目
ta.ni.ma.chi.yo.n.cho.o.me

たにまちろくちょうめ
谷町六丁目
ta.ni.ma.chi.ro.ku.cho.o.me

たにまちきゅうちょうめ
谷町九丁目
ta.ni.ma.chi.kyu.u.cho.o.me

してんのうじまえゆうひがおか
四天王寺前夕陽ヶ丘
shi.te.n.no.o.ji.ma.e.yu.u.hi.ga.o.ka

てんのうじ
天王寺
te.n.no.o.ji

あべの
阿倍野
a.be.no

ふみ さと
文の里
fu.mi.no.sa.to

たなべ
田辺
ta.na.be

こまがわなかの
駒川中野
ko.ma.ga.wa.na.ka.no

ひらの
平野
hi.ra.no

きれうりわり
喜連瓜破
ki.re.u.ri.wa.ri

でと
出戸
de.to

ながはら
長原
na.ga.ha.ra

やおみなみ
八尾南
ya.o.mi.na.mi

えさか 江坂 e.sa.ka	ひがしみくに 東三国 hi.ga.shi.mi.ku.ni	しんおおさか 新大阪 shi.n.o.o.sa.ka

にしなかじまみなみがた 西中島南方 ni.shi.na.ka.ji.ma.mi.na.mi.ga.ta	なかつ 中津 na.ka.tsu	うめだ 梅田 u.me.da

よどやばし 淀屋橋 yo.do.ya.ba.shi	ほんまち 本町 ho.n.ma.chi	しんさいばし 心斎橋 shi.n.sa.i.ba.shi	なんば na.n.ba

だいこくちょう 大国町 da.i.ko.ku.cho.o	どうぶつえんまえ 動物園前 do.o.bu.tsu.e.n.ma.e	てんのうじ 天王寺 te.n.no.o.ji	しょうわちょう 昭和町 sho.o.wa.cho.o

にしたなべ 西田辺 ni.shi.ta.na.be	ながい 長居 na.ga.i	あびこ a.bi.ko	きたはなだ 北花田 ki.ta.ha.na.da

しんかなおか 新金岡 shi.n.ka.na.o.ka	なかもず na.ka.mo.zu

えさか
江坂 ←→ なかもず
e.saka   nakamo.zu

四つ橋線
よつばしせん
yo.tsu.ba.shi.se.n

にしうめだ 西梅田 ↔ すみのえこうえん 住之江公園
ni.shi.u.me.da   su.mi.no.e.ko.o.e.n

| にしうめだ 西梅田 ni.shi.u.me.da | ひごばし 肥後橋 hi.go.ba.shi | ほんまち 本町 ho.n.ma.chi | よつばし 四ツ橋 yo.tsu.ba.shi |

| なんば na.n.ba | だいこくちょう 大国町 da.i.ko.ku.cho.o | はなぞのちょう 花園町 ha.na.zo.no.cho.o | きしのさと 岸里 ki.shi.no.sa.to |

| たまで 玉出 ta.ma.de | きたかがや 北加賀屋 ki.ta.ka.ga.ya | すみのえこうえん 住之江公園 su.mi.no.e.ko.o.e.n |

大国町 ← 花園町 → 岸里
ha.na.zo.no.cho.o

なに食べに行く？

なんでもいいよ。

最近忙しそうだけど、どうしたの？

別に！そんなことないよ！

270 ✿ 大阪地下鐵路線

長堀鶴見緑地線
ながほりつるみりょくちせん
na.ga.ho.ri.tsu.ru.mi.ryo.ku.chi.se.n

かどまみなみ		たいしょう
門真南	↔	大正
ka.do.ma.mi.na.mi		ta.i.sho.o

かどまみなみ
門真南
ka.do.ma.mi.na.mi

つるみりょくち
鶴見緑地
tsu.ru.mi.ryo.ku.chi

よこづつみ
横堤
yo.ko.zu.tsu.mi

いまふくつるみ
今福鶴見
i.ma.fu.ku.tsu.ru.mi

がもうよんちょうめ
蒲生四丁目
ga.mo.o.yo.n.cho.o.me

きょうばし
京橋
kyo.o.ba.shi

おおさか
大阪ビジネスパーク
o.o.sa.ka.bi.ji.ne.su.pa.a.ku

もりのみや
森ノ宮
mo.ri.no.mi.ya

たまつくり
玉造
ta.ma.tsu.ku.ri

たにまちろくちょうめ
谷町六丁目
ta.ni.ma.chi.ro.ku.cho.o.me

まつやまち
松屋町
ma.tsu.ya.ma.chi

ながほりばし
長堀橋
na.ga.ho.ri.ba.shi

しんさいばし
心斎橋
shi.n.sa.i.ba.shi

にしおおはし
西大橋
ni.shi.o.o.ha.shi

にしながほり
西長堀
ni.shi.na.ga.ho.ri

まえちよざき
ドーム前千代崎
do.o.mu.ma.e.chi.yo.za.ki

たいしょう
大正
ta.i.sho.o

京都地下鉄路線 🔊 098

からすません
烏丸線
ka.ra.su.ma.se.n

こくさいかいかん
国際会館
ko.ku.sa.i.ka.i.ka.n

まつがさき
松ヶ崎
ma.tsu.ga.sa.ki

きたやま
北山
ki.ta.ya.ma

きたおおじ
北大路
ki.ta.o.o.ji

くらまぐち
鞍馬口
ku.ra.ma.gu.chi

いまでがわ
今出川
i.ma.de.ga.wa

まるたまち
丸太町
ma.ru.ta.ma.chi

からすまおいけ
烏丸御池
ka.ra.su.ma.o.i.ke

しじょう
四条
shi.jo.o

ごじょう
五条
go.jo.o

きょうと
京都
kyo.o.to

くじょう
九条
ku.jo.o

じゅうじょう
十条
ju.u.jo.o

ばし
くいな橋
ku.i.na.ba.shi

たけだ
竹田
ta.ke.da

こくさいかいかん　　たけだ
国際会館 ↔ 竹田
kokusaikaikan　take.da

やっと京都に着いた…

ええ！

うずまさてんじんがわ
太秦天神川
u.zu.ma.sa.te.n.ji.n.ga.wa ↔ ろくじぞう
六地蔵
ro.ku.ji.zo.o

うずまさてんじんがわ
太秦天神川
u.zu.ma.sa.te.n.ji.n.ga.wa

にしおおじおいけ
西大路御池
ni.shi.o.o.ji.o.i.ke

にじょう
二条
ni.jo.o

にじょうじょうまえ
二条城前
ni.jo.o.jo.o.ma.e

からすまおいけ
烏丸御池
ka.ra.su.ma.o.i.ke

きょうとしやくしょまえ
京都市役所前
kyo.o.to.shi.ya.ku.sho.ma.e

さんじょうけいはん
三条京阪
sa.n.jo.o.ke.i.ha.n

ひがしやま
東山
hi.ga.shi.ya.ma

けあげ
蹴上
ke.a.ge

みささぎ
御陵
mi.sa.sa.gi

やましな
山科
ya.ma.shi.na

ひがしの
東野
hi.ga.shi.no

なぎつじ
椥辻
na.gi.tsu.ji

おの
小野
o.no

だいご
醍醐
da.i.go

いしだ
石田
i.shi.da

ろくじぞう
六地蔵
ro.ku.ji.zo.o

六地蔵で
降りるよ。

どこで
降りる？

西神・山手線
せいしん・やまてせん
se.i.shi.n・ya.ma.te.se.n

せいしんちゅうおう
西神中央
se.i.shi.n.chu.u.o.o

せいしんみなみ
西神南
se.i.shi.n.mi.na.mi

いかわだに
伊川谷
i.ka.wa.da.ni

がくえんとし
学園都市
ga.ku.e.n.to.shi

そうごううんどうこうえん
総合運動公園
so.o.go.o.u.n.do.o.ko.o.e.n

みょうだに
名谷
myo.o.da.ni

みょうほうじ
妙法寺
myo.o.ho.o.ji

いたやど
板宿
i.ta.ya.do

しんながた
新長田
shi.n.na.ga.ta

ながた
長田
na.ga.ta

かみさわ
上沢
ka.mi.sa.wa

みなとがわこうえん
湊川公園
mi.na.to.ga.wa.ko.o.e.n

おおくらやま
大倉山
o.o.ku.ra.ya.ma

けんちょうまえ
県庁前
ke.n.cho.o.ma.e

さんのみや
三宮
sa.n.no.mi.ya

しんこうべ
新神戸
shi.n.ko.o.be

ここは
どこ？

せいしんちゅうおう
西神中央
se.i.shi.n.chu.u.o.o
←→
しんこうべ
新神戸
shi.n.ko.o.be

しんながた
新長田
shi.n.na.ga.ta

こまがばやし
駒ケ林
ko.ma.ga.ba.ya.shi

かるも
苅藻
ka.ru.mo

みさきこうえん
御崎公園
mi.sa.ki.ko.o.e.n

わだみさき
和田岬
wa.da.mi.sa.ki

ちゅうおういちばまえ
中央市場前
chu.u.o.o.i.chi.ba.ma.e

ハーバーランド
ha.a.ba.a.ra.n.do

もとまち
みなと元町
mi.na.to.mo.to.ma.chi

きゅうきょりゅうち　　　だいまるまえ
旧居留地・大丸前
kyu.u.kyo.ryu.u.chi　da.i.ma.ru.ma.e

さんのみや　　　はなとけいまえ
三宮・花時計前
sa.n.no.mi.ya　ha.na.do.ke.i.ma.e

しんながた　　　　　　 さんのみやはなとけいまえ
新長田 ←→ 三宮花時計前
shin.na.ga.ta　san.no.miya.hana.do.kei.mae

南北線
な.ん.ほ.く.せ.ん
na.n.bo.ku.se.n

あさぶ 麻生 a.sa.bu	きたさんじゅうよじょう 北34条 ki.ta.sa.n.ju.u.yo.jo.o	きたにじゅうよじょう 北24条 ki.ta.ni.ju.u.yo.jo.o	きたじゅうはちじょう 北18条 ki.ta.ju.u.ha.chi.jo.o
きたじゅうにじょう 北12条 ki.ta.ju.u.ni.jo.o	さっぽろ sa.p.po.ro	おおどおり 大通 o.o.do.o.ri	すすきの su.su.ki.no
なかじまこうえん 中島公園 na.ka.ji.ma.ko.o.e.n	ほろひらばし 幌平橋 ho.ro.hi.ra.ba.shi	なか　しま 中の島 na.ka.no.shi.ma	ひらぎし 平岸 hi.ra.gi.shi
みなみひらぎし 南平岸 mi.na.mi.hi.ra.gi.shi	すみかわ 澄川 su.mi.ka.wa	じえいたいまえ 自衛隊前 ji.e.i.ta.i.ma.e	まこまない 真駒内 ma.ko.ma.na.i

あさぶ　　　　まこまない
麻生 ↔ 真駒内
a.sa.bu　　ma.ko.ma.nai

やっと札幌に着いた…

そうですね！

東豊線
とうほうせん
to.o.ho.o.se.n

さかえまち	しんどうひがし	もとまち	かんじょうどおりひがし
栄町	新道東	元町	環状通東
sa.ka.e.ma.chi	shi.n.do.o.hi.ga.shi	mo.to.ma.chi	ka.n.jo.o.do.o.ri.hi.ga.shi

ひがしくやくしょまえ	きたじゅうさんじょうひがし
東区役所前	北13条東
hi.ga.shi.ku.ya.ku.sho.ma.e	ki.ta.ju.u.sa.n.jo.o.hi.ga.shi

	おおどおり	ほうすい
さっぽろ	大通	豊水すすきの
sa.p.po.ro	o.o.do.o.ri	ho.o.su.i.su.su.ki.no

がくえんまえ	とよひらこうえん	みその	つきさむちゅうおう
学園前	豊平公園	美園	月寒中央
ga.ku.e.n.ma.e	to.yo.hi.ra.ko.o.e.n	mi.so.no	tsu.ki.sa.mu.chu.u.o.o

ふくずみ
福住
fu.ku.zu.mi

さかえまち		ふくずみ
栄町	↔	福住
sa.ka.e.ma.chi		fu.ku.zu.mi

時刻表は
どこに
ありますか？

案内所に
あります。

みや　さわ
宮の沢
mi.ya.no.sa.wa

はっさむみなみ
発寒南
ha.s.sa.mu.mi.na.mi

ことに
琴似
ko.to.ni

にじゅうよんけん
二十四軒
ni.ju.u.yo.n.ke.n

にしにじゅうはっちょうめ
西28丁目
ni.shi.ni.ju.u.ha.c.cho.o.me

まるやまこうえん
円山公園
ma.ru.ya.ma.ko.o.e.n

にしじゅうはっちょうめ
西18丁目
ni.shi.ju.u.ha.c.cho.o.me

にしじゅういっちょうめ
西11丁目
ni.shi.ju.u.i.c.cho.o.me

おおどおり
大通
o.o.do.o.ri

まえ
バスセンター前
ba.su.se.n.ta.a.ma.e

きくすい
菊水
ki.ku.su.i

ひがしさっぽろ
東札幌
hi.ga.shi.sa.p.po.ro

しろいし
白石
shi.ro.i.shi

なんごうななちょうめ
南郷7丁目
na.n.go.o.na.na.cho.o.me

なんごうじゅうさんちょうめ
南郷13丁目
na.n.go.o.ju.u.sa.n.cho.o.me

なんごうじゅうはっちょうめ
南郷18丁目
na.n.go.o.ju.u.ha.c.cho.o.me

おおやち
大谷地
o.o.ya.chi

おか
ひばりが丘
hi.ba.ri.ga.o.ka

しん
新さっぽろ
shi.n.sa.p.po.ro

みや　さわ　　　　しん
宮の沢 ←→ 新さっぽろ
miya.no.sawa　　shin.sap.po

仙台地下鉄路線

101

なんぼくせん
南北線
na.n.bo.ku.se.n

いずみちゅうおう	やおとめ	くろまつ	あさひがおか
泉中央	八乙女	黒松	旭ヶ丘
i.zu.mi.chu.u.o.o	ya.o.to.me	ku.ro.ma.tsu	a.sa.hi.ga.o.ka

だいのはら	きたせんだい	きたよばんちょう	こうとうだいこうえん
台原	北仙台	北四番丁	勾当台公園
da.i.no.ha.ra	ki.ta.se.n.da.i	ki.ta.yo.ba.n.cho.o	ko.o.to.o.da.i.ko.o.e.n

ひろせどおり	せんだい	いつつばし	あたごばし
広瀬通	仙台	五橋	愛宕橋
hi.ro.se.do.o.ri	se.n.da.i	i.tsu.tsu.ba.shi	a.ta.go.ba.shi

かわらまち	ながまちいっちょうめ	ながまち
河原町	長町一丁目	長町
ka.wa.ra.ma.chi	na.ga.ma.chi.i.c.cho.o.me	na.ga.ma.chi

ながまちみなみ	とみざわ
長町南	富沢
na.ga.ma.chi.mi.na.mi	to.mi.za.wa

いずみちゅうおう　とみざわ
泉中央 ⟷ 富沢
izumi.chu.u.o.o　to.miza.wa

PART5　日本便利通 ❀ 279

名古屋地下鉄路線

102

東山線
ひがしやません
hi.ga.shi.ya.ma.se.n

ふじがおか 藤ヶ丘 fu.ji.ga.o.ka	ほんごう 本郷 ho.n.go.o	かみやしろ 上社 ka.mi.ya.shi.ro	いっしゃ 一社 i.s.sha

ほしがおか 星ヶ丘 ho.shi.ga.o.ka	ひがしやまこうえん 東山公園 hi.ga.shi.ya.ma.ko.o.e.n	もとやま 本山 mo.to.ya.ma	かくおうざん 覚王山 ka.ku.o.o.za.n

いけした 池下 i.ke.shi.ta	いまいけ 今池 i.ma.i.ke	ちくさ 千種 chi.ku.sa	しんさかえまち 新栄町 shi.n.sa.ka.e.ma.chi

さかえ 栄 sa.ka.e	ふしみ 伏見 fu.shi.mi	なごや 名古屋 na.go.ya	かめじま 亀島 ka.me.ji.ma

ほんじん 本陣 ho.n.ji.n	なかむらにっせき 中村日赤 na.ka.mu.ra.ni.s.se.ki	なかむらこうえん 中村公園 na.ka.mu.ra.ko.o.e.n

いわつか
岩塚
i.wa.tsu.ka

はった
八田
ha.t.ta

たかばた
高畑
ta.ka.ba.ta

ふじがおか
藤ヶ丘 ⟷ 高畑
fu.ji.ga.o.ka　takabata

おおぞね
大曽根 ⟷ ナゴヤドーム前矢田
o.o.zo.ne　na.go.ya.do.o.mu.ma.e.ya.da

おおぞね
大曽根
o.o.zo.ne

へいあんどおり
平安通
he.i.a.n.do.o.ri

しがほんどおり
志賀本通
shi.ga.ho.n.do.o.ri

くろかわ
黒川
ku.ro.ka.wa

めいじょうこうえん
名城公園
me.i.jo.o.ko.o.e.n

しやくしょ
市役所
shi.ya.ku.sho

ひさやおおどおり
久屋大通
hi.sa.ya.o.o.do.o.ri

さかえ
栄
sa.ka.e

やばちょう
矢場町
ya.ba.cho.o

かみまえづ
上前津
ka.mi.ma.e.zu

ひがしべついん
東別院
hi.ga.shi.be.tsu.i.n

かなやま
金山
ka.na.ya.ma

にしたかくら
西高蔵
ni.shi.ta.ka.ku.ra

じんぐうにし
神宮西
ji.n.gu.u.ni.shi

てんまちょう
伝馬町
te.n.ma.cho.o

ほりた
堀田
ho.ri.ta

みょうおんどおり
妙音通
myo.o.o.n.do.o.ri

あらたまばし
新瑞橋
a.ra.ta.ma.ba.shi

みずほうんどうじょうひがし
瑞穂運動場東
mi.zu.ho.u.n.do.o.jo.o.hi.ga.shi

そうごう
総合リハビリセンター
so.o.go.o.ri.ha.bi.ri.se.n.ta.a

やごと
八事
ya.go.to

やごとにっせき
八事日赤
ya.go.to.ni.s.se.ki

なごやだいがく
名古屋大学
na.go.ya.da.i.ga.ku

もとやま
本山
mo.to.ya.ma

じゆうがおか
自由ヶ丘
ji.yu.u.ga.o.ka

ちゃやがさか
茶屋ヶ坂
cha.ya.ga.sa.ka

すなだばし
砂田橋
su.na.da.ba.shi

まえやだ
ナゴヤドーム前矢田
na.go.ya.do.o.mu.ma.e.ya.da

名古屋の天むす
おいしいよ！

名港線
めいこうせん
me.i.ko.o.se.n

金山 ←→ 名古屋港
かなやま　なごやこう
kanayama　nagoyako.o

🔊103

| かなやま
金山
ka.na.ya.ma | ひびの
日比野
hi.bi.no | ろくばんちょう
六番町
ro.ku.ba.n.cho.o | とうかいどおり
東海通
to.o.ka.i.do.o.ri |

| みなとくやくしょ
港区役所
mi.na.to.ku.ya.ku.sho | つきじぐち
築地口
tsu.ki.ji.gu.chi | なごやこう
名古屋港
na.go.ya.ko.o |

私は毎日
名港線で会社に
行きます！

上飯田線
かみいいだせん
ka.mi.i.i.da.se.n

| かみいいだ
上飯田
ka.mi.i.i.da | へいあんどおり
平安通
he.i.a.n.do.o.ri |

上飯田 ←→ 平安通
かみいいだ　へいあんどおり
kamiiida　he.ian.do.o.ri

天むす

天むす〜
おいしいよ！

天むすを食べなきゃ！
せっかく名古屋に
来たんだから！

天むす
おいしそう〜

元祖 天むす
名古屋名物

六個 680円
一個 120円

かみおたい 上小田井 ka.mi.o.ta.i	しょうないりょくちこうえん 庄内緑地公園 sho.o.na.i.ryo.ku.chi.ko.o.e.n	しょうないどおり 庄内通 sho.o.na.i.do.o.ri

じょうしん 浄心 jo.o.shi.n	せんげんちょう 浅間町 se.n.ge.n.cho.o	まる うち 丸の内 ma.ru.no.u.chi	ふしみ 伏見 fu.shi.mi

おおすかんのん 大須観音 o.o.su.ka.n.no.n	かみまえづ 上前津 ka.mi.ma.e.zu	つるまい 鶴舞 tsu.ru.ma.i	あらはた 荒畑 a.ra.ha.ta

ごきそ 御器所 go.ki.so	かわな 川名 ka.wa.na	いりなか i.ri.na.ka	やごと 八事 ya.go.to

しおがまぐち 塩釜口 shi.o.ga.ma.gu.chi	うえだ 植田 u.e.da	はら 原 ha.ra	ひらばり 平針 hi.ra.ba.ri

あかいけ 赤池 a.ka.i.ke

かみおたい
上小田井 ↔ あかいけ
赤池
kamio.tai　akaike

どこで
降りるの？

大須観音で
降りるよ。

なかむらくやくしょ
中村区役所 ⟷ 徳重
nakamurakuyakusho

とくしげ
to.ku.shi.ge

| なかむらくやくしょ
中村区役所
na.ka.mu.ra.ku.ya.ku.sho | なごや
名古屋
na.go.ya | こくさい
国際センター
ko.ku.sa.i.se.n.ta.a |

| まる　うち
丸の内
ma.ru.no.u.chi | ひさやおおどおり
久屋大通
hi.sa.ya.o.o.do.o.ri | たかおか
高岳
ta.ka.o.ka | くるまみち
車道
ku.ru.ma.mi.chi |

| いまいけ
今池
i.ma.i.ke | ふきあげ
吹上
fu.ki.a.ge | ごきそ
御器所
go.ki.so | さくらやま
桜山
sa.ku.ra.ya.ma |

| みずほくやくしょ
瑞穂区役所
mi.zu.ho.ku.ya.ku.sho | みずほうんどうじょうにし
瑞穂運動場西
mi.zu.ho.u.n.do.o.jo.o.ni.shi |

| あらたまばし
新瑞橋
a.ra.ta.ma.ba.shi | さくらほんまち
桜本町
sa.ku.ra.ho.n.ma.chi | つるさと
鶴里
tsu.ru.sa.to | のなみ
野並
no.na.mi |

| なるこきた
鳴子北
na.ru.ko.ki.ta | あいおいやま
相生山
a.i.o.i.ya.ma | かみさわ
神沢
ka.mi.sa.wa | とくしげ
徳重
to.ku.shi.ge |

福岡地下鉄路線

🔊 **104**

空港線
くうこうせん
ku.u.ko.o.se.n

めいのはま **姪浜** me.i.no.ha.ma	むろみ **室見** mu.ro.mi	ふじさき **藤崎** fu.ji.sa.ki	にしじん **西新** ni.shi.ji.n
とうじんまち **唐人町** to.o.ji.n.ma.chi	おおほりこうえん **大濠公園** o.o.ho.ri.ko.o.e.n	あかさか **赤坂** a.ka.sa.ka	てんじん **天神** te.n.ji.n

なかすかわばた **中洲川端** na.ka.su.ka.wa.ba.ta	ぎおん **祇園** gi.o.n	はかた **博多** ha.ka.ta

ひがしひえ **東比恵** hi.ga.shi.hi.e	ふくおかくうこう **福岡空港** fu.ku.o.ka.ku.u.ko.o

めいのはま **姪浜** meinohama	↔	ふくおかくうこう **福岡空港** fukuokakuu.ko.o

ほんと！？
ありがとう！

昨日福岡で
明太子買ったの！

箱崎線
はこざきせん
ha.ko.za.ki.se.n

なかすかわばた	ごふくまち	ちよけんちょうぐち
中洲川端	呉服町	千代県庁口
na.ka.su.ka.wa.ba.ta	go.fu.ku.ma.chi	chi.yo.ke.n.cho.o.gu.chi

まいだしきゅうだいびょういんまえ	はこざきみやまえ
馬出九大病院前	箱崎宮前
ma.i.da.shi.kyu.u.da.i.byo.o.i.n.ma.e	ha.ko.za.ki.mi.ya.ma.e

はこざききゅうだいまえ	かいづか
箱崎九大前	貝塚
ha.ko.za.ki.kyu.u.da.i.ma.e	ka.i.zu.ka

ごふくまち		かいづか
呉服町	↔	貝塚
go.fu.ku.ma.chi		ka.i.zu.ka

七隈線
ななくません
na.na.ku.ma.se.n

はしもと		てんじんみなみ
橋本	↔	天神南
ha.shi.mo.to.		te.n.ji.n.mi.na.mi

はしもと	じろうまる	かも	のけ
橋本	次郎丸	賀茂	野芥
ha.shi.mo.to.	ji.ro.o.ma.ru	ka.mo	no.ke

うめばやし 梅林 u.me.ba.ya.shi	ふくだいまえ 福大前 fu.ku.da.i.ma.e	ななくま 七隈 na.na.ku.ma	かなやま 金山 ka.na.ya.ma

ちゃやま 茶山 cha.ya.ma	べふ 別府 be.fu	ろっぽんまつ 六本松 ro.p.po.n.ma.tsu	さくらざか 桜坂 sa.ku.ra.za.ka

やくいんおおどおり 薬院大通 ya.ku.i.n.o.o.do.o.ri	やくいん 薬院 ya.ku.i.n	わたなべどおり 渡辺通 wa.ta.na.be.do.o.ri	てんじんみなみ 天神南 te.n.ji.n.mi.na.mi

沖縄單軌電車路線

おきなわ
沖縄ゆいレール
o.ki.na.wa.yu.i.re.e.ru

なはくうこう
那覇空港
na.ha.ku.u.ko.o

あかみね
赤嶺
a.ka.mi.ne

おろく
小禄
o.ro.ku

おうのやまこうえん
奥武山公園
o.u.no.ya.ma.ko.o.e.n

つぼがわ
壺川
tsu.bo.ga.wa

あさひばし
旭橋
a.sa.hi.ba.shi

けんちょうまえ
県庁前
ke.n.cho.o.ma.e

みえばし
美栄橋
mi.e.ba.shi

まきし
牧志
ma.ki.shi

あさと
安里
a.sa.to

おもろまち
o.mo.ro.ma.chi

ふるじま
古島
fu.ru.ji.ma

しりつびょういんまえ
私立病院前
shi.ri.tsu.byo.o.i.n.ma.e

ぎほ
儀保
gi.bo

しゅり
首里
shu.ri

なはくうこう　　しゅり
那覇空港 ⟷ 首里
nahaku.u.ko.o　　shu.ri

今日渋谷に行って
買い物しようかな～

🔊 106

到東京不可不知的
山手線各站

こまごめ
駒込
ko.ma.go.me

たばた
田端
ta.ba.ta

すがも
巣鴨
su.ga.mo

にしにっぽり
西日暮里
ni.shi.ni.p.po.ri

おおつか
大塚
o.o.tsu.ka

にっぽり
日暮里
ni.p.po.ri

いけぶくろ
池袋
i.ke.bu.ku.ro

うぐいすだに
鶯谷
u.gu.i.su.da.ni

めじろ
目白
me.ji.ro

うえの
上野
u.e.no

たかだのばば
高田馬場
ta.ka.da.no.ba.ba

おかちまち
御徒町
o.ka.chi.ma.chi

しんおおくぼ
新大久保
shi.n.o.o.ku.bo

山手線

あきはばら
秋葉原
a.ki.ha.ba.ra

しんじゅく
新宿
shi.n.ju.ku

かんだ
神田
ka.n.da

よよぎ
代々木
yo.yo.gi

JR

とうきょう
東京
to.o.kyo.o

はらじゅく
原宿
ha.ra.ju.ku

ゆうらくちょう
有楽町
yu.u.ra.ku.cho.o

しぶや
渋谷
shi.bu.ya

しんばし
新橋
shi.n.ba.shi

えびす
恵比寿
e.bi.su

はままつちょう
浜松町
ha.ma.ma.tsu.cho.o

めぐろ
目黒
me.gu.ro

ごたんだ
五反田
go.ta.n.da

おおさき
大崎
o.o.sa.ki

しながわ
品川
shi.na.ga.wa

たまち
田町
ta.ma.chi

上野動物園
に行きたい！

走訪日本各地 旅遊景點

 ## 東京旅遊景點

せんそう じ
浅草寺
se.n.so.o.ji
淺草神社

ふ じ きゅう
富士 急ハイランド
fu.ji.kyu.u.ha.i.ra.n.do
富士急樂園

とうきょう
東京 スカイツリー
to.o.kyo.su.ka.i.tsu.ri.i
東京晴空塔

とうきょう
東京タワー
to.o.kyo.o.ta.wa.a
東京鐵塔

めい じ じんぐう
明治神宮
me.i.ji.ji.n.gu.u
明治神宮

たけ した どお
竹下通り
ta.ke.shi.ta.do.o.ri
竹下通

よ よ ぎ こうえん
代々木公園
yo.yo.gi.ko.o.e.n
代代木公園

うえ の どうぶつえん
上野動物園
u.e.no.do.o.bu.tsu.e.n
上野動物園

ディズニーランド
di.zu.ni.i.ra.n.do
迪士尼樂園

ディズニーシー
di.zu.ni i shi.i
DISNEY SEA 迪士尼海洋

皇居
ko.o.kyo
日本天皇御所

東京駅一番街
to.o.kyo.o.e.ki.i.chi.ba.n.ga.i
東京車站一番街

三鷹の森ジブリ美術館
mi.ta.ka.no.mo.ri.ji.bu.ri.bi.ju.tsu.ka.n
三鷹之森吉卜力美術館

秋葉原電気街
a.ki.ha.ba.ra.de.n.ki.ga.i
秋葉原電器街

アメ横
a.me.yo.ko
阿美橫丁

六本木ヒルズ
ro.p.po.n.gi.hi.ru.zu
六本木 HILLS

東京ドームシティー
to.o.kyo.do.o.mu.shi.ti.i
東京巨蛋城

川崎市藤子・F・藤二雄ミュージアム（ドラえもんミュージアム）
ka.wa.sa.ki.shi.fu.ji.ko・e.fu・fu.ji.o.myu.u.ji.a.mu.(do.ra.e.mo.n.myu.u.ji.a.mu)
川崎市藤子・F・不二雄博物館（哆啦 A 夢博物館）

サンリオピューロランド
sa.n.ri.o.pyu.u.ro.ra.n.do
三麗鷗彩虹樂園

築地市場
tsu.ki.ji.i.chi.ba
築地市場

としまえん
to.shi.ma.e.n
豐島園

東京青梅ダイバーシティ東京プラザ
to.o.kyo.o.u.me.da.i.ba.shi.ti.to.o.kyo.o.pu.ra.za
東京青梅 DIVER CITY TOKYO PLAZA

お台場海浜公園
o.da.i.ba.ka.i.hi.n.ko.o.e.n
台場海濱公園

鎌倉大仏
ka.ma.ku.ra.da.i.bu.tsu
鎌倉大佛

横濱旅遊景點

新横浜ラーメン博物館
しんよこはま　　　　　　　　　はくぶつかん
shi.n.yo.ko.ha.ma.ra.a.me.n.ha.ku.bu.tsu.ka.n
新横濱拉麵博物館

八景島シーパラダイス
はっけいじま
ha.k.ke.i.ji.ma.shi.i.pa.ra.da.i.su
八景島海洋遊樂園

横浜中華街
よこはまちゅうか　がい
yo.ko.ha.ma.chu.u.ka.ga.i
横濱中華街

建長寺
けんちょうじ
ke.n.cho.o.ji
建長寺

 ## 大阪旅遊景點

心斎橋
しんさいばし
shi.n.sa.i.ba.shi
心齋橋

道頓堀
どうとんぼり
do.o.to.n.bo.ri
道頓堀

大阪城公園
おおさかじょうこうえん
o.o.sa.ka.jo.o.ko.o.e.n
大阪城公園

海遊館
かいゆうかん
ka.i.yu.u.ka.n
海遊館

大阪ステーションシティ
おおさか
o.o.sa.ka.su.te.e.sho.n.shi.ti
大阪站城市

梅田・茶屋町
うめ　だ　　ちゃ　や　まち
u.me.da・cha.ya.ma.chi
梅田・茶屋町

ユニバーサルスタジオジャパン
yu.ni.ba.a.sa.ru.su.ta.ji.o.ja.pa.n
環球影城

アメリカ村
a.me.ri.ka.mu.ra
美國村

なんば花月
na.n.ba.ka.ge.tsu
難波花月 (吉本新喜劇場)

万博記念公園
ba.n.pa.ku.ki.ne.n.ko.o.e.n
萬博紀念公園

新世界・通天閣
shi.n.se.ka.i・tsu.u.te.n.ka.ku
新世界・通天閣

大阪城
o.o.sa.ka.jo.o
大阪城

千日前道具屋筋商店街
se.n.ni.chi.ma.e.do.o.gu.ya.su.ji.sho.
o.te.n.ga.i
千日前道具商店街

住吉大社
su.mi.yo.shi.ta.i.sha
住吉大社

わたしは昨日
ユニバーサルスタジオ
ジャパンに行って来た！

いいねえ！

 廣島旅遊景點

平和記念公園
he.i.wa.ki.ne.n.ko.o.e.n
和平紀念公園

広島城
hi.ro.shi.ma.jo.o
廣島城

宮島
mi.ya.ji.ma
宮島

きよみずでら
清水寺
ki.yo.mi.zu.de.ra
清水寺

きんかく じ
金閣寺
ki.n.ka.ku.ji
金閣寺

ぎんかく じ
銀閣寺
gi.n.ka.ku.ji
銀閣寺

とう じ
東寺
to.o.ji
東寺

へいあんじんぐう
平安神宮
he.i.a.n.ji.n.gu.u
平安神宮

びょうどういん
平等院
byo.o.do.o.i.n
平等院

あらしやま と げつきょう
嵐山渡月橋
a.ra.shi.ya.ma.to.ge.tsu.kyo.o
嵐山渡月橋

はな み こう じ ど あ
花見小路通り
ha.na.mi.ko.o.ji.do.o.ri
花見小路通

ふし み いなり だいしゃ
伏見稲荷大社
fu.shi.mi.i.na.ri.ta.i.sha
伏見稲荷大社

きょう と
京都タワー
kyo.o.to.ta.wa.a
京都塔

かみ が も じんじゃ
上賀茂神社
ka.mi.ga.mo.ji.n.ja
上賀茂神社

しもがもじんじゃ
下鴨神社
shi.mo.ga.mo.ji.n.ja
下鴨神社

に じょうじょう
二条城
ni.jo.o.jo.o
二條城

> ほんと！？
> ありがとう！

> 昨日京都で
> 和菓子買ったの！

い じん かん
異人館
i.ji.n.ka.n
異人館

こう べ こう
神戸港
ko.o.be.ko.o
神戸港

ぬのびき えん
布引ハーブ園
nu.no.bi.ki.ha.a.bu.e.n
布引香草園

ろっこうさん
六甲山
ro.k.ko.o.sa.n
六甲山

もとまち ちゅう か がい
元町・中華街
mo.to.ma.chi・chu.u.ka.ga.i
元町・中華街

こう べ
神戸ポートタワー
ko.o.be.bo.o.to.ta.wa.a
神戸塔

福岡旅遊景點

スペースワールド
su.pe.e.su.wa.a.ru.do
太空世界

福岡ドーム
<ruby>福岡<rt>ふくおか</rt></ruby>
fu.ku.o.ka.do.o.mu
福岡巨蛋

 長崎旅遊景點

ハウステンボス
ha.u.su.te.n.bo.su
豪斯登堡

オランダ坂
<ruby>坂<rt>ざか</rt></ruby>
o.ra.n.da.za.ka
荷蘭坡

旧長崎英国領事館
<ruby>旧長崎英国領事<rt>きゅうながさきえいこくりょうじ</rt></ruby> <ruby>館<rt>かん</rt></ruby>
kyu.u.na.ga.sa.ki.e.i.ko.ku.ryo.o.ji.ka.n
舊長崎英國領事館

 北海道旅遊景點

小樽運河
<ruby>小樽運<rt>おたるうん</rt></ruby><ruby>河<rt>が</rt></ruby>
o.ta.ru.u.n.ga
小樽運河

札幌時計台
<ruby>札幌<rt>さっぽろ</rt></ruby> <ruby>時計<rt>とけい</rt></ruby> <ruby>台<rt>だい</rt></ruby>
sa.p.po.ro.to.ke.i.da.i
札幌時鐘台

富良野
<ruby>富良野<rt>ふらの</rt></ruby>
fu.ra.no
富良野

函館
<ruby>函館<rt>はこだて</rt></ruby>
ha.ko.da.te
函館

美瑛
<ruby>美瑛<rt>びえい</rt></ruby>
bi.e.i
美瑛

はい！
楽しかった
ですね！

北海道
楽しかった？

沖繩旅遊景點

那霸国際通り
な は こくさいどお
na.ha.ko.ku.sa.i.do.o.ri
那霸國際通

美ら海水族館
ちゅ うみすいぞくかん
chu.ra.u.mi.su.i.zo.ku.ka.n
美海水族館

壺屋
つぼ や
tsu.bo.ya
壺屋

首里城
しゅ りじょう
shu.ri.jo.o
首里城

万座毛
まん ざ もう
ma.n.za.mo.o
萬座毛

瀬底ビーチ
せ そこ
se.so.ko.bi.i.chi
瀬底海灘

· 美海水族館
· 瀬底海灘

· 萬座毛

首里城·
壺屋·
那霸△

沖繩
OKINAWA

108

高島屋で
いっぱい
買い物をした！

日本名店瀏覽

🌱 百貨公司

<table>
<tr>
<td>
たかしま や
高島屋
ta.ka.shi.ma.ya

高島屋
</td>
<td>
まつざか や
松坂屋
ma.tsu.za.ka.ya

松阪屋
</td>
<td>
みつこし
三越
mi.tsu.ko.shi

三越
</td>
<td>
い せ たん
伊勢丹
i.se.ta.n

伊勢丹
</td>
</tr>
</table>

<table>
<tr>
<td>
お だ きゅうひゃっ か てん
小田急百貨店
o.da.kyu.u.hya.k.ka.te.n

小田急百貨店
</td>
<td>
せい ぶ ひゃっか てん
西武百貨店
se.i.bu.hya.k.ka.te.n

西武百貨店
</td>
</tr>
<tr>
<td>
とうぶ ひゃっか てん
東武百貨店
to.o.bu.hya.k.ka.te.n

東武百貨店
</td>
<td>
はんしん ひゃっか てん
阪神百貨店
ha.n.shi.n.hya.k.ka.te.n

阪神百貨店
</td>
</tr>
</table>

<table>
<tr>
<td>
だいまる
大丸
da.i.ma.ru

大丸
</td>
<td>
けいおうひゃっ か てん
京王百貨店
ke.i.o.o.hya.k.ka.te.n

京王百貨
</td>
<td>
あべのハルカス
a.be.no.ha.ru.ka.su

阿倍野 HARUKAS
（綜合性設施大樓）
</td>
</tr>
</table>

🌱 流行購物大樓

<table>
<tr>
<td>
いちまるきゅう
109
i.chi.ma.ru.kyu

109百貨公司
</td>
<td>
とうきゅう
東急プラザ
to.o.kyu.u.pu.ra.za

TOKYU PLAZA
</td>
</tr>
</table>

ヘップファイブ
he.p.pu.fa.i.bu
HEPFIVE

表参道ヒルズ
おもてさんどう
o.mo.te.sa.n.do.o.hi.ru.zu
表参道 hills

LOFT
ro.fu.to
LOFT

ルミネ
ru.mi.ne
LUMINE

パルコ
pa.ru.ko
PARCO

丸井 (OIOI)
まる い
ma.ru.i
丸井

三越に行き
ましょうか？

いいね。
行きましょう！

連鎖書店

紀伊国屋
き の くにや
ki.no.ku.ni.ya
紀伊國屋

丸善
まるぜん
ma.ru.ze.n
丸善

ブックファースト（BOOK 1st）
bu.k.ku.fa.a.su.to
第一書店

ジュンク堂
どう
Ju.n.ku.do.o
淳久堂

ツタヤ書店
しょてん
tsu.ta.ya.sho.te.n
TSUTAYA 書店

ブックオフ
bu.k.ku.o.fu
BOOK OFF

三省堂書店
さんせいどうしょ てん
sa.n.se.i.do.o.sho.te.n
三省堂書店

連鎖速食店

読書大好き！

モスバーガー
mo.su.ba.a.ga.a
（MOS BURGER）
摩斯漢堡

マクドナルド
ma.ku.do.na.ru.do
（McDonald's）
麥當勞

ロッテリア
ro.t.te.ri.a
（LOTTERIA）
儂特利

ウエンディーズ
we.n.di.i.zu
（Wendy's）
溫蒂漢堡

サブウェイ
sa.bu.we.i
（SUBWAY）
潛艇堡

ケンタッキー
ke.n.ta.k.ki.i
（KFC）
肯德基

ミスタードーナツ
mi.su.ta.a.do.o.na.tsu
（Mister Donut）
甜甜圈專賣店

 餐飲連鎖店

吉野家
yo.shi.no.ya
吉野家

イタリアントマト
i.ta.ri.a.n.to.ma.to
義大利麵專賣店

松屋
ma.tsu.ya
松屋（定食專賣店）

富士そば
fu.ji.so.ba
富士麵屋

てん屋
te.n.ya
天屋天婦羅

CoCo 壱番
ko.ko.i.chi.ba.n
COCO 壹番屋咖哩

すき家
su.ki.ya
SUKI 家牛丼
（全日本最多分店）

餃子の王将
gyo.o.za.no.o.o.sho.o
餃子的王將

だるま
da.ru.ma
大阪老字號
串炸連鎖店

ガスト
ga.su.to
連鎖家庭餐廳

サイゼリア
sa.i.ze.ri.a
薩利亞義式餐廳

アフタヌーンティー
a.fu.ta.nu.u.n.ti.i
午茶風光

丸亀製麺
ma.ru.ga.me.se.i.me.n
丸龜製麵（連鎖烏龍麵店）

ヤマザキ
ya.ma.za.ki
（Yamazaki）
山崎麵包店

551 蓬萊
go.go.i.chi.ho.o.ra.i
551 蓬萊

太郎ずし
ta.ro.o.zu.shi
太郎壽司

ロイヤルホスト
ro.i.ya.ru.ho.su.to
樂雅樂

ポムの樹
po.mu.no.ki
蘋果樹
（蛋包飯專賣店）

連鎖便利商店

コンビニエンスストア（コンビニ）
ko.n.bi.ni.e.n.su.su.to.a(ko.n.bi.ni)
(Covonicnce Store)
便利商店

ファミリーマート
fa.mi.ri.i.ma.a.to
(Family mart)
全家便利商店

セブンイレブン
se.bu.n.i.re.bu.n
(Seven Eleven)
7-11

ミニストップ
mi.ni.su.to.p.pu
Mini Stop

サークルK
sa.a.ku.ru.ke.e
Circle K

サンクス
sa.n.ku.su
Sunkus

ローソン
ro.o.so.n
Lawson

ネスレ
ne.su.re
（Nestle）
雀巢

マクスウエルハウス
ma.ku.su.we.ru.ha.u.su
麥斯威爾

コーヒーかん
珈琲館
ko.o.hi.i.ka.n
咖啡館

スターバックス
su.ta.a.ba.k.ku.su
（Starbucks）
星巴克

キーコーヒー
ki.i.ko.o.hi.i
Key Coffee

ドトールコーヒー
do.to.o.ru.ko.o.hi.i
（Doutor Coffe）
羅多倫咖啡

其他連鎖店

むじるしりょうひん
無印 良品
mu.ji.ru.shi.ryo.o.hi.n
無印良品

ユニクロ
yu.ni.ku.ro
UNIQLO

gu
ji.i.yu.u
gu
（UNIQLO 副牌）

ウィゴー
wi.go.o
WEGO 服飾店

ABC マート
e.i.bi.i.shi.i.ma.a.to
ABC MART 鞋店

メガネドラック
me.ga.ne.do.ra.k.ku
眼鏡連鎖店

zoff
zo.fu
zoff 眼鏡連鎖店

めがね いち ば
眼鏡市場
me.ga.ne.i.chi.ba
眼鏡市場

イオン
i.o.n
（AEON）
大型超市

私はよくイオンへ
買い物に行くよ。

ジャスコ
ja.su.ko
（JASCO）
大型超市

私はよくジャスコ
買い物に行くよ。

マツモトキヨシ
ma.tsu.mo.to.ki.yo.shi
大型藥妝店

ドンキホーテ
do.n.ki.ho.o.te
大型特價賣場

東<ruby>急<rt>とうきゅう</rt></ruby> ハンズ
to.o.kyu.u.ha.n.zu
台隆手創館

フランフラン
fu.ra.n.fu.ra.n
Francfranc

モノコムサ
mo.no.ko.mu.sa
MONO COMME CA
（生活雜貨店）

3COINS
スリーコインズ
su.ri.i.ko.i.n.zu
315 日圓商店

ダイソー
da.i.so.o
大創 39 元商店

ビックカメラ
bi.k.ku.ka.me.ra
（Bic Camera）
電器用品店

タワーレコード
ta.wa.a.re.ko.o.do
（Tower Record）
淘兒音樂城

初學者開口說日語／中間多惠著 --三版.--
臺北市：笛藤，2013.07
面；公分
ISBN 978-957-710-614-8（平裝附光碟片）
1. 日語 2. 會話
803.188   102010217

2021年03月10日　三版第15刷

增訂版

初學者開口說日語 定價360元

著者	中間多惠
總編輯	賴巧凌
編輯	詹雅惠、羅巧儀、徐一巧
內頁/封面設計	李靜屏、川瀨隆士、徐一巧
編輯協力	立石悠佳、林育萱
編輯企劃	笛藤出版

發行所	八方出版股份有限公司
發行人	林建仲
地址	台北市中山區長安東路二段171號3樓3室
電話	(02) 2777-3682
傳真	(02) 2777-3672
製版廠	造極彩色印刷製版股份有限公司
地址	新北市中和區中山路二段340巷36號
電話	(02) 2240-0333・(02) 2248-3904
總經銷	聯合發行股份有限公司
地址	新北市新店區寶橋路235巷6弄6號2樓
電話	(02) 2917-8022・(02) 2917-8042
劃撥帳戶	八方出版股份有限公司
劃撥帳號	19809050